Le vol des oiseaux

Du même auteur

AUX MÊMES ÉDITIONS

Le Pharaon
coll. « Ecrire », 1968

L'Amour réduit à merci
1970

Les Trous de la viande
1973

Vermeer
coll. « Fiction & Cie », 1977

Cours, Hölderlin !
coll. « Fiction & Cie », 1979

CHEZ ALBIN MICHEL

La Bagnole
1981

Fiction & Cie

Jacques Teboul
Le vol des oiseaux

roman / Seuil

Seuil, 27, rue Jacob, Paris 6ᵉ

CE LIVRE EST LE CINQUANTE-SEPTIÈME TITRE
DE LA COLLECTION « FICTION & CIE »
DIRIGÉE PAR DENIS ROCHE

ISBN 2-02-006547-9.

© SEPTEMBRE 1983, EDITIONS DU SEUIL.

Plus tu auras réussi à écrire (si tu écris), plus éloigné tu seras de l'accomplissement du pur, fort, originel *désir*, celui, fondamental, de ne pas laisser de trace.

Henri Michaux, *Poteaux d'angle*.

Dans les remuements bleus du ciel, ces labyrinthes transparents, dans les turbulences et les agitations, tous les mouvements indéfinis de l'air, sous le plomb des nuages qui fait la terre insupportable, qui rend la mer hostile, dans l'immensité du ciel, l'oiseau nage, arabesque ou trajectoire tendue, ponctuation vive, il est le signe d'une solitude, signe aiguisé de la gratuité, de l'innocence et de l'anonymat, un de l'espèce, à la fois libre et déterminé. Il vole.

Au-dessus de la terre, des forêts et des champs et des maisons des hommes, le long des grèves, au-dessus des vagues, accompagnant les bateaux, loin dans l'immensité, il est, là-haut, cette vibration qui crée encore et encore de l'espace autour d'elle, encore plus d'immensité. Il est un signe en mouvement que le regard s'obstine à saisir, mais qu'il laisse échapper pour s'abîmer, par le désir emporté, dans l'ouvert. Il est une mécanique remontée, une flèche heureuse, flamme blanche, forme insaisissable, un bruit d'ailes, seulement cela qui s'épuise à voyager, à revenir jusqu'à la mort d'un point à l'autre de la terre, toujours par les mêmes chemins aériens, du nord au sud, du sud au nord, une forme fugitive qui s'épuise à voyager.

Travemünde 1

Travemünde, en Allemagne, au bord de la Baltique, est une station balnéaire, un port où viendront s'arrêter pendant six ans nos voyages. Cette petite ville n'a d'autre intérêt que d'être l'endroit où nous embarquons pour les espaces du Nord. C'est le lieu d'une attente, d'une impatience, parfois d'une précipitation.

Le corps, un jour, se distend et gonfle à l'endroit du ventre. Cette douceur inattendue, cette tendresse de la peau sans rides, à côté de la poitrine squelettique et saccagée, tachée de vertes plaques, fait un contraste insupportable, et puis, comme une bouche relâchée, le vieil anus s'ouvre et le ventre s'affaisse, sac de cuir dégonflé : un souffle fétide, une molle exhalaison. Ainsi rend l'âme Porco Latino. Or, ne croyez pas que ce soit si vite fait. Sa longue agonie dure depuis des mois, le temps de notre premier voyage. Elle nous accompagne, chaque jour, de pays en pays, de ville en ville. Elle passe les frontières, elle se propage comme une peste. Le monde en parle. Entre deux disques, les speakers des radios et des télévisions la commentent. Les journaux font paraître photos et longs articles. C'est une agonie exemplaire, interminable, puante à souhait, si longue qu'elle prend un caractère d'obscénité, tant et si volontiers discutée partout, qu'elle a valeur de symbole.

Porco Latino, souvenir délabré de général de la mort, gît dans une salle d'hôpital du dernier chic, encombrée d'appareils frissonnants. Tout est parfaitement propre et silencieux. Des infirmières s'affairent, en blouses bleues. Elles vont et viennent du corps aux machines, des machines à des tables où sont rangés flacons, seringues, pansements. De temps en temps, entrent deux ou trois médecins. Ils se penchent au-dessus de Porco Latino, s'éloignent, parlent à voix basse, regardent d'un œil professionnel les lumières et les chiffres sur les cadrans des appareils. La mort est à l'œuvre et ronronne. Lui, si tranquille dans cette salle impeccable, sait encore dans sa conscience qu'il gît au milieu de tripes, de ventres ouverts, de crânes défoncés, de corps torturés, qui pourrissent dans le noir infect de ses prisons. Il sait de quelle putréfaction il a été l'ordonnateur, lui le grand pourvoyeur de mort et de souffrance, le vieux Porco. Malgré la ruine de son corps, il a les yeux ouverts, et il les voit ces cadavres entassés, béants, lacérés, mutilés, il les voit sans tressaillir. Il s'accroche, il tient bon. Il sait que les gens, ici, sont encore à ses ordres, qu'ils feront tout pour le garder en vie. Les yeux ouverts et fixes, il s'applique à tenir, comme si l'horreur le protégeait de la mort, la bouffeuse, pour une fois dégoûtée.

C'est ainsi que s'ouvre notre voyage en Europe. Il ne peut en être autrement. En 1975, ça commence à trop puer, l'odeur vient jusqu'à Paris, nous partons, pensant que nous pourrons y échapper et ne plus sentir dans nos narines, sur nos corps, cette tenace puanteur de pouvoir menacé, de cadavre vivant encore, de mort et de pharmacie. Un presque cadavre de tyran, la chose à fuir et à retrouver toujours, sur nos chemins, où que nous allions, comme si la mort, dégoûtée d'elle-même, allait se manger, mais péniblement, à contrecœur. Nous partons, saisis d'une urgence, un matin de juin, vite, le plus vite possible, dans le labyrinthe des banlieues, parmi les chantiers qui déjà ressemblent à des ruines. Il fait chaud, les laideurs sont plus nettes au soleil. Heureux et soulagés, il nous arrive de rire parce que nous imaginons d'autres espaces, d'autres villes, d'autres pays et d'autres gens, et nous avons l'illusion, elle et moi, de fuir l'odeur de pourriture. Nous voulons l'errance la plus longue et la plus hasardeuse possible, par des chemins et des détours imprévus.

Donc, cette année-là, pour notre premier départ, c'est l'exaltation en même temps qu'une dégoûtante horreur, l'exaltation, la recherche ivre de l'espace et très intimement mêlés la terreur et l'écœurement éprouvés à l'interminable agonie du dictateur Porco. Cela fait un fort mélange, une dure alternance, comme si je passais, et elle avec moi, d'un pôle extrême à l'autre dans un réseau d'intensités, si brutalement parfois que j'en reste secoué, comme sous le choc d'électrocutions.

Certains jours, certaines heures, la salle d'agonie du dictateur se transforme en une sorte de salon, et les gens, les gens importants, viennent soi-disant pour visiter le vieux, surtout pour parler, pour intriguer, chuchoter à voix basse, l'air grave de circonstance sur les visages. Ils arrivent à la queue leu leu, gens d'Eglise toujours en tête, gens de finances, politiciens et affairistes de haut vol, sobres dans les vêtements du pouvoir, gens de mort, soldats, magistrats, ambassadeurs, médecins, gens de lettres officiels, toutes sortes de hauts laquais. Ils s'agitent, parlent doucement, font semblant de s'intéresser aux résultats que donnent les machines, posent des questions sur l'état de santé, s'approchent à distance

15

convenable de la petite forme rabougrie, étendue sur le lit chromé, dans le scintillement des tringles et des flacons de perfusion. Le spectacle ne manque pas d'allure. Lui, Porco, ne bouge pas la tête. Il garde les yeux fixes, grands ouverts. Et, quand il a parfois un peu plus de conscience, les yeux exorbités, auréolés de sombres taches qui mangent le cuir des joues, tournent en tous sens, de haut en bas, de gauche et de droite, de plus en plus vite. Cette agitation se lit immédiatement sur les oscillographes, comme de rapides dents de scie, vert vif, défilant à toute allure. Alors, on doit fermement, mais avec la courtoisie qui s'impose, expulser tout ce monde, sauf un officiel de l'Eglise, pour une éventuelle mort catholique. Les laquais disparus, le corps du presque cadavre doucement se calme, le mouvement des yeux ralentit, puis tout rentre dans l'ordre. Le regard se fixe de nouveau sur le plafond, les lèvres tremblent un peu, puis se dessinent sur les écrans des sinusoïdes à peu près acceptables. Les clignotants d'alarme s'éteignent. Bientôt, sur un signe respectueux, l'officiel de l'Eglise est congédié.

La plaine est ouverte, plate, immense. La voiture file sur la veine noire d'une autoroute, ici rectiligne. Puis elle s'y fixe, comme un point dans cette immensité. Instantané, point minuscule, saisi dans la vitesse. Et de nouveau ça ronronne et siffle sous le capot. La mort est à l'œuvre. Elle se manifeste aussi vite, aussi brutale qu'un éclat blanc, qu'une explosion de lumière, là-bas, à la lisière du ciel et de l'horizon à peine courbe, là-bas, entre les paupières et de l'autre côté du pare-brise. Torpeur, attention : le point minuscule est projeté dans la chaleur. La terreur est abstraite dans le réseau des lignes : parallèles qui fuient à me donner le vertige, droites horizontales, interrompues ou continues, verticales des panneaux. Ecritures strictes qui signalent des sorties, des villages, des distances, des vitesses, des garages, des parkings, des dangers. Ecritures strictes et symboles connus, internationaux. A côté de moi, elle s'est assoupie, la tête renversée, appuyée contre le dossier du siège. Nous partons vers le nord, nous quittons une puanteur, 160 km/heure, quelque part sur une plaine, minuscules.

Plus tard, dans l'après-midi, nous sommes assis dans un café d'Aix-la-Chapelle. J'ai trouvé un journal allemand. Il y a un long article sur Porco Latino. Elle me le traduit. Après sa traduction, elle se lève et me dit qu'elle va téléphoner.

Très tôt le matin, fin de printemps, une grosse ambulance quitte silencieusement le palais. Porco Latino y est allongé, surveillé par un médecin et une infirmière. L'ambulance roule vite et sans à-coups, escortée par des motards. Elle file dans les avenues désertes. Suivent deux voitures officielles. L'agonie commence. Ni sirènes ni klaxons. La ville est vide. Les travailleurs qui sont dehors à cette heure-ci, ceux qui sont pauvres et qui vont travailler, comme des silhouettes sombres fixées dans la lumière des trottoirs, dans le soleil déjà brûlant du matin, s'arrêtent et regardent l'ambulance, les motards, les deux voitures officielles. Ils savent qui dans l'ambulance s'en va vers la mort. Ils ne savent pas que le voyage sera si long. Ils savent qui s'en va, le tyran, celui qui les a mis au pas sous la terreur, qui les arrête une dernière fois, dans la blancheur des trottoirs, et parce qu'ils ont cette gravité généreuse, ils ne disent rien, ne manifestent pas, ne se moquent pas, ils regardent seulement : l'ambulance passe vite devant eux, disparaît. Ils savent par les journaux, la radio, les télévisions, que c'est bien lui qui s'en va. Et s'ils ne ressentent aucune tristesse, bien sûr, ils n'éprouvent pas de haine. Pas d'espoir non plus, car ils ont appris à ne plus attendre rien. Ils sont là, dans les rues, comme des points clairsemés, témoins anonymes, fermes sur leurs jambes, arrêtés un instant dans leur marche vers leur journée de salaire, pas même joyeux, seulement là, les yeux ouverts. L'ambulance file le long des avenues, grille les feux rouges. C'est propre et net, ce départ de Porco vers la salle d'hôpital où il restera des mois, dans la succession des jours et des nuits, avant que la mort ne s'empare de lui et qu'il demeure misérable petit corps rabougri, fouillé, cuirassé, stimulé, enfin rendu à son état neutre de reste, sur son lit d'agonie, pendant qu'autour de son cadavre enfin cadavre vont s'affairer femmes de salle et infirmières qui tenteront de remettre un peu d'ordre. Plus tard, on emportera le corps pour la mise en terre, selon le rite chrétien.

Parce que la folie du pouvoir s'est chevillée en lui, il met du temps à crever, non pas à cause d'une sorte de châtiment suprême, mais parce que le corps longtemps, le plus longtemps possible, se refuse à mourir, n'accepte pas sa condition de produit périssable, parce que justement l'homme de ce corps se croit divin, imputrescible, et donc, la dinguerie du pouvoir chevillée depuis longtemps, il ne meurt pas, il tient. C'est une scène silencieuse : le parcours souple et rapide de la grosse ambulance. La ville est vide : elle exprime maintenant le silence terrible de toutes les grandes villes d'Europe, silence absolu, calamité, comme s'il n'y avait que du vide, un insondable mutisme derrière les façades et sous les immeubles.

Le voyage n'est jamais peut-être que les seules tribulations d'un corps. C'est exactement ce que je pense, à l'instant. Elle revient à notre table. Les tribulations, la déambulation de deux corps. Déjà, dans la voiture, commençait à sourdre une douleur vague, une menace, à la racine d'une dent, en haut à gauche. Maintenant, la douleur est plus forte, plus nette. Je passe ma langue sur l'endroit sensible, je l'irrite un peu plus, et je masse la gencive avec mon index. Je ne dis rien. Je suis en même temps très attentif aux gens qui parlent, au décor de l'endroit, aux épaisses tables de bois, aux grosses poutres. Je me lève, vais aux toilettes et reviens avec plusieurs boîtes de préservatifs multicolores. Il y en a des noirs, des rouge vif, des bleu ciel, des gris et des jaunes.

— Tu préfères avec ou sans ?

— Sans, c'est meilleur.

Elle rit.

— Une dent me fait mal. Ce n'est pas grave, le début du voyage, ça va passer.

— Le début du voyage ?

— Oui, ça va durer deux ou trois jours, et ça passera. C'est quelque chose comme un petit peu d'angoisse.

— On se promène ?

— Vite, alors. Je veux rouler, aller plus loin.

Elle ne comprend pas ma hâte, cette fébrilité qui me pousse à m'éloigner, à mettre de la distance, à traverser vite, très vite, des espaces qui resteront inconnus, avec le seul désir d'aller plus loin, de fuir. Mais je sais qu'elle ressent l'extrême attention que j'ai de regarder les choses, les gens, les rues et les maisons. Je suis en pays inconnu. Je ne sais pas ce que je cherche. Ainsi, le voyage commence dans la banalité et les gestes absurdes, mais je suis sensible à la familiarité des anciennes façades, à cette sorte de calme domestique, endormi parfois, paisible, à un coin de rue pavée. Des gens rentrent chez eux, les bras chargés de paniers et de paquets. Je ne sais pas très bien ce que je cherche. Ma dent me fait mal, je fume pour me distraire de la douleur. Juste avant de remonter en voiture, je vois, collé sur la porte vitrée d'un bureau, le placard noir et blanc qui signale à la population des visages de terroristes.

La vieille Europe décatie : cette ruine d'homme qui ne veut pas s'abandonner à son dernier état de cadavre. Et je me dis que les types qui voient l'ambulance blanche quitter le palais et filer, silencieuse, son parcours dans les rues désertes, pensent seulement, très vite et sans vraiment y croire, qu'ils sont, précisément à cet instant, libres enfin d'être là et de regarder passer le corps défait du tyran, mais ils n'imaginent pas, tant est simple pour eux la venue de la mort, que l'agonie sera si difficile, si bizarrement compliquée.

Il crève péniblement, le vieux salaud, avec le monstre au corps chevillé, qui le retient. Il ne veut pas lâcher, il a trop peur. L'habitude du pouvoir inconditionnel le rend veule devant la mort, il croit avoir à trop quitter. Et ça n'a plus rien à faire avec quelque chose de l'homme, cette chose neutre, ni vivante ni morte : une conserve, une conserve de viande empoisonnée lâche sa pestilence parmi le groupe des médecins qui tremblent, qui reçoivent des ordres pour que dure encore Porco Latino, et qui rentrent chez eux, dégoûtés, ces vieux habitués de l'horrible, dégoûtés aussi d'eux-mêmes, pris comme à leurs débuts de nausées et de vomissements irrépressibles. Il

20

y a ceux qui brillent de leur science, et ceux qui sont persuadés de l'utilité de leur travail, et les dégoûtés d'eux-mêmes qui éprouvent juste un peu de culpabilité, parce qu'ils sont devenus complices des hauts laquais, qu'ils font partie de la procession maintenant frileuse des domestiques abjects, effrayés de se retrouver seuls devant un peuple, démunis du pouvoir du tyran, car de son vivant, en cas de menace ou de tentative de liberté, Porco Latino était prêt à lâcher les chiens de la mort, à faire donner les fusils, à commander emprisonnements et tortures, à déchaîner le feu de la mort et du ressentiment. Ils étaient tranquilles.

Avant de remettre le moteur en marche, nous regardons les cartes et nous décidons d'aller en Westphalie. Les itinéraires sont bousculés. Nous repartons. De nouveau l'autoroute, de nouveau la vitesse. Nous restons de longs moments sans rien nous dire.

Il n'est d'oiseau réel, d'oiseau vraiment présent que dans le rêve que j'en fais, dans mon désir. Il n'est d'intensité de l'oiseau que dans le rêve que j'en fais depuis mon corps trop lourd : un oiseau prend son essor au-dessus de l'étendue lisse d'un lac, un oiseau solitaire, blanc ou d'un gris très pâle, et son cri : Trip trip trip ! ou trieb trieb !, insistant dans l'immobilité de cet espace traversé par la flèche heureuse et tendue. Il n'est d'oiseau réel que dans la méditation que j'en ai, dans un espace illimité, naissant exactement comme une musique débordante, cette méditation qui s'avance et se construit, qui donne consistance et forme au temps. N'est-ce donc pas qu'il s'agit de rendre belle l'avancée vers la mort, de lui donner ses mots ? L'oiseau nage dans l'immensité, la grande navigation de l'oiseau sur un ciel vide. L'oiseau en vol, le mouvement libre d'une forme blanche. C'est une parole muette, une parole de silence qui englobe le début, l'origine et la fin du monde, au-dessus de la mer ou d'une vaste plaine. Ainsi je rêve dans la vitesse, dans la trajectoire bruyante de la voiture qui s'enfonce et qui semble immobile.

Elle, à côté de moi, silencieuse, regarde les cartes, et nous sommes projetés, dans la chaleur, sur la plaine ocre et jaune, sur la tranchée noire de l'autoroute, dans l'espace aveugle et bleu du ciel. Je ne sais pas quels autres voyages elle invente à partir des routes, des noms des villes et des bourgades, à partir des forêts, des rivières, des landes signalées par la carte. Nous restons de longs moments sans parler. Seul le sifflement de l'air autour de nous, le ronronnement du moteur, le bruit des pneus sur l'asphalte. Parfois elle pose sa main gauche sur ma cuisse, ou bien elle caresse doucement ma nuque. Je lui demande de m'allumer une cigarette.

Puis, elle me dit, sans que je sache au terme de quelles pensées vient cette réflexion interrogative :

— Est-ce que tu as vu, tout à l'heure, à la frontière, ce type qui criait après des Turcs ?

— J'ai vu, oui. Des yeux clairs, injectés de sang, exorbités, le visage violacé, les veines du cou gonflées à se rompre, la sale colère, et les types qui remontaient, plutôt indifférents, dans le car.

— J'ai eu peur.

— Moi aussi.

C'est une figure de toujours, le visage d'une statue baroque, immobilisé dans son expression haineuse. Et forcément revient l'autre visage obsédant, celui du tyran sur son lit chromé d'agonie. Il a les yeux ouverts, fixes.

22

Et les types arrêtés dans la lumière du matin, qui regardent passer la masse blanche de l'ambulance, est-ce qu'ils pensent que cette chose neutre, cette viande qui s'accroche encore, les a mis à mort, les a emprisonnés, torturés, les recherchait sans cesse pour les détruire, les faire taire, interdisait les livres, demandait aux prêtres et aux soldats de tenir le peuple dans la crainte ? Pensent-ils : voilà maintenant qu'il crève, même si on le fait durer ; même si c'est lui qui dure encore, voici qu'il crève ?

Il a encore des pensées : ce sont des mots qui viennent à la conscience et qui se développent vaguement en images ou en phrases, et puis ça fout le camp comme c'est venu, avec de brusques plongées léthargiques, sorte de sommeil ou plutôt d'évanouissements répétés. Chaque fois, le corps travaille un peu plus péniblement. Il sent des organes s'arrêter de fonctionner, de longs déchirements internes lui tiennent les yeux ouverts. Il y a des femmes en blouses bleues, comme des ombres floues. Elles sont chargées de l'alimenter avec de nombreux bocaux dont les liquides semblent lui couler sur la peau, elles s'affairent autour de lui, alors d'autres mots, d'autres images, d'autres pensées reviennent.

Des images lui font mal horriblement, dans le ventre et dans les jambes. Des femmes le harcellent et du sang gicle par saccades de leurs poitrines ouvertes. Il veut s'en asperger, s'en fortifier ; sa faiblesse l'empêche de s'approcher davantage, il gémit comme un nourrisson, il ouvre sa bouche édentée, ses lèvres s'agitent d'un mouvement de succion. L'une des femmes s'écroule, ventre saignant contre ses jambes, il cherche à se dégager, il a peur que les potences auxquelles sont suspendus les flacons

23

de perfusion ne tombent. Il ne veut pas mourir, il pleure. Un petit garçon marche, il y a très longtemps, en donnant la main à une femme qu'il n'identifie pas. Une infirmière en blouse bleue s'approche, d'une main il l'agrippe entre les cuisses, puis la crispation disparaît, ses doigts aux ongles bleus glissent sur le nylon de la blouse. De nouveau, il perd conscience, son esprit plonge, avec l'idée de tenir, de tenir encore, d'infiltrer si possible cette énergie pas encore éteinte dans les plus infimes réseaux de son presque cadavre. Il dégage une odeur forte de pourriture, de vieille urine, de médicaments et d'éther. Cette puanteur est une énigme, les médecins ne l'expliquent pas, et rien, ni sur ni dans le corps de Porco Latino, n'apparaît comme la cause de cette épouvantable odeur. Aussi, très vite, est-il nécessaire de vaporiser dans la grande pièce d'efficaces déodorants et de nettoyer fréquemment le corps du tyran, même si rien n'y est encore visible.

Même si je suis en pleine exaltation, à cause du soleil, de la vitesse, d'elle à côté de moi, de la lumière de cette fin d'après-midi brûlante, de la promesse d'espaces inconnus, même si j'éprouve de la joie à ce départ, il y a aussi de la douleur à voyager, comme me le signale ma mâchoire gauche, autour d'une dent, lourde d'une lourdeur qui parfois gagne la moitié du visage, tel un fil incandescent passé dans le vif des os et des muscles. Il y a des nerfs partout sous la peau, comme des sismographes.

J'ai le visage partagé. D'un côté la tranquillité, car il y a du bonheur à partir avec elle, de l'autre la crispation douloureuse d'un visage pâle et tiraillé, parce que je sais partir pour fuir l'odeur insupportable, parce que je sais, dès maintenant, que le voyage nous

24

condamne à retrouver partout ce pouvoir infect, et l'Europe n'est plus seulement objet de tourisme, mais une Europe au corps cadavérique. Pendant que le dictateur agonise, la répression augmente, les enfermements sont plus nombreux, les hauts laquais crèvent de trouille. Il faut faire durer Porco Latino le plus longtemps possible, par tous les moyens, sous peine de voir les terroristes devenir plus audacieux. Tant qu'il est en vie, il reste le chef tout-puissant, le roi, le garant de tous les pouvoirs. Et moi, si je cherche de moi, dans l'emportement du voyage, une image d'Européen, je me rencontre n'existant plus, ou plutôt menacé de ne plus exister, je me rencontre partagé, divisé, sorte de silhouette vide et de peu d'identité.

Durant ces heures passées dans la vitesse, un autre voyage se fait et se défait, une sorte de rêverie éveillée, en même temps que demeure l'attention à la route, à la voiture, aux virages, aux autres voitures. C'est un autre partage entre le songe et cette sorte de qui-vive, un va-et-vient des images à la réalité de cette caisse lancée à 150 à l'heure, des souvenirs au moment présent avec elle à côté de moi, dont j'ignore le cours des pensées. Parfois je veux le connaître, en violer l'intimité, percer le secret de son deuxième voyage, parfois même je l'imagine, et je découvre alors le pouvoir que je veux exercer. Cette injustice, cet irrespect de sa liberté me ramènent à l'effroi, à la fascination de l'interminable agonie du tyran. Il y a des animaux dont on dit qu'ils ne meurent pas vite, comme les punaises qu'on écrase, qui se refont une santé et qui repartent, requinqués, indestructibles apparemment, mieux : comme s'ils reprenaient force après chaque écrasement.

25

— A quoi penses-tu ?

— A rien de précis, répond-elle.

— Il te passe bien quelque chose dans la tête ?

— Rien, n'importe quoi. Ce n'est pas intéressant. Je n'ai pas de mots pour le dire, ce sont des images, des morceaux de choses, et je ne sais pas si c'est en français, en allemand, ou même en anglais. Ce ne sont pas des pensées, des bouts de trucs...

— ...

— Pourquoi veux-tu savoir ? C'est de l'inquiétude ou quoi ?

— Sans doute.

Parce que le pouvoir naît d'une fragilité irréparable, d'une cassure originelle, et puis de là découlent, justifiés, implacables, toutes les exactions, tous les mépris, tous les abus.

— Sans doute un peu d'inquiétude, tu as raison.

J'accélère encore, ivre de vitesse, de cette sensation de puissance et d'immobilité dans l'espace traversé et encore, encore, à traverser vite, le plus vite possible, parce que j'ai le sentiment d'une urgence, parce que Paris d'où nous venons est trop près, parce que je veux disparaître et que je sais qu'il y a un peu de ce désir chez elle. C'est pour cela qu'elle ne me reproche pas d'aller vite.

Ce matin : nous chargeons nos sacs, nous montons dans la voiture. Nous sortons de Paris. L'autoroute. Sortie tranquille. Il fait chaud. Péage, ticket. Des gens sont arrêtés sur le parking après les distributeurs. Deux gendarmes font les cent pas. La bifurcation de l'autoroute vers Bruxelles, la plaine sèche et jaune, les usines, les cheminées, les terrils. Paiement du péage. Station-

26

service. J'avale un œuf dur et un café. Elle se dirige vers les toilettes. Elle porte une robe transparente. La frontière belge : un douanier nous accueille avec des plaisanteries. Des panneaux indiquent les nouvelles limitations de vitesse. Des villes, des villages laissés de côté, l'ennui du paysage, Liège évitée, la bifurcation vers Aachen, on laisse Anvers et Amsterdam sur la gauche. Liège l'année dernière :

Elle arrivait par le train, vers neuf heures du soir. Je devais la retrouver à la gare. Moi, je venais des Ardennes françaises, en voiture. J'avais deux heures d'avance. Je me suis promené dans la ville, à la tombée du jour. J'aime le calme des villes, quand le trafic des voitures ralentit, quand les gens disparaissent des rues où je marche, heureux de mon anonymat, de mon étrangeté, de mon insignifiance. Je revenais vers la gare par des ruelles tranquilles, puis je tournais vers la gauche, le long de petites maisons, face au remblai des voies ferrées. Et, brusquement, elle est là dans sa vitrine éclairée faiblement, fortement vivante, brune, pulpeuse, opulente, un peu alourdie, elle est là, devant moi, dans sa neutralité d'objet, dans cette dépossession d'elle-même qu'elle désire, qu'elle répète en série. Elle lit un livre. Elle est vêtue d'un slip noir. Ses seins sont presque nus dans les plis d'une fine blouse ouverte et blanche. Je la regarde. Elle lit dans un fauteuil d'osier, les jambes écartées qui reposent sur un tabouret. Elle n'attend pas, elle lit. A-t-elle senti ma présence, fait-elle exprès de ne pas me regarder ? Ou bien est-elle vraiment absorbée par sa lecture ? Elle ne bouge pas. Je la regarde, il me semble assez longtemps. La rue est déserte. La vitrine semble être ici sans utilité. Elle apparaît insolite, dans son aquarium brillant, encastré au milieu des façades éteintes.

Puis elle lève la tête et me dévisage. Elle ne sourit pas. Sa bouche est rouge, épaisse. Ses yeux sont noirs, assombris encore par le maquillage. Elle me regarde et ne fait aucun signe d'invite ; seulement de l'index, elle soulève la lisière du slip, agrandit l'échancrure et découvre sa motte. De nouveau, elle me regarde, puis reprend son livre. Je reste là, quelques instants. Je reprends mon chemin vers la gare.

Aachen, la douane, les poids lourds. Le type qui gueule après des Turcs. La chaleur, les papiers gras dans les poubelles et par terre. Des bâtiments gris. La ville. Il y a une fête dans une cour d'école. Des enfants repeignent une Coccinelle. L'autoroute, les usines, la vitesse, les poids lourds, la puanteur des champs engraissés, par bouffées dans ce bruit de ferraille emportée. D'immobiles heures dans la vitesse, dans le soleil, dans l'immensité bleue du ciel, sur l'étendue des plaines sèches — c'est une année de canicule — avec la précipitation des lignes droites et des lignes courbes, glissières brillantes et traces blanches sur l'asphalte, qui défilent à toute allure et qui se précipitent vers nous, comme avalées sous la voiture, puis qui s'enfuient dans les rétroviseurs, si vite que parfois, comme les heures, tout cela s'immobilise et que la voiture semble faire du sur-place, tout en vrombissant de sa puissance déchaînée, parce que l'horizon toujours le même recule au fur et à mesure de notre progression, parce que l'espace lumineux est toujours à pénétrer, à posséder encore.

Alors de nouveau le rêve, comme un calme, s'installe entre nous deux, dans l'habitacle, de nouveau s'établit ce silence d'une fuite éperdue en même temps que la sensation d'immobilité, alors peut naître la musique, une sorte de méditation, l'expression tranquille de cet emportement d'abord bruyant et qui devient glissade sans effort, inépuisable, dans cette seule idée d'un déplacement jamais assez rapide, d'un mouvement pur dont je veux préserver l'illusion, car je ne pense plus à la machine qui ronfle, je n'entends plus les pneus siffler, ni l'air bruire autour de la carrosserie, parce que je veux croire cette glissade éternelle, détachée, silencieuse, qu'aucun obstacle ne peut arrêter, sauf la mort comme une lueur blanche, un éclat de métal ou de verre, entre le ciel et l'autoroute.

Voici : maintenant l'errance commence, a vraiment commencé. Elle se construit un espace d'une autre nature. Le voyage se fait dans la confusion des lieux, des jours, des moments. Il établit des rapprochements et des coïncidences inattendues, ordinairement impossibles. Les distances sont faussées, la géographie de l'Europe se transforme et se reconstitue selon l'incohérence des itinéraires. C'est cela, voyager.

— ... cela voyager.

— Qu'est-ce que tu dis ?

— Je dis que c'est ça voyager.

— Quoi donc ?

— Nous, dans cette voiture, sans projet particulier, si ce n'est d'aller, de venir, de filer et, bien sûr, de se donner quelques menus prétextes pour le faire.

— Quels prétextes ?

— Par exemple aller voir des gens à Berlin, visiter Delft à cause de Vermeer, s'arrêter dans une ville pour un musée, pour une église ou pour un château ; par exemple vouloir connaître une région, une ville, des agitations particulières, ou d'autres choses de peu d'importance.

Seul dans l'immensité, dans le silence, pur mouvement mécanique et vivant, au-dessus de la mer, des forêts, des landes et des maisons des hommes, seul dans le désert de l'espace, l'oiseau vole. Je le vois et le suis du regard très haut dans la lumière, son corps accroché par le soleil, très haut, très lointain, point minuscule, et là-haut, là-bas, je suis soudain à quelques mètres de lui et je reste à contempler cette image idéale : cou tendu, la tête ouvrant l'espace, mécanique sans défaut qui vole, doux fuselage brassant l'air, y prenant appui pour s'y enfoncer, faisant de cette résistance une alliée, corps qui voyage comme une flèche heureuse, libre, anonyme, un de l'espèce depuis toujours poussé à faire, selon la succession des saisons, le même périple aux mêmes moments.

Nous nous arrêtons pour prendre de l'essence. Les chiffres lumineux clignotent vite. Je m'étire, je marche entre les voitures et les rangées de pompes. *Là-bas, au bout du parking désert, juste à la limite de l'étendue grise de goudron et des champs, au-dessus des poubelles, dans le ciel, un faucon crécerelle bat si vite des ailes qu'il reste sur place, le bec pointé vers le sol, à l'affût d'une proie.* Je reste un moment à le regarder, je voudrais le voir piquer. Nous repartons. Nous quittons l'autoroute pour nous enfoncer davantage selon des chemins retirés. Gagner Münster par des voies plus tranquilles. Mais nous nous arrêtons avant, dans une auberge isolée, au bord d'une route de campagne.

Elle dort maintenant. La chambre est tranquille. Le silence de la nuit, absolu. J'écris à la table, devant la fenêtre. *L'oiseau vole et le battement des ailes fait un*

bruit régulier, une alternance rapide de soupirs, au même
rythme soutenu, mécanique vivante, au-dessus de la terre,
au rythme d'un cœur qui tape avec exactitude, vite,
signifiant exactement ce que cela veut dire : la sûreté
magnifique et libre d'être en vie, d'être mouvement, et
la précarité douloureuse d'être pour la mort, quand s'ar-
rêtera le cœur. Six cents, sept cents coups par minute.
Cependant le vol est beau et je vois la douceur de ce
dessous d'oiseau, le galbe blanc de sa gorge, l'acuité
de la tête et la tendresse des plumes.

La première défaillance, qui fait entrer Porco Latino
dans le défilé monstrueux le menant à la mort, est une
arythmie cardiaque. Première défaillance, première dissi-
mulation. Les hauts laquais demandent qu'on parle d'une
grippe. Et le monde apprend que le vieux dictateur a
la grippe, mais cela ne l'empêche pas de présider un
Conseil important. On ne sait pas qu'il tient à peine
debout, qu'il arrive titubant, pâle, tout à coup minuscule
vieillard voûté, dissimulant sous l'uniforme des électrodes
reliées à des écrans, dans une salle attenante. Porco
ouvre le Conseil. Les hauts laquais ne se doutent de
rien. A côté, les médecins. Viva la muerte ! Mise en
scène : tenir et ne rien montrer, tenir, le pouvoir ne peut
pas mourir comme ça. Les médecins sont cramponnés
à leurs écrans, et ce qu'ils voient n'est pas fameux, pas
bien correct : de brusques décrochements, de soudaines
défaillances, mais la mécanique repart, redevient à peu
près normale, une bizarre claudication du cœur qui doit
être surveillée, car à tout moment ce peut être la cha-
made, le dérèglement, la panique et la catastrophe,
l'écroulement du vieux dans son fauteuil, devant ses
ministres, la tête tombée sur la poitrine. Pas question

de laisser voir les derniers hoquets et tressaillements ridicules de la mort. Là, tout à coup, un nouveau décrochement du signal lumineux, puis un autre et un autre encore, et puis ça devient tout à fait confus, brisé, y a des ratés dans le moteur, ça dégringole, ça n'a plus de forme, ça s'affole sur les écrans, en direct sur le cœur du tyran, et les médecins regardent le rythme se défaire, ils veulent intervenir, entrer dans la salle du Conseil, mais des officiels les en empêchent. Porco, pâle, secoué, vient de subir une première attaque, le premier agacement de la mort, il tient à se lever seul, il quitte la pièce lentement, refuse qu'on le soutienne, il tient avec la même effroyable volonté qui le fait décider toujours de la vie et de la mort de ses sujets. C'est un dur, Porco. L'honneur est sauf. La porte se referme sur la silhouette effrayante. Les hauts laquais sont très agités.

Quand l'ambulance blanche quitte le palais, un beau matin du début de l'été, il y a sur un trottoir un type qui pense calmement : Cette fois-ci, il va mourir.

Ce n'est pas toujours très gai, l'Europe. Il arrive pourtant, devant l'angle d'une vieille demeure isolée, perdue sous les arbres hauts aux feuilles roussies par la canicule, cernée d'une eau qui a baissé, découvrant une terre grise, qu'il existe soudain la possibilité d'un bonheur, d'une tranquillité, à cause de la lumière du soir, et malgré la chaleur oppressante venue de la terre comme une braise gigantesque, malgré cette fournaise qui tombe du ciel, la possibilité d'une tranquillité, parce que la lumière est douce dans les ombres allongées, parce que le monde est calme maintenant, et c'est un vertige après avoir circulé vite sur des parcours secs. Nous restons là, nous nous asseyons, nous restons là de longs moments, nous ne disons rien. Puis la nuit vient. Une tranquillité possible parce qu'elle est là, à côté de moi, calme, lointaine et proche, comme le monde abîmé dans le silence.

Le voyage a pris une autre allure : depuis une semaine, nous tournons en rond, en Westphalie, à la recherche de vieux châteaux dans le secret de leurs parcs. Nous nous promenons, nous errons, nous revenons sur nos pas, nous ne sommes plus dans cette précipitation rectiligne, sur des autoroutes qui coupent les plaines et les forêts, qui entament les collines, qui se nouent et se dénouent. Le soir, nous revenons dans la même auberge, où nous prenons nos dîners. A table, je pense : d'aujourd'hui, il ne reste presque rien, des arbres noirs, presque rien, des silences, des arrêts, une sorte de permanence insaisissable des formes, peut-être de l'ennui, peut-être un repos, un vide, l'image d'une histoire rassurante et calmée. C'étaient en effet de tranquilles moments. Elle me prend en photo, devant les portes d'une porcherie, et derrière un grillage, une énorme truie de profil. *Il y a des vanneaux dans les champs environnants, et des canards alignés au bord de l'eau d'un fossé qui entoure le château. Parfois un vanneau s'enlève de son vol lourd et se repose un peu plus loin.*

Le soir, les paysans et les fermiers, les propriétaires viennent parler de leur journée, des affaires, ils prennent des nouvelles les uns des autres. Ils boivent de la bière, assis aux tables ou debout au bar. Un type un peu ivre, un peu flambeur, se vante et rêve de ses projets. Les autres se moquent de lui, le relancent, l'excitent, pour mieux s'en moquer et le tourner en ridicule, mais lui, sans mollir, continue de rêver tout haut. Il parle des fermiers américains, des troupeaux innombrables, de l'immense richesse qu'on peut s'y faire vite, il dit qu'il a lu ça dans un magazine, il dit qu'il veut partir et tenter sa chance, là-bas, et les autres le charrient, le décrivent en cow-boy, lui souhaitent en riant bonne chance, parce que, bien entendu, ils ont toutes les raisons de se moquer de lui, car il est le plus pauvre pour faire ce rêve, original et bizarre de n'être pas riche. Il parle, s'agite et dit qu'il aura des vaches, un ranch, des tracteurs et des champs à l'infini. Il s'imagine, revenant au pays, qu'il rend visite à ses copains et au *Graf* du coin à qui il donne des conseils pour améliorer le rendement de son exploitation.

Puis la conversation dérive sur le football. Je n'écoute plus. Elle se lève et me dit qu'elle va téléphoner. Je feuillette un journal illustré, je demande une autre bière. Elle revient, nous montons dans notre chambre. La patronne nous souhaite une bonne nuit. Un type en gris, sans âge, au regard un peu louche, une sorte de représentant de commerce paumé, nous salue courtoisement. Nous lui répondons.

Maintenant Porco Latino est à l'hôpital. Il y a, dans son entourage proche, celui qui met en scène cette succession d'agonies. On ne sait pas s'il se venge horriblement en entretenant ce presque cadavre le plus longtemps possible, ou s'il gagne du temps pour faire disparaître ses richesses et les mettre en lieu sûr, ou bien s'il le fait durer pour que s'organise une succession digne du tyran, avec des hommes dévoués. Mais les hauts laquais, tout à coup, éprouvent ce paradoxe qui les tient ankylosés dans le pouvoir : ils savent bien qu'il est presque mort, qu'on le fait durer par tous les moyens, mais ils ne peuvent s'empêcher d'accourir à l'hôpital, tous les jours, où des hôtesses les introduisent, pour que les radios, les journaux, la télévision disent qu'ils sont venus, qu'ils sont là, fidèles jusqu'au bout, fidèles à un cadavre, car ils savent qu'ils ont peur pour rien, qu'ils ont peur d'un cadavre, mais ils pensent que ce cadavre peut encore se redresser et reprendre la tête du pays, alors ils viennent, honteux, raides, effrayés, capables de tout pour montrer que le pouvoir existe encore, jusqu'au bout de la terrible bêtise. Ils font la chasse aux opposants dans le pays. Ils les arrêtent et les emprisonnent, jusqu'à la fin, plus de cent par jour, quelquefois.

Deuxième agonie, série d'attaques cardiaques, chaque fois sur le point d'être fatales : insuffisance coronarienne aiguë, provoquée par une endocardite.

Troisième agonie : la même chose plus un œdème pulmonaire. Dans les bulletins de santé, on parle de « ses nuits paisibles » et de « son niveau de conscience normal ».

Entre chaque agonie, il passe sur la table d'opération, il est ouvert, réparé, rafistolé. A cause des hémorragies trop importantes, il reçoit des litres de sang nouveau. Porco Latino, sur son lit chromé d'agonie, a les yeux grands ouverts, fixés sur le plafond de la salle. Ils ne regardent rien. Ils sont, les yeux ronds du tyran, la violence et la peur, la cruauté et l'affolement. Niveau de conscience normal. Il voudrait bien parler, mais les mots sont indistincte bouillie qui le brûle dans la gorge et dans la poitrine, puis ils deviennent des sons presque inaudibles, insaisissables, ils n'arrivent plus ni à son cerveau ni à sa bouche, alors il voit, rapides et répétitives, des variations de scènes, des changements progressifs de décor, des enchevêtrements de figures géométriques, et ça se répète, ça ne finit pas, chaque fois avec une insistance et une absurdité plus fortes. A cela se mélange la vue d'une main arrachée par la culasse d'un fusil qui explose. Tout vient tourner devant ses yeux, se former, se déformer, et prendre brusquement un peu de sens, puis s'enfoncer de nouveau dans le non-sens et ses variétés infinies.

Parfois Porco ferme les yeux. Il est petit garçon. Sa grand-mère fait du tricot. Il regarde les doigts ridés et tordus par des rhumatismes articulaires. Il suit des yeux le mouvement rapide des aiguilles et de l'index qui se détend et se recourbe au rythme d'une machine parfaitement réglée. Elle lui parle cependant, comme si elle était coupée en deux personnes, l'une qui tient une conversation avec lui, l'autre, neutre, dans la répétition régulière, constante et mécanique des doigts. Mais il n'entend pas ce qu'elle lui dit, en lui la mort commence à faire barrage aux mots. Niveau de conscience normal et nuits paisibles. Lui, cadavre, il est, il restera le maître tout-puissant. Les hauts laquais s'inquiètent, mais la dévotion, qu'on entretient chez eux par la menace de certains regards, vite en eux rétablit leur soumission fascinée.

Quatrième agonie : ablation de l'estomac avec saccage scientifique de la poitrine, et de nouveau transfusion complète : du sang frais. Grosse consommation de sang jusqu'au terme : conséquence logique, habitude, Porco a besoin de sang. Points de suture sur la poitrine, mais la peau ne tient pas, la couture lâche. Le lit chromé repart, poussé sur ses roulettes, au bloc opératoire.

Déjà le rat avait tenté quelques rapides incursions

dans la salle. Au début, il arrivait la nuit, dans le silence bleuté de la pièce. Les infirmières de garde avaient essayé de le chasser, mais il n'avait pas cédé d'un centimètre. Elles s'étaient habituées à sa présence, à ses vifs mouvements dans l'ombre, le long des murs, à ses cris légers. Maintenant le rat est là, presque tout le temps, jour et nuit. C'est un beau rat, au poil brillant. Il a une belle queue. Il n'est pas trop gros. Ce n'est pas un rat répugnant. Mais il a la détermination des rats : il est là. C'est la nuit. Le calme est revenu dans la salle. Porco Latino gémit dans son lit, au centre, barricadé par toutes sortes de caisses métalliques, animées de clignotants et d'écrans qui précipitent leurs informations de chiffres, de rythmes, d'oscillations et de courbes. Porco Latino fait principalement trois sortes de gémissements : un long feulement rauque et grave, comme une respiration cassée, ou bien un chétif aboiement de chiot, ou encore une sorte de mélopée couinée et syncopée qui ne ressemble à rien. Deux infirmières se sont allongées sur des fauteuils. Elles dorment. L'une d'elles dans l'abandon du sommeil écarte grand les jambes. Les deux autres sont debout, près des caisses enregistreuses, et surveillent le tableau de bord de la mort au travail. Tout est tranquille. Le rat est là, immobile, pas très loin du lit. La pièce n'est plus aussi nette qu'au début. Personne ne dit rien sur le désordre croissant qui envahit la salle. Des blouses d'infirmières et de médecins sont suspendues à des patères. Dans un coin, une caisse blanche déborde de linge sale, taché d'urine et de sang. Les poubelles en émail blanc ne ferment plus, trop pleines de vieux pansements, coton, gaze et sparadrap. Ici, l'odeur est forte. La lumière est bleue. Porco Latino pousse sa mélopée couinée, les écrans s'affolent un moment, puis tant bien que mal se rétablissent. Porco Latino a les yeux fixés sur le plafond. Il aboie faiblement. Il a encore tous les pouvoirs. Nuits paisibles. Une infirmière se lève et remplace un flacon de perfusion.

Le lendemain matin, après quatre jours passés ici, nous quittons l'auberge. Le type en gris vient m'adresser la parole en français. Je lui dis que nous voyageons en Allemagne, et que nous allons vers la mer Baltique. Il me souhaite un bon voyage. Il me dit qu'il voyage pour son travail. Sa vieille Mercedes aussi grise et pâle que lui disparaît sur la route. Nous restons toute la matinée à Münster.

Retour à la voiture, en début d'après-midi. Nous repartons par de petites routes. On le sort de la chambre bleutée, en pleine nuit. Le lit chromé à roulettes est poussé par deux infirmières. Deux autres vont derrière et sur les côtés, trimbalant potences et flacons. On le mène vers le bloc opératoire. Les chirurgiens sont prêts, les anesthésistes aussi ; on branche sur le corps des tuyaux, des sondes, des contacts électriques retenus par des pastilles de sparadrap, et de nouveau s'allument en vert phosphorescent des signes et des chiffres, tandis que clignotent les témoins lumineux, et ce corps d'aspect encore humain, ce corps — pouvoir de mort qui ressemble à une forme d'homme —, voici qu'il devient une sorte de créature de Frankenstein, mi-machine mi-homme, voici qu'on lui fait subir les ablations et les transformations qui en font un monstre.

Nous sommes arrêtés en rase campagne. Il y a une voiture en travers de la route, deux militaires en tenue de combat nous font signe de nous ranger sur un parking :

tout le barnum de la répression, le cirque des chiens-loups, des gilets pare-balles, des fusils mitrailleurs qu'ils nous collent à hauteur du visage, pendant que nous cherchons nos papiers. A quelques mètres, les voitures grillagées, blindées, où travaillent deux types qui examinent nos papiers et qui téléphonent pour avoir des renseignements, pas seulement les passeports, mais les permis de conduire aussi, et les papiers d'assurance de la voiture. Et les soldats restent là, très près de la voiture où nous attendons. Ils ont l'index sur la détente. Un soldat revient vers nous. Il nous rend les papiers : « Ça va, tout est en ordre. » Elle demande : « Que se passe-t-il ? » Il répond vite, neutre : « On a tué une terroriste, hier soir, mais le type avec qui elle était s'est échappé. On le cherche. »

Nous repartons. A l'occasion de nos haltes volontaires, qui coupent les turbulences du voyage, au bord d'un chemin de forêt ou couché dans un fossé bordant un champ, fatigué, je rêve, les yeux ouverts sur l'immobilité des arbres et des champs, sous le passage de nuages ou dans le vide bleu du ciel. Je rêve sans effort, je laisse aller les pensées, les images, les bribes de phrases, et tout cela revient dans un flux qui ne s'interrompt pas, je ne retiens rien, je ne veux rien retenir, et je retrouve dans le calme du corps, dans l'immobilité désirée, le vertige des pensées qui fuient, que je ne veux ni saisir, ni trier, ni mettre en forme. Dans cette succession continuelle s'installe une durée particulière : je suis de nouveau pris par un emportement aussi violent que le voyage. Elle cueille des fleurs au bord du chemin. Et s'il m'arrive de ne plus savoir où je suis, il n'y a pas d'angoisse à cela, aucune gêne, pas le moindre inconfort. Tout dans ces instants se mêle, se succède et passe.

Or voici qu'il vient et que je le vois marcher sur le chemin. Sa misérable silhouette, à une cinquantaine de mètres, s'avance d'une démarche à la fois titubante et rigide. Il est vêtu d'un costume de chasse, les jambes gainées de guêtres brillantes. Gros plan sur son visage. Il a les yeux cernés de larges taches violettes, cela lui fait une expression de tragique effroi, je détaille les rides, le nez qui tombe sur la bouche, la ligne mince des lèvres, c'est comme s'il voulait me sourire, mais l'effort semble si grand que la grimace est insupportable à regarder. Le rictus laisse voir des dents jaunies et déchaussées. C'est bien lui. Je pense : l'important n'est pas seulement de le décrire, mais en le décrivant de signifier la relation que j'entretiens avec cette figure de toute-puissance, avec ce visage mortifère, porteur de violence, de trahisons et de meurtres. Pas seulement ma relation, mais celle que tous les autres ont avec lui, même ceux qui s'imaginent en être à l'abri, qui pensent être à l'opposé, comme moi je le crois pour moi, de cette ruine effrayante et redoutable.

Elle s'approche avec un bouquet de fleurs et d'herbes sèches. Elle se couche sur moi. Nous nous embrassons. Je caresse ses seins et ses fesses. Puis elle me dit :

— Raconte-moi *Macbeth,* j'y pensais tout à l'heure, et je ne me souviens plus très bien. Les trois sorcières, c'est bien dans cette pièce ?

— Oui.

— Raconte-moi.

Et je lui raconte *Macbeth* : un homme se laisse avoir par la promesse du pouvoir absolu et sa femme l'enflamme, l'arme de sa violence, l'excite, le soutient quand il flanche, et elle jouit peut-être plus que lui de ce pouvoir usurpé. Alors, il tue le roi, alors elle tue les gardes et les barbouille de sang. Le royaume est ravagé par les calamités, il tue et il tue encore jusqu'à la folie, halluciné, et il sait qu'il n'aura pas de descendance, alors il massacre les enfants de ses concurrents. Le mal est au fond de son esprit. Il sait qu'un jour il mourra, quand la forêt de Birnam marchera sur lui.

Elle me dit qu'elle se souvient maintenant des sorcières et de leurs prophéties.

Macbeth. — Parlez, si vous pouvez... Qu'êtes-vous ?

Première sorcière. — Salut, Macbeth ! salut à toi, thane de Glamis !

Deuxième sorcière. — Salut, Macbeth ! salut à toi, thane de Cawdor !

Troisième sorcière. — Salut, Macbeth ! qui plus tard seras roi !

La conjuration des monstres n'est plus possible. Le mal absolu, c'est la violence faite au peuple, peut-être le dernier état de la psychose, une folie froide de destruction et qui se dévore sans arrêt elle-même, dans la peur, fondée sur la peur, avec les meurtres et les tortures.

Quand le cardinal entre dans la pièce où gémit Porco Latino, son maître, il voit aussitôt, devant lui, le rat immobile qui le fixe. Le chef des curés sursaute et s'arrête net. Il regarde le rat. Il se sent impuissant devant cette immobilité. Sa bouche tremble et murmure quelque chose très vite. Il ne détache pas ses yeux des yeux minuscules et brillants du rat. La porte est refermée derrière lui. Il ne doit pas reculer : des officiels, de l'autre côté du lit où gît le tyran, guettent sa réaction. Il pense : un homme de Dieu ne cède pas devant un rat. Puis, une infirmière vient le chercher. Précédé par elle, il longe le mur, afin de s'écarter du rat. Il rejoint les autres qui parlent à voix basse. Le cardinal reprend son air grave, salue sans sourire, se fait baiser la main, demande qu'on lui avance un siège, car, dit-il, l'épreuve de cette visite est trop lourde. Il s'approche du lit, regarde Porco. Puis il s'assied et retrouve son calme. Ce qu'il voit devant lui, sur le lit, ce corps délabré, hérissé de tubes, surmonté de flacons, parcouru de fils qui le relient aux machines électroniques, le laisse indifférent. Il vient d'avoir peur jusqu'à l'âme, d'un rat. Il ne veut plus regarder du côté de l'entrée. En homme habitué aux incantations, aux objets de culte, à tout le cinéma de la religion, il est craintif et superstitieux. Il donne à la présence du rat une signification diabolique, il se répète qu'il n'a rien à se reprocher. Les hauts laquais parlent autour de lui, ils chuchotent, ils intriguent, et dans leur abjection ils esquissent des sourires qu'ils veulent graves et de circonstance. Le cardinal ne comprend pas leur indifférence à l'égard du rat. Puis le rat disparaît.

La conjuration des monstres n'est plus possible. Nous nous remettons mal de cette impossibilité. Les monstres ne sont plus objets de représentation, ils existent définitivement présents. Chacun sait qu'il peut devenir monstrueux. Cette éventualité vit comme une menace dans les corps, comme une jouissance possible, l'éventualité du passage à la monstruosité nous gâte l'envie de vivre. L'enfer autrefois figuré sur une autre scène, théâtral, exagéré, voici que chacun sait qu'il est, seconde après seconde, d'actualité.

Ils chuchotent, ils intriguent, ils se défendent, se placent, défendent leur sécurité, et, dans leur abjection, ils ébauchent des sourires qu'ils veulent graves et de circonstance. Le cardinal se retrouve au milieu de ses grimaces, et ne sachant pas la fausseté de son visage, il se prend à mépriser ces laquais crevant de trouille, car il s'imagine différent. Cependant Porco Latino couine sur son lit. Il a les yeux ouverts, fixés sur le plafond de la pièce. L'odeur est de plus en plus suffocante.

Le vol des oiseaux obéit à des lois, comme les mouvements des hommes. Mais la loi des oiseaux est exactement la loi des choses de la terre, de sa révolution combinée à celle d'autres astres. Les oiseaux sont dans le ciel, comme la terre est dans le ciel. Ils sont la survivance d'une harmonie que nous avons perdue, et qui nous semble aberrante, signe inutile. Nous en sommes là, après avoir perdu ce qui nous faisait êtres de nature. Les oiseaux voyagent. Les oiseaux naviguent. Nos départs, à nous deux, recherchent le même libre anonymat que celui des oiseaux en vol. C'est par la volonté du mouvement que nous finissons par comprendre, par l'observation du mouvement, voire son écriture, que je finis par comprendre. Rien ne peut plus me surprendre venant de moi, des autres, des hommes. Rien ne me surprend plus que le vol des oiseaux.

Nous filons jusqu'à Brême où nous arrivons de bonne heure, un matin. Nous nous asseyons dans de profonds fauteuils de bois, au milieu de la place. Il y a une haute statue d'homme. Nous restons au soleil. Elle, à côté de moi, ferme les yeux, la tête renversée. Il y a la masse de la cathédrale, à contre-jour dans le soleil, flanquée d'une profonde tranchée de lumière, la blancheur du soleil. Face à cette hauteur sombre, de l'autre côté de la place au pavement brillant comme un métal, jaillit et remue la truculence colorée, massive des vieilles maisons, de leurs arcades et encorbellements, des effigies mouvementées. Passent des silhouettes noires, d'autres claires. Elles traversent la place découpée par la lumière. Des gens font pisser des chiens.

Nous entrons dans le froid. Sous la masse de la cathédrale, se trouve une cave qui a la propriété de momifier les cadavres, et nous sommes brusquement happés par un souffle froid, devant les visages de cuir de corps très anciens. Il y a souvent en Europe des lieux de ce genre. Je les visite avec ferveur et répugnance. Je m'y tiens neutre, je m'y veux objectif. L'ébranlement, la rêverie viennent après.

Le mal, le mal absolu, sans cesse à proximité, dans le dos, comme une éventualité fatale qui guette. Qui pousse en avant. Où que j'aille, l'agonie du tyran m'accompagne. C'est une puanteur qu'on ne peut pas fuir. Le mal absolu nous accompagne, comme un poids, une menace, comme une froideur, une sorte de résolution terrible, il est là sous la forme des morts enfouis, de cuir et glacés dans leurs grimaces étirées entre les cavités noires, morts scandaleux d'avoir passé les siècles, d'avoir échappé à la décomposition ; il est là sous la forme d'incessants échos, partout où nous passons, de la mort de Porco Latino — la complaisance des commentaires —, et nous ne pouvons pas ne pas tomber sur un magazine, un journal, sans y trouver de nouveaux détails, des hypothèses, des considérations informées, politiques, économiques, médicales et éthiques, ou bien à la radio, dans la voiture, jusque dans notre allégresse des paysages traversés et des distances parcourues, ou bien encore, le soir, à la télévision, dans une auberge où nous nous arrêtons. Il est là, comme une angoisse qui monte en moi, qui nous empoisonne l'envie de vivre, comme de longs silences entre nous que nous interrompons par des phrases sèches, comme une hostilité muette, lourde, épaisse, consistante. Il est là, le mal dans cet endroit vénéneux, dans ce paysage sous la canicule, comme si l'eau des marais asséchés, près des tourbières désertes, laissait encore respirer, malgré la chaleur, son haleine d'humidités et de brumes. Worpswede.

La ville est prise dans le silence de la lande et des tourbières. Il y eut, ici, des peintres expressionnistes, des symbolistes délirants et phtisiques, il y a encore des galeries et des peintres, et le cortège désuet d'amateurs d'art. Une tranquillité morte. On voit dans les boutiques des cartes postales d'arbres morts, la nuit, sur la lande ; des reproductions de toiles pleines de brumes et d'ombres.

C'est vrai que l'angoisse monte, maintenant, sous pression, souffrance et colère, cette angoisse qui me fatigue et m'abat, qui raréfie les mots dans ma bouche et qui finit par m'imposer le silence, quand je l'agresse par des gestes d'impatience, elle à côté de moi, par des mimiques, des ignorances et du mépris. Et je sais qu'en elle lèvent aussi l'angoisse et la tristesse, et que nous nous préparons une explosion de haine, comme une possibilité peut-être de dire quelque chose de la folie du monde. Elle se prépare, la colère, entre nos visages. La nuit tombe sur un pré qui descend doucement courbé vers des ormes, une barrière blanche, et, plus loin, sous les arbres et sur d'autres prés devinés, il y a une lueur incertaine et lunaire.

Nous avons dîné sur la terrasse. Le silence est absolu. Un couple de gens âgés, près de nous, ne dit rien. Nous avons tourné nos chaises vers le paysage, vers ce pré

que nous surplombons. Nous avançons dans notre immobilité, dans l'autre espace des songes, des rêveries, des
longues séries de mots, dévidées, interrompues, reprises,
perdues, remplacées par des images, des sentiments qui
se désaccordent entre nous, des scènes désirées, des situations d'autrefois, ou parfois par des personnes, femmes,
enfants, hommes, tous brusquement présents. Je demande
une autre carafe de vin blanc. Nous allons dans ce chant
du monde rêvé. Je sais qu'il en est ainsi, à voir nos
regards, dans nos quatre têtes — nous et le vieux couple
silencieux —, et nous allons dans ce redoublement et
cette métamorphose que nous faisons du monde dans
nos têtes, dans cet immense chant, œuvre inépuisable que
la mort n'arrête pas, mouvement de tous les langages
qui nous emporte.

Puis nous passons la nuit à nous battre, à hurler des
insultes, ameutant sans doute tout l'hôtel, jusqu'au petit
matin, puis nous dormons quelques heures, épuisés,
comme calmés, ayant décidé de nous séparer le lendemain, d'arrêter là le voyage, nous laissant aller au mouvement de mort, à la destruction. Ce paysage qui m'aurait, une autre fois, empli d'un infini bonheur, m'apporte
quelque chose d'irrémédiable et de froid. Le matin, nous
déjeunons sans rien dire, les gens ne nous regardent pas.
Elle paye. Devant le coffre de la voiture, nous parlons
et nous savons que nous ne pouvons pas nous quitter.
Une cabriole grotesque, nous repartons. Nous allons sur
un chemin sablonneux. J'arrête la voiture sous des arbres.
Nous prenons un chemin qui s'enfonce dans la lande.
Nous suivons une étroite voie ferrée entre les herbes
hautes, jaunies, encore vertes par endroits.

Il est tôt dans la matinée, déjà la chaleur est insupportable. Je lui parle, elle ne répond pas. Elle s'éloigne et marche devant moi. Elle s'assied sur les rails, la tête entre les épaules et cachée dans ses mains. Je tourne et je retourne dans les herbes sèches, je prends des photos, je m'assieds, je me relève, marchant entre les rails sur des planches de bois qui plient sous mes jambes. Les arbres, à l'horizon, font une tache qui frémit dans la lumière, qui se tord et tremble à travers l'air chaud. Le ciel grouille d'innombrables agitations transparentes et troubles. Je vois la tête d'une biche, juste au-dessus des herbes. Immobile, elle nous surveille. Je la regarde à la jumelle. Sa tête est prise dans des turbulences d'air chaud plus visibles dans les optiques. La biche disparaît. Nous marchons dans les tourbières, le long de longues tranchées sombres. Un petit train surgit d'entre les arbres, chargé de blocs réguliers de tourbe, une sorte d'amalgame terreux, filandreux, desséché, presque gris à cause de l'été caniculaire. Le type qui conduit est debout, en tête du train, le corps comme détaché de la locomotive. Il porte un casque de plastique blanc. Nous allons plus loin, entre les arbres, et nous portons la même souffrance et, chez moi, l'envie maladroite, à la fois hésitante et précipitée, de revenir vers elle, de la rejoindre, de retrouver son sourire. Mais elle ne répond pas, se tient à distance et marche, la tête baissée.

Et cet insupportable silence. Le corps se noue, les muscles du dos se tendent, douloureux, la nuque est raide, le corps se rassemble dans la colère et le désir bizarrement que j'ai d'elle. Elle aussi se tend. Il y a le calme écrasant de la lande. Personne ne vient par ici, maintenant. Nous sommes pris dans une sphère, un monde clos, refermé sur la transparence du ciel, dans la chaleur intolérable d'un soleil devenu trop proche, et nous allons seuls, ici. Seuls et séparés l'un de l'autre. Qui donc est-elle, maintenant, si lointaine, si froide, si blessante, et pourtant si proche, si préoccupante, tout le temps présente dans ma tête, qui est-elle ?

Il ne vient personne, ici. Ainsi dans le voyage surviennent des lieux, des espaces particuliers, comme des îles retirées, très loin de l'agitation peuplée, habitée, construite, reliée par des routes et des voies ferrées du monde habituel, trop, beaucoup trop fréquenté. Ce sont des lieux comme des étendues et des lacs de silence. Ils exigent que le corps se tienne debout, seulement le corps brusquement enfermé dans sa peau, fragile et menacé. Ils exigent cette réduction au corps, pour continuer d'y avancer debout.

Une femme traverse la lande, courant et trébuchant, éperdue. Un homme se précipite derrière elle, revolver au poing. Il se rapproche d'elle. Deux détonations sèches, elle s'abat. Avant de tomber, la femme s'est retournée, hurlant : « Nein ! Nein ! Hans ! Nein ! » Il tremble au-dessus d'elle, tout le corps agité. Il porte un masque.

Il est dit que le masque rassemble dans sa forme les énergies de vie qui errent après avoir quitté les morts. Il est dit que le masque à la fois protège et menace celui qui le porte. Il est donc dit que le masque rassemble dans sa forme parodique et sacrée, qui a besoin d'un corps vivant et si possible dansant, à la fois les énergies de la vie et celles de la mort. Maintenant, l'homme danse à côté du cadavre de la femme.

Nous sortons de ce lieu. Puis, Bremerhaven, parce que j'aime m'arrêter dans les ports, aller jusqu'aux bords de la

48

terre ; ils ouvrent d'autres possibles voyages dans le voyage.

Bremerhaven. Le parking de voitures.

Porco Latino, tout plein du sang des autres. Cinquante-deux litres seulement pour ses différentes agonies.

Plus tard, l'Elbe et Lauenburg.

Travemünde.

L'agonie sur le port.

L'embarquement.

La mer. Et dans l'immensité de ce bleu, la vision de Porco Latino sorti des mains d'un Frankenstein, l'âme rendue, mais vivant pour toujours, homme et machine.

La mort d'un goéland. Il s'agit d'arrêter le voyage, d'en fixer les formes, en même temps de se glisser dans sa fuite et dans l'effacement des formes. Sur l'immensité du bleu de la mer, la vision de Porco Latino, cadavre et forme de l'abjection, signe de terreur et du Pouvoir indestructible, entretenu, stimulé, se survivant à lui-même, effrayante machine célibataire, dans le scintillement des chiffres et des lumières, dans les frémissements électroniques.

Bremerhaven. D'abord, nous marchons sur les quais du port de pêche, le long des halles. Nous nous taisons, elle marche devant moi. Elle ne répond pas à mes questions, à mes phrases, à mes remarques. Tous les dix mètres, sortent du mur de la halle des cylindres métalliques qui dégorgent, broyés et découpés, des déchets de poissons. Ça s'écoule lentement, ça se rompt et s'écroule sur un amas sanguinolent, rose vif, rouge avec des éclairs brillants d'écailles et des lignes bleues. La puanteur est insupportable au-dessus de la cuve où ce tas semble grouiller et vivre, où brûle ce rose aux reflets gris. Dans une halle vide, un homme est en train d'arroser à la

lance. Le jet fait une courbe blanche, à contre-jour.
L'architecture du toit, les piliers, des caisses de plastique
et des roues de chariots se reflètent dans les flaques.
Il fait frais. Un poisson a glissé d'une caisse. Il brille
sur le noir du ciment détrempé. Là, déjà, à l'autre bout
de la halle, me blessent les carrés éblouissants des murs
et de la lumière du dehors.

L'angoisse est à son plein, violente et forte. Je ne
supporte plus qu'elle ne me réponde pas. Nous revenons
en silence jusqu'à la voiture. Sur un haut lampadère se
tient perché un goéland. Immobile, il est en souffrance
de mouvement. Il attend, il est un signe blanc, pur signe
blanc d'immobilité avant l'envol. C'est un goéland, aux
ailes d'un gris de perle. Larus argentatus.

Le tyran n'a pas pu vivre sans avoir fait couler à flots
le sang des autres. Il a toujours un impérieux besoin de
faire payer le prix du sang. Il boit, il avale le sang. Sans
doute y trouve-t-il sa force avaleuse, devenue de plus
en plus sanguinaire : c'est une ivresse, le signe d'une
énorme faute dont il se sent coupable. Jusqu'aux dernières avenues de la mort, jusqu'au dernier défilé, le tyran
consomme le sang des autres qui rafraîchit, fortifie,
puis remplace complètement le sien. Pour ses mois d'agonie, il lui faut soixante litres de sang bien frais, bien
chaud, du sang des vivants. Il s'est fait ainsi, il para-
chève maintenant le plus horrible défilé menant à la
mort, quand le suit l'épouvantable cortège de ses victimes, cadavres exsangues qu'il a sucés, femmes, enfants
d'une pâleur mortelle, hommes épuisés et tordus, avilis,
devenus objets de rebut. Aujourd'hui, ils sont torturés
et, juste avant leur mort, des pompes leur aspirent le
sang, qu'ensuite on revend. Le tyran se souvient des der-

50

nières convulsions, des saccades et des soubresauts comiques de ses victimes, il se souvient de ses propres tremblements abjects, et les cadavres le suivent, enfants, femmes et hommes, ils suivent leur vampire qui va boire encore, avaler du sang bien chaud et bien vivant, tout neuf, avant de disparaître, complètement défait, dans les ronronnements électroniques.

Je gare la voiture dans un parking de béton gris. Entre les piles brillent des ouvertures rectangulaires, sur la mer, sur les coques de bateaux et les mâts. Nous sortons de là. Nous nous installons à une terrasse, au-dessus d'une avenue bruyante, brutale, encombrée de voitures. Il y a partout de hauts immeubles sombres, des magasins et des vitrines d'objets, de nourriture, de vêtements et d'appareils. Nous mangeons de gros gâteaux crémeux et buvons du café. Elle ne dit rien, toujours. Au-delà des immeubles, des terrasses et des drapeaux qui pendent, inertes, il y a les bruits de la mer, le cri des mouettes et des goélands, le bleu profond du ciel, les moteurs des bateaux, il y a d'autres espaces immenses, reposants et mortels. J'attends qu'elle revienne, j'attends de retrouver douceur et calme, j'attends de pouvoir la reprendre dans mes bras, de la sentir tranquille, de ne plus avoir à lutter contre les vagues de violence qui m'assaillent, contre les secousses intérieures, trop fortes, trop fréquemment répétées, qui fatiguent et font souffrir organes et muscles. En ces moments, tas de viande, seulement tas de viande parcourue d'intensités, poids à déplacer. Voyager.

Poids de viande neutre, anonyme. Après nous être essuyé les lèvres aux serviettes en papier, nous être lavé les mains, après avoir visité les toilettes de l'endroit, nous retrouvons la pénombre du parking et les ouvertures rectangulaires qui éblouissent. Seulement une tension qui parvient à son point de rupture, et nous ne savons pas, ni l'un ni l'autre, que ça va rompre, ouvrir les digues à la fureur débordante, précipitée, à la souffrance, à la fureur et à la souffrance devenant dans la violence du déferlement, par-dessus nous-mêmes, un seul sentiment indissociable et envahissant. J'ouvre les portes de la voiture. Des silhouettes noires, mangées par le soleil, s'arrêtent, reprennent leur marche, dans les rectangles lumineux qui donnent sur la digue. Nous sommes assis l'un à côté de l'autre, muets. Les portes claquées. Je demande où nous allons, elle ne répond pas, je repose ma question, au bout d'un silence, avec le moins d'impatience possible dans la voix, et j'entends sa voix dire que ça lui est égal. Je me tais, je soupire, je vois d'autres silhouettes que la lumière rend floues. On dirait qu'elles se défont, qu'elles disparaissent en marchant, parfois qu'elles glissent et sont aspirées dans l'étendue du ciel, au-dessus de la mer. Au moment où je me tourne vers elle, pour lui parler, comme si elle redoutait d'avoir à faire quelque chose de commun avec moi, elle ouvre sa porte, se lève rapidement, me dit à peine qu'elle s'en va, et disparaît entre les voitures, se perdant dans l'alternance des piles et des rectangles de lumière.

Alors, il y a un enfant terré dans le fond d'un jardin, derrière des troènes, qui se sent abandonné et qui laisse monter la colère jusqu'à la dépossession de lui-même. Alors, il y a une petite fille qui marche droit dans sa ville saccagée, remuée de fond en comble, la terre bouleversée au milieu des rues, sur les places, entre les maisons éventrées dont il ne reste que des trous de fenêtres suspendues dans le ciel. Elle constate le mal, l'acharnement, la mort. Elle est glacée.

Il n'y a plus de visages, les visages s'effacent. Il y a la mer, des situations, des mots, des enchaînements de vagues, et la force des rectangles de lumière, au fond du parking, de l'autre côté d'un parapet de béton. Des gens passent, avec des sacs et des emballages, des familles au complet reviennent vers les voitures. Je ne sais s'il est passé une ou dix minutes depuis son départ. Je sors en courant, je tombe sur un escalier gris, sur des portes d'ascenseur, je descends les marches, très vite, tas de viande propulsé par la fureur, dévalant l'escalier, manquant me cogner contre les murs, jusqu'à la rue qui longe le port. Elle est là, dans une encoignure, en plein soleil, comme épinglée dans trop de lumière. Elle est immobile, elle ne touche pas le mur, elle penche la tête. Son sac tombe sur sa hanche. Elle regarde ses doigts. Son visage montre une expression où se mélangent la tristesse et le plus complet détachement, pour que les autres ne sachent rien de ce qu'elle est maintenant, elle aussi tas de viande dans la souffrance. Une figure sans visage, une forme, quelque chose de neutre, elle comme moi, peut-être fous en ce moment.

Cinquante-cinq, soixante litres de sang transfusés, ça fait onze ou douze personnes et du sang de première qualité, comme le veulent les médecins. C'est du sang de pauvre. Dans notre monde heureux, tranquille et technique, d'informatique et de pensée desséchée, voici que les hommes inventent pour le tyran des moyens d'aller chasser le sang — sans compter qu'il y a toujours quelques esclaves parfaitement abusés qui sont prêts à donner le prix de leur sang —, et, par exemple, on paie des chasseurs de sang capables de capturer des types pour les vider, on invente même un système de pompe électrique pour tirer le plus vite possible d'un corps jusqu'à la dernière goutte de sperme rouge dont se nourrit la tyrannie, l'ignoble avaleuse. Ou bien encore, on va parmi les pauvres, on leur demande leur sang contre monnaie, une fois, deux fois par semaine, et ils reviennent, pour avoir encore un peu d'argent, puis ils crèvent, affaiblis, parce qu'on leur pompe doucement le sang, semaine après semaine, et ils deviennent bleus, pâles comme des fantômes, ils se traînent, ils ne parlent plus, ils s'abattent, vidés. Le tyran sait toujours, jusqu'aux derniers instants de sa vie, comment chercher du sang.

Donc, exit Porco Latino très catholiquement, avec son cortège de cadavres, se frayant une voie dans cet amas de membres déliés, brisés, parfois arrachés, de corps brûlés, ouverts, amochés, électrocutés, dans le bruit soyeux et feutré des appareils de torture et des instruments compliqués qui le maintiennent encore un peu. Il est sûr que le tyran désire qu'on l'accompagne selon les rites et les abus ordinaires du pouvoir, tandis qu'il agonise. Alors, sont arrêtés par centaines, partout, des opposants jetés dans des cachots, brutalisés et torturés ; quelques-uns d'entre eux sont exécutés parce que les tortionnaires sont allés trop loin dans leurs gestes, ont joué trop fort avec la résistance des corps. Et quand tout le peuple et même tous les courtisans s'imaginent que c'est fini, que le tyran se laisse enfin crever, voici qu'on apprend que les médecins décident de le garder encore un peu, lui tout aussi délabré que les cadavres qui l'entourent et le suivent, avec un rein artificiel, posé sur un meuble blanc à côté du lit.

A la puanteur qui l'accompagne sur le difficile chemin de la mort, répondent l'odeur épouvantable et l'indescriptible désordre de la salle. Il faut maintenant, pour s'approcher du lit, enjamber des tas de linge et de pansements, passer entre des tables encombrées de flacons, d'outils, de seringues et de bacs. Et moi, à Bremerhaven, je la retrouve dans une encoignure de béton blanc sous la lumière du soleil, elle frappée d'immobilité. Il est une façon de raconter le monde qui par elle-même est fiction. Et ce *je* qui pourrait prêter à confusion avec moi devient une figure, un bloc. C'est vrai que les visages disparaissent.

Il s'approche et lui dit qu'il a besoin d'elle, qu'il faut qu'elle revienne à la voiture, qu'elle doit regarder avec lui la carte pour décider de la prochaine étape. Il lui parle sèchement, avec ironie. Il la saisit par le bras, il met dans sa main tout son désir haineux, il la serre au-dessus du coude. Mais il ne la secoue pas, il lui demande de revenir, il sent sa main crispée, dure comme fer, autour de son bras. Et puis voilà qu'après les arrestations et les tortures, on prépare au milieu de l'agonie une fête gigantesque à la gloire du tyran, on rassemble les vieux soldats, on ressort les uniformes, les drapeaux sont hissés, les enseignes rassemblées, et les gens du défilé sont amenés de tout le pays, on recrute dans les campagnes, dans les écoles, on rameute le monde, on menace, sont invitées les associations fascistes des autres pays. On organise des défilés, on prépare des chœurs. Est-ce une fête ? Est-ce le dernier signe de la peur ? Est-ce pour conjurer la mort, une dernière fois ? Est-ce seulement parade bête de la force ? On monte de larges banderoles, on écrit en lettres rouges, en lettres noires, les vieux slogans d'autrefois, quand le tyran était jeune. Viva la muerte ! Est-ce le dernier simulacre pour faire croire que le peuple l'aime ? Le tyran et ses domestiques ont besoin de ces cortèges, ils se donnent l'illusoire sentiment d'une adhésion. Ils y croient presque. Le tyran, dans sa mort enfoncé, se fait encore jouir, se branle, à la vue du peuple devenu pauvre femelle informe et bafouée ; voici maintenant les fanfares et les chants de guerre, les bataillons rangés, les cris, les longs discours. On exhibe le matériel d'armement et ça défile dans la ville, autour de l'hôpital où gémit de plus en plus faiblement ce qui reste de Porco. Toutes les peurs sont ravivées.

Elle essaie de se dégager de cette main qui lui fait mal. Elle ne dit rien. Et lui, le visage près du sien, lui dit en rafales qu'il en a marre, qu'il va partir, qu'il n'en peut plus, qu'il arrête, ici, le voyage. Il crache ses invectives, les yeux exorbités, un rictus autour de la bouche. Elle répond qu'elle a peur, que son visage est effrayant. Sans doute, à cet instant, abandonne-t-il son masque. Il dit qu'il l'attend dans la voiture. Il sait qu'elle ne peut pas revenir tout de suite. Il marche entre de gros coléoptères brillants et multicolores dans l'ombre du garage. Assis au volant, il fume une cigarette. Il a fait basculer le dossier du siège. Il a les mains croisées derrière la tête. La cigarette pend entre ses lèvres. Il l'imagine nue, au bord de la mer, elle se couche, elle lui sourit. Il voit ses cuisses, son ventre, il s'attarde sur le ventre, en retient l'image, il lui caresse les seins, il sent qu'elle se fait douce et qu'elle s'abandonne, elle écarte les jambes, mais il voit son visage de l'autre côté de la vitre, elle le regarde et elle pleure. Il lui ouvre la porte. Elle s'assied. Elle ne veut pas qu'il fasse un geste vers elle.

56

Ils vont encore gueuler, s'insulter, se faire la guerre, pleurer et s'étreindre, avec une telle violence, un tel dégagement de chaleur que les vitres de la voiture seront couvertes de buée. Puis ils partiront au hasard, sans avoir rien décidé.

De Bremerhaven, nous repartons vers l'est. Je veux, dans ce premier voyage, contourner Hambourg. Nous passons au sud. Le soir, nous sommes dans la Lüneburger Heide. C'est une lande sèche, parfois très mystérieuse. Ce soir, elle nous donne le silence et le calme. Deux buses jouent dans une colonne d'air chaud, elles se laissent porter, elles montent et planent en tournoyant. Nous ne voyons plus que deux points minuscules. Nous trouvons une auberge au bord d'un lac, plus loin à l'est. Nous y laissons nos bagages et nous allons nous promener sur une petite route d'exploitation, au milieu des champs, en bordure de bois et de forêts. Nous montons dans une tour de guet que les chasseurs construisent à la lisière des arbres. Le soleil est bas à l'horizon. Il éclaire encore un champ et une partie de la route. Un chevreuil sort de la forêt. Je l'observe à la jumelle. Il entre dans la lumière, c'est un jeune mâle. Il avance par étapes, méfiant, il s'arrête, regarde, prend l'air. Sa robe a la couleur d'une flamme rouge. Il y a seulement les cris aigus et aigres d'une buse, puis d'une autre qui lui répond, de l'autre côté de la route, invisibles toutes les deux dans la forêt. Et nous sommes comme hypnotisés par la beauté de cet animal. Il est maintenant au milieu du champ, encore une fois immobile, prêt à bondir vers les arbres, il est tendu. Le chaume brille sur la terre blanche. Le chevreuil se dirige vers le fossé de la route où il y a de l'herbe verte.

... comme si chacun de ces départs dans le voyage portait avec lui une essentielle particularité de notre déplacement, une réalité si forte qu'elle mérite un approfondissement, une exploration, un déploiement jusqu'à l'épuisement, jusqu'au silence. Or, ce qui m'arrête aujourd'hui, après de tels élans, c'est que je sais n'avoir rien à savoir de plus de ces réalités. C'est que sans doute l'ignorance est là : je sais devoir ne rien attendre, je suis dans l'immobilité, dans une sorte de résignation. Ça m'est en effet difficile de devoir seulement pour l'art reprendre tout ça, d'en montrer l'usure. Ainsi s'éprouve le vieillissement du désir : à voyager.

Le chevreuil a disparu dans le fossé.

La région est calme, plus verte qu'ailleurs où nous sommes passés, peut-être à cause des lacs que nous trouvons sur notre route, à cause de toute cette eau, sous la terre, que la canicule ne peut tarir. Les fermes sont massives, à colombages de brique rouge, les toits sont larges, hauts, fortement pentus. Autour des maisons courent des inscriptions dans le bois des poutres. Parfois les textes sont peints : lettres blanches, vert pâle, roses, qui mentionnent les noms de celui et de celle qui ont construit la maison ; des chiffres datent les bâtisses. Un soir, à la nuit tombante, nous sommes assis au bord d'un lac. Des grèbes huppés glissent sur l'eau sombre. Ils plongent, reparaissent quelque vingt mètres plus loin. Des canards s'appellent dans les herbes des berges. De nouveau nous éprouvons la possibilité d'une tranquillité. Nous dérangeons une cigogne dans un champ. Elle prend son envol et reste longtemps au ras de la terre, puis elle s'élève, dessine un large virage en appui sur une aile et disparaît derrière des arbres. La nuit, la lumière n'est plus la même que dans le sud, un très léger brouillard bleuit les formes, leur donne une présence plus forte. Le monde est à proximité, le silence est le même dans la terre et dans nos corps.

Et puis, des jours plus tard, après être venus par de petites routes peu fréquentées, au milieu des fermes rouges, des champs et des anciens marais étincelants, vite aperçus entre des haies et des rideaux d'arbres, nous arrivons au bord de l'Elbe. La route longe la digue qui fait un ourlet large et régulier au lit du fleuve. Là-haut, nous découvrons sur l'herbe rase et jaunie l'Elbe si large et si fort, si vif, et plus loin la plaine, l'espace immense, des champs et des arbres et des fermes, très loin. La plaine s'étend et disparaît à l'infini, se mélange avec le ciel dans une légère brume, et je suis dans cette calme immensité jusqu'à ce que mes yeux s'arrêtent sur une clôture, tout le long du fleuve, de l'autre côté, sur un grillage qui barre tout le champ de ma vision, à droite et à gauche quand je tourne la tête. Je vois des miradors, derrière les arbres, et le grillage qui disparaît, caché derrière des maisons et des bosquets, puis de nouveau visible.

Je lui demande :

— Qu'est-ce que c'est ?

Au moment même où je pose la question, je sais la réponse qui m'arrive comme un choc douloureux, comme un arrêt, dans la tête et dans le corps et dans les yeux. Elle me dit :

— C'est l'Est.

Pourtant, sous le coup de l'immense ouverture déployée que quelque chose barre, j'insiste et de nouveau j'interroge :

— Quoi, l'Est ?

Elle me regarde et répond, un peu agacée :

— C'est le mur, la *Grenze,* comme à Berlin, le rideau de fer.

Je regarde les miradors, à intervalles réguliers, et, là-bas, du côté de Lauenburg, sur une autoroute, des voitures qui viennent de l'Est et qui y vont, sur le passage obligatoire. Cette ouverture sans autre bord que la ligne confondue du ciel et de la terre, cette plane immensité où s'écoule, puissant comme une force insaisissable, le fleuve en mouvement, qui étincelle, brûle et se déroule jusqu'à la mer du Nord, je la sais, cette ouverture, barrée par la force et la peur militaires, je sais un pays et je sais l'Europe brutalement partagés, coupés : une immense, violente fortification piégée, surveillée, nuit et jour, minée, hérissée de barbelés et de chevaux de frise, longue de deux mille kilomètres, longée de part et d'autre du no man's land par des soldats en armes qui s'épient et se regardent à la jumelle. Nous marchons sur la digue. Je la regarde, elle marche à côté de moi, elle s'arrête. Nous nous asseyons sur un banc.

Je n'avais pas imaginé, pour la première fois en Allemagne, que tout à coup dans le voyage surgirait cet arrêt, ce barrage, car il ne s'agit pas d'une frontière. Les frontières, on les passe, et, dans la campagne, les frontières n'existent pas, l'herbe est la même herbe, les arbres continuent à être les arbres et ces lignes imaginaires qui délimitent les pays n'empêchent pas la libre circulation des hommes, des bêtes, ne coupent ni les chemins, ni les routes, ni les sentiers forestiers. Ici, tout est coupé. J'avais oublié qu'existait cette construction ininterrompue. Dans ma fuite vers autre chose, dans ma

60

recherche de mouvement, de parcours libres et rapides sur de plus grands espaces, j'avais oublié qu'il y avait là des miradors, des champs minés, des soldats et des grillages renforcés de rouleaux de barbelés.

Plus tard, beaucoup plus tard, je lui demande :

— Quels sont tes sentiments, quand nous allons le long de cette bande de terre et de champs interdite ?

— Tu sais bien que je ne sais pas dire ça... une stupidité. Un absurde enchaînement de circonstances. Le mal absolu, celui qu'on fait aux peuples.

Je sais qu'elle est assise à côté de moi, au bord de l'Elbe, sur un banc. Je sais que, sur ce banc, il y a des gens qui viennent s'asseoir et qui regardent le groupe de fermes de l'autre côté du fleuve, ce sont des gens plus âgés que nous, ils se souviennent d'autrefois, quand ils prenaient le bac et qu'ils allaient voir leurs cousins, et que là-bas c'était chez eux, et puis ils se souviennent de la guerre, des ronflements d'avion, des détonations et des explosions, des mouvements de troupes, dans un sens puis dans un autre, des uniformes nouveaux qui passaient à la fin, des colonnes de prisonniers, des ponts détruits, des grondements de chars, mais autrefois ils allaient à bicyclette sur les chemins, en face, quand ils avaient passé le fleuve, sur le bac, on dansait là-bas, on chantait, on courait dans les champs,

et je sais qu'elle est assise, à côté de moi, au bord de l'Elbe, puis que nous marchons sur la digue, et qu'elle est séparée, qu'elle marche, ici, séparée, elle-même partagée, coupée en deux, victime coléreuse, impuissante, et je sais qu'elle a peur, plus que moi, parce que reviennent ses terreurs de petite fille au milieu des ruines et des soldats, perdue, coupée de ses parents. Une petite

61

fille glacée, désespérée, une enfant qui a faim et qui ne sait pas ce qui se passe. Ainsi le voyage nous apprend la séparation, nous fait partager cette identité douloureuse, cette expropriation de nous-mêmes. Ainsi, dans la douleur insupportable, j'apprends en quoi je suis d'Europe, car j'éprouve cette terre, cette plaine, cette immensité barrée, ces routes, les voies ferrées, les champs, les destinées des gens brutalement coupées, j'éprouve l'espace interdit. C'est une violence qui m'est faite, qui me laisse sans parole, et de la violence naît ma violence, de ces grillages sur des kilomètres, de ces fortifications, de ces fossés naissent en moi la colère et l'impuissance muette. Je suis ici comme un enfant terrifié, qui frissonne, qui piétine et qui ne dit rien.

Il est urgent de parler des oiseaux, de les mentionner maintenant, de les faire surgir. Qu'ils arrivent ici, qu'ils traversent l'espace, qu'ils l'animent et le ponctuent de leurs signes blancs et libres, comme autant d'idéogrammes légers et vifs. Il est urgent que les phrases les appellent, que dans nos vides et nos écroulements nous puissions les susciter, les faire venir à tire-d'aile du fond de l'horizon pour qu'ils passent et qu'ils s'éloignent jusqu'au fond de l'horizon. C'est l'urgence maintenant, c'est pour nous l'impérieux besoin d'un espace accueillant pour cette population du ciel qui voyage, qui plane, qui joue avec le vent, qui s'enlève puis qui s'abat comme si une invisible main les agitait par troupes entières dans la lumière du soir, au-dessus du fleuve, avec des franges de soleil, des éclairs roses, des traînées brillantes au bord des ailes et tout le long des fuselages agiles.

Comprenez l'urgence de ce mouvement libre, parce qu'ici l'espace est barré et déserté par les oiseaux, quand il fait encore chaud, dans la soirée. Comprenez ça : le besoin d'une parole libre pour susciter l'oiseau libre, parce que nous sommes, ici, arrêtés, debout, au-dessus de l'Elbe qui roule ses masses d'eau vers la mer, qui coupe aujourd'hui le pays, qui va passer Hambourg, plus à l'ouest, s'avancer dans son estuaire, porteur de cargos noirs, de paquebots, de longues péniches ; parce que nous sommes debout et muets, à regarder de l'autre côté des miradors et des barbelés, le plus loin que nous pouvons, comme si nous voulions nous approprier ces terres désormais interdites ; parce qu'elle est, comme moi, séparée d'elle-même, parce que nous sommes brusquement arrêtés, affrontés à la peur et à la bêtise, à la force qui veut avilir et nier, à notre impuissance.

Qu'ils arrivent les oiseaux ! Qu'ils tracent leurs sillages dans l'espace du ciel, qu'ils naviguent entre l'Est et l'Ouest, qu'ils passent comme autant d'idéogrammes libres et vifs !

Die Grenze. Une petite route s'arrête, barrée par une barrière blanche, le revêtement, un peu plus loin, se perd dans les herbes hautes. Je vois un poteau planté, rayé en diagonale comme un sucre d'orge de couleurs différentes. Il signale qu'au-delà de cette limite, le promeneur n'est plus en Allemagne de l'Ouest et qu'on peut lui tirer dessus. Et, plus loin, il y a le grillage, puis la bande de terre bien nette, bien ratissée, minée, puis les rouleaux de barbelés, puis un autre grillage, et derrière quatre soldats en armes, arrêtés, qui nous regardent dans leurs jumelles. Nous, de notre côté, nous les regardons aussi, dans nos jumelles. Nous nous regardons, nous nous tenons immobiles, elle me dit que c'est impressionnant ce silence, ce rapprochement à travers les optiques. Elle ajoute que cela lui fait peur. Ils nous regardent, et j'imagine qu'ils distinguent les moindres détails de nos vêtements, le numéro d'immatriculation de la voiture, qu'ils voient très exactement que nous parlons, que je prends mon appareil, que je change d'objectif et que je les prends en photo, derrière les chevaux de frise, les rouleaux de barbelés et les grillages. Un soldat en moto les rejoint, regarde à son tour, leur dit quelque chose et disparaît. Un camion bâché s'arrête à leur hauteur. Ils montent. Tout se passe de manière irréelle, dans le scintillement de l'air chaud, dans ce grain si particulier des images données par les jumelles. Ils sont à la fois trop vrais et trop incertains dans le tremblement des formes et de la lumière.

Il y a des chalumeaux à souder pour les pieds, les couilles, le ventre et les dessous de bras des prisonniers politiques. Il y a d'autres appareils plus techniques, plus perfectionnés, et il y a les instruments et les moyens les plus rudimentaires qui ont fait la preuve de leur efficacité. Il y a donc les tortures généralisées à cause des mots du pouvoir, ces litanies de mots pervertis qui se rongent de l'intérieur, qui se vident de sens et qui font ce ronronnement têtu, bête et menteur des idéologies. Il y a cette monstruosité des mots qui ont besoin de la torture. Il y a la tromperie continuelle et l'horreur faite aux peuples d'imposer une légitimité, de l'asseoir et de la fonder sur le mensonge aussi constant qu'une respiration.

Une dizaine de courtisans se tiennent autour du rein artificiel, pyramide étincelante dans laquelle se reflète le groupe rassemblé, avec, au centre des gens, l'organisateur de l'agonie qui explique comment fonctionne cet appareil, les raisons de ces tuyaux transparents qui permettent de contrôler la nature et la qualité des liquides transportés, et puis il continue, le maître de cérémonie, par quelques lumières sur les mécanismes et les transformations chimiques de l'appareil, au passage il rend hommage à la vertu scientifique des chercheurs. Voici ce que renvoient les facettes parfaitement polies du rein artificiel, posé sur une chaise à côté du lit. Les courtisans tournent le dos au presque cadavre, dans les ténèbres de la mort, si livide et décomposé. Ils n'ont d'yeux que pour la forme géométrique animée d'un très léger frémissement, que pour cette pyramide, symbole d'éternité, fascinante comme l'espoir de garder en vie le général, ou même seulement moyen perfectionné d'affirmer qu'il est encore en vie et qu'il gouverne, ou même de le sauver, ajoute un cardinal disant que dieu peut encore tout. Le tyran couine faiblement sur le lit d'agonie. Mais il y a du *fading* et de brusques interruptions dans ce gémissement. Les silences se font plus longs, restent les signes affaiblis des écrans et le bourdonnement incessant de la pyramide métallique qui lui sert de rein. Et du moment que ça ronronne encore... L'ombre grise du rat se faufile vite entre les pieds des tables, le linge sale et les poubelles accumulées. Il s'arrête, les yeux fixes, près du lit, tout près du lit de Porco Latino. Les infirmières écoutent l'exposé du maître de cérémonie.

Inutile n'est-ce pas d'insister sur l'idée : il n'y a d'écriture que décalée, décalée par rapport à l'expérience. Le présent que j'utilise, le temps du présent, pour écrire, en 1981, le voyage de 1975, peut entretenir l'illusion chez le lecteur, mais ne fait qu'accroître le décalage et le rendre plus violent, plus cru, en même temps qu'il signifie la permanence de ce que nous éprouvons à parcourir les pays d'Europe : lassitude, révolte, silences résignés, mots et discours du mensonge, pouvoir sous perfusion de cadavres vivants, d'automates monstrueux, impuissance et convulsions, la menace sans cesse présente de la liberté déjà bafouée qui pourrait m'être ôtée, tout à coup. Qui pourrait nous être enlevée, en quelques heures, le temps d'une nuit, à nous tous.

Voyager, cette immobilité ? Voyager, cette collusion des lieux et des instants ? Nous marchons tous les deux au bord de l'Elbe, nous regardons le grillage barbelé. A Berlin-Ouest, sur le mur du cimetière de Kreuzberg, il est écrit : Viva la muerte ! Deux enfants turcs jouent à la balle sous l'inscription. Je prends une photo. Les choses se mettent à vivre, le rein artificiel ronronne et tremble, le corps du tyran et les corps des sujets meurent. Dans les villes, les corps ne bougent que parce qu'ils y sont obligés. La canicule de l'été 1975, et pourtant il neige sur Varsovie terrée dans le silence, les visages sont morts, les chars d'assaut glissent sur les avenues blanches. Je pleure devant la télévision. A Berlin-Ouest, sur le mur, pas très loin du Reichstag, quelqu'un a écrit : This wall is an illusion. Deux soldats anglais montent sur leur perchoir et regardent de l'autre côté. Ils allument des cigarettes, ils discutent, ils rient. Il y a des tas d'ordures, des pneus de camions, des remorques de poids lourds qui sont garées, là. Les bérets des soldats anglais sont rouges. Dans le terrain vague, à quelques mètres du mur, reste la façade démolie d'un bistrot. De l'herbe pousse entre les pierres disjointes.

Nous restons plusieurs jours au bord du fleuve. Le soir, nous couchons dans de petites auberges, où les gens sont accueillants. Et le matin, tous les deux, sans rien nous dire, nous allons au bord du fleuve et, comme les gens d'ici, nous passons des heures à regarder de l'autre côté.

A Lauenburg, il y a un port et deux chantiers navals, à côté d'un vieux quartier de pêcheurs et de mariniers. Les maisons sont anciennes et les rues pavées. La rue principale est parallèle au fleuve. Elle est étroite et se courbe légèrement, bordée de maisons anciennes, colorées et tranquilles. Le fleuve est tout près. La nuit venue, les deux voyageurs, elle et lui, se promènent sur le quai, entre les anciens hangars et l'Elbe. Il fait noir, les murs ne sont pas éclairés, ni par des fenêtres ni par des lampadaires. Seules brillent au loin les lampes d'un pont métallique qui se reflète, morcelé, éparpillé, dans l'eau. C'est le passage obligatoire et contrôlé pour aller de l'Allemagne à l'Allemagne. Tout le reste est d'un noir impalpable et mouvant. Il fait doux. Ils sont habillés légèrement. Elle porte une robe qui s'ouvre devant. Ils se déboutonnent en se caressant. A leurs pieds bat le clapotis de l'Elbe. La tendresse est revenue doucement. Il l'enfile debout. Elle est appuyée contre le mur. La position n'est pas commode, il manque tomber. Ils rient. Il lui donne quelques conseils purement techniques de position. Ils parlent, puis ils se taisent. Elle se met à bouger un peu le ventre. On entend les saccades régulières d'un moteur, puis des lumières s'avancent dans la nuit. Le bateau passe, apparition dans les lumières qui glissent au-dessus de l'eau. Le clapotis devient plus fort contre les pierres du quai. Disparition : le vide, le noir. Ils restent tous les deux comme deux blocs de vie qui veulent se réunir, forts et fragiles de l'élan hasardeux qui les pousse l'un vers l'autre, l'un dans l'autre.

67

Le lendemain matin, nous arrivons enfin au bord de la Baltique, près de Travemünde où nous devons embarquer. Nous sommes arrivés dans un petit village qu'elle connaît pour y être restée quatre ans, après la guerre, chez une sorte de nourrice. Je me souviens d'une photo qu'elle m'a montrée. Elle et ses deux sœurs, à côté la nourrice, plantées au milieu d'une lande boueuse et perdue dans la brume. Je me souviens d'une impression d'abandon et de tristesse, de la fixité des visages qui regardent l'appareil, et de la femme un peu à l'écart du groupe des trois sœurs, souriante, elle, comme si elle voulait se montrer à son avantage, peut-être signifier que tout va bien.

— Nous ne mangions que des harengs et des pommes de terre. Ma plus petite sœur était insupportable. Elle ne comprenait pas pourquoi nous étions ici, avec cette femme qu'elle ne connaissait pas. Je passais mon temps à lui expliquer, à m'occuper d'elle. La femme qui nous gardait était grande et maigre. Il y avait une toile cirée à carreaux bleus et blancs. Je me souviens d'un homme avec une casquette de marin, qui venait la voir, le soir. C'était juste après la guerre, il n'y avait rien à manger, tout était en ruine. Mon père nous avait expliqué pourquoi il nous laissait là. Et il était parti. Il nous écrivait, il venait nous voir quelquefois. Dans ma tête, le malheur de la guerre et celui de ma famille, c'était la même chose. Il paraît que j'étais très raisonnable.

Nous marchons dans ce village devenu petite station balnéaire. Tout ça, c'est du bonheur tranquille, des magasins de vêtements, de produits solaires, des cafés et des restaurants, des hôtels, des terrasses, des publicités pour des crèmes glacées, des films photographiques, des appareils optiques, et puis il y a des banques, un syndicat d'initiative, un club sportif.

Elle cherche à reconnaître la maison qu'elle habitait. Elle dit que c'était par là, près de la mer. Mais je lui réponds que tout a changé, qu'il ne reste plus une seule maison de l'époque où elle était ici, que les rues ne sont plus les mêmes, que l'avenue en bord de mer n'existait pas, certainement. Mais elle continue de vouloir trouver un signe qui corresponde à sa mémoire, un semblant de vieille maison.

— C'était une petite maison de pêcheur, près de la mer. Ça devait être par ici.

Et nous marchons encore sur cette avenue en bord de mer, moi m'étonnant qu'elle, si souvent impassible et logique, devienne, ici, impatiente et fébrile de vouloir reconnaître, dans cette station touristique, le petit village de pêcheurs, le coin de rue, le chemin sans doute pas goudronné, où elle jouait, si lointaine, si étrangère à elle-même, après la guerre, petite fille perdue. Je lui répète que tout a changé, que plus rien n'est reconnaissable, que ce n'est pas la peine de rester plus longtemps dans cette ville. Elle continue à marcher. Elle m'entraîne à l'intérieur du village. Il y a des voitures, des gens qui vont vers la mer, d'autres qui font leurs courses. Elle ne veut pas consentir à tant de différence entre deux états d'elle-même. Elle refuse de n'avoir que des images de sa mémoire, de vagues restes qu'aucune fidélité ne vérifie. C'est un vertige de n'avoir pas de preuve. Comme un mauvais rêve. Nous faisons plusieurs rues, nous revenons sur nos pas. Nous nous arrêtons à une terrasse de café. Elle parle avec précipitation, elle me raconte l'année juste après la guerre, la faim, la pauvreté. Elle me dit avec quelle avidité elle regardait une autre petite fille manger une pomme, comment elle l'observait sortir le fruit de son cartable, puis le porter à sa bouche et le mordre.

En face du café, il y a un poissonnier dont l'une des vitrines est occupée par un grand aquarium où nagent, dorment, ondulent, entrelacés, ces longs tuyaux bleutés et gris, des anguilles.

Porco Latino, on l'ouvre, on le recoud, on le découd, on l'ouvre de nouveau, on fait le vide dans son corps, on ampute, on découpe, on sectionne, on suture, on enlève des organes entiers, on lutte contre la mort en faisant le vide, on ne laisse rien à l'infection qui gagne, on fait l'explication systématique du corps, on regarde partout dans les lieux du corps progressivement transformé en cadavre, quand même l'on dit vouloir le sauver, si l'on peut encore sectionner quelque bout d'organe de peu d'utilité, maintenant, et qu'on pourrait remplacer par une machine aux bruits électroniques. Ce corps, autrefois garant du pouvoir, devient géographie bouleversée, terre dévastée, comme si la pureté, la grandeur, les fastes et les gestes triomphants du pouvoir pouvaient revenir à force d'opérations et de retraits successifs : estomac, bout de poumon, intestins, viandes avariées, investies par la mort. On n'ose pas encore toucher au cœur, mais on pense faire quelque chose, trouver une solution moins corruptible, une autre prothèse, comme déjà on a remplacé les reins défaillants. Reste donc cette enveloppe saccagée, vidée, dont on dit qu'elle vit, puisque les machines continuent de zézayer dans le bleu de la salle d'hôpital ; les infirmières emportent les abats et les tripes.

De quoi se nourrissent les anguilles ? Je crois que

c'est assez dégueulasse. Je sens maintenant, au bord de cette mer, toute l'Europe dans mon dos, toute cette partie de l'Europe, perdue dans son malheur, gorgée de petites richesses et saignée jusqu'à l'âme, tous ces pays d'Europe crispés dans leurs convulsions anciennes et actuelles, qui ont perdu la parole, figés et muets. Je suis debout face à la Baltique, et je sens l'énorme poussée, l'absurdité oppressante de l'Histoire et des histoires innombrables, les nœuds inextricables des itinéraires vers la mort, de ce qu'on appelle les chemins de la vie.

Elle se tait, regardant elle aussi les anguilles dans l'eau glauque, inquiète de ne rien pouvoir vérifier, de n'avoir aucune preuve du passé. Ça grouille dans l'aquarium, lents mouvements enchevêtrés, où brillent les yeux énormes et les gueules cruelles. Elle me dit que la grasse anguille est très bonne, fumée avec des œufs brouillés et du pain noir. Je réponds :

— Elles n'iront pas mourir dans la mer des Sargasses.

Les longs tuyaux d'argent glissent les uns sur les autres, se nouent, se dénouent, les gueules se rencontrent, se détournent et s'ignorent : mouvements indifférents, ralentis. Les plus grosses anguilles sont immobiles au fond de l'aquarium, les autres passent au-dessus d'elles. C'est une somnolence un peu répugnante, doucement inquiétante, dont on ne peut rien attendre. Elles n'iront pas se reproduire et mourir enfin dans la mer des Sargasses. Ce sont pourtant des animaux migrateurs. Ils se déplacent sur d'énormes distances, deux fois dans leur vie, au début et à la fin, juste pour se reproduire et mourir. Belle histoire, celle des chemins de la vie. Entrelacs de la mémoire et des destinées absurdes, écheveaux liquides de tripes, de nœuds incertains et mouvants, sexes languides, têtes dressées, migrations déterminées, programmées, inscrites. Notre voyage traverse cette épaisseur. La parole est perdue, la parole est bafouée, de faux discours sont proclamés comme vérités indiscutables, donc porteuses de mort, d'Est en Ouest, d'Ouest en Est. Et les gueules se dévisagent, lointaines, de part et d'autre des grillages barbelés, indifférentes, prêtes à l'hostilité. Des gueules d'hommes. Une sorte de somnolence un petit peu désespérante, peut-être celle d'une bête repue, ou bien celle du tyran qui couine sur son lit d'agonie, une léthargie de plus en plus profonde. Les gueules des hommes se rencontrent, lointaines, se détournent et s'ignorent, monstrueuses et molles, entassées, grises comme ce paquet d'anguilles grasses dans l'eau glauque de l'aquarium du poissonnier, à Scharbeutz. Il fait beau. Les gens vont à la plage, les enfants courent devant. On s'est habitué à vivre, ici comme ailleurs, à pousser tranquillement devant soi les jours et les nuits.

— Sais-tu que ces bestioles vont mourir dans la mer des Sargasses ?

— Vaguement, oui.

— Elles copulent et meurent, puis les larves reviennent en Europe, portées lentement par les courants marins et le Gulf Stream. On dit qu'il leur faut deux ou trois ans, le temps qu'elles grossissent, et se métamorphosent, ensuite elles s'accumulent par centaines de milliers, petites et vives, à l'embouchure des fleuves. Et ainsi de suite. Un cycle parfait.

— C'est bien de grandir en étant ballotté par les vagues de l'océan, dans la tiédeur du Gulf Stream.

Ici, c'est un morceau de son enfance, un moment de sa vie, un petit bout de son histoire à elle, un lieu où elle

72

revient pour la première fois, et je suis avec elle, sans comprendre aussi bien que je le voudrais son angoisse de ne rien retrouver.

— Une fois, c'était en hiver, j'étais partie me promener avec une amie sur une étendue d'eau gelée. La glace avait rompu sous mes pieds. J'étais tombée dans l'eau glacée. J'avais peur, j'aurais dû mourir. L'amie avait réussi à me tirer de là. Plus tard, elle est morte dans un accident de voiture. C'est elle qui est morte. Maintenant, j'ai l'impression d'une injustice.

Nous revenons jusqu'à la voiture où nous prenons nos affaires de bain, nous passons l'après-midi sur la plage. Il fait chaud. Je somnole, je rêve devant la mer. Elle lit des guides de voyage, elle consulte des cartes de Suède. J'ai le sentiment d'avoir la vieille Europe cadavérique dans le dos et de bientôt la quitter. Je pense à d'autres espaces que je ne connais pas, à d'autres terres que j'imagine intactes et plus tranquilles, dans une autre lumière, comme si la traversée prochaine nous promettait une liberté que je n'éprouve pas, de ce côté-ci, comme si nous allions nous éloigner des bruits et des rumeurs, de la falsification des mots. J'ai ce désir, je suis dans cette illusion. Il y a devant moi l'étendue calme de la Baltique aussi lisse qu'un lac.

Elle me dit que nous pourrons dormir à Ystad qui se trouve à cinquante kilomètres de Trelleborg où nous débarquerons ; qu'il y a dans cette ville un grand hôtel, l'Hôtel Continental du Sud, et que sans doute nous y trouverons de la place.

Après être resté les yeux fermés au soleil, quand on les ouvre de nouveau, la lumière sur les choses est différente. Je regarde une partie de mon corps, je la regarde elle aussi, étendue sur le ventre, détaillant la cambrure des reins, l'arrondi désirable des fesses, nous sommes encore plus bruns, je la caresse d'une main paresseuse, c'est comme si les couleurs étaient plus sombres, plus saturées, et cette densité semble renforcer la précision des formes, la netteté des contours, mieux détachés sur le bleu du ciel et le bleu de la mer. Je me protège les yeux de ma main qui fait écran au soleil, et je la vois à contre-jour, presque noire et parfaitement nette dans les plus infimes détails. Maintenant déjà, je suis en souffrance, j'attends avec impatience notre embarquement.

Elle est, ici, si proche et si lointaine, si étrangère, dans le soleil. Il y a seulement le corps aimé, désiré, dans la lumière, seulement cette forme vivante et pleine, gonflée de soleil, qui emplit tout l'espace, parce que mon regard ne retient rien d'autre, parce que la ligne d'horizon est la ligne proche de ses cuisses, de ses fesses, de ses reins, de son dos, ses épaules, sa nuque et l'écroulement de ses cheveux. Rien que cette ligne, cette forme, ce grain de la peau et le bleu du ciel.

Drôle de litanie pourtant : corps torturés, corps déchiquetés par balles, corps décapités, corps amputés, corps vidés, corps aux gestes imposés, corps salariés, corps livrés à la répétition, corps contraints, corps vendus, corps paralysés, corps gangrenés, corps mal nourris, corps lépreux, corps mortifère de l'Europe, corps cadavérique de l'Europe, etc. Pourquoi faut-il que défilent en procession toutes les calamités dont on fait souffrir la viande des hommes ?

Elle, je la regarde et la désire, malgré les ossuaires, malgré la falsification des mots, malgré le corps délabré du tyran dont on parle encore, ici. D'elle je caresse le

74

ventre. Je glisse ma main sous le maillot, et la sienne glisse entre le sable et ma queue. Nous nous embrassons. Elle est si proche et si lointaine, les yeux fermés, elle derrière sa peau, dans sa forme harmonieuse. Je la regarde : ses mollets, sa nuque, ses mains, son ventre, ses seins, l'attache des épaules, l'ampleur du ventre, le mouvement des reins, le creux brillant des fossettes au début du renflement des fesses. Je caresse la peau de son ventre, de ses cuisses et je voudrais retenir le frémissement de la lumière, cette image de nous deux, ce poids de vie qui prend forme et beauté dans le soleil.

Corps piétinés, corps harassés, corps enterrés vivants, corps entassés morts, corps brûlés, corps gazés, corps convulsés, corps délirants, corps dans la souffrance, corps prostrés, corps privés de la parole, corps emprisonnés, corps défaits, corps déchirés, corps suppliciés, corps violés, corps transportés, corps écrasés, corps prisonniers des machines, corps injuriés, corps insultés, corps soumis, corps gémissants, corps broyés, corps éprouvés, corps objets d'expérience, tout ce mal qui est fait au corps des hommes et des femmes par le corps du pouvoir.

Mais je ne suis que mouvement vers elle, comme elle n'est que transport vers moi, maintenant. Elle tourne un peu la tête et me sourit, la langue entre les lèvres. Pour réponse, je caresse ses épaules et ses reins.

Le lendemain, Travemünde. Mer calme avec plusieurs bateaux. Travemünde en Allemagne, au bord de la Baltique, est un port où viendront s'arrêter pendant cinq ans nos voyages. Cette ville n'a d'autre intérêt que d'être l'endroit où nous embarquons pour les espaces du Nord. C'est le lieu d'une attente, d'une impatience, certainement pour moi d'une angoisse : moment important dans notre errance, quand nous prenons un nouveau départ, quand dans le voyage s'ouvre un autre voyage d'une autre dimension et d'un autre rythme.

Maintenant, la mort s'est infiltrée partout dans le corps délabré de Porco Latino. Pas un seul organe qui ne soit investi. Par tous les moyens disponibles, les hauts laquais et les médecins ont essayé d'endiguer les multiples poussées de la mort. Chaque fois qu'on arrivait à colmater un endroit du corps, c'était une autre brèche qui s'ouvrait ailleurs. Le pouvoir de la science mis au service de la dictature ne pouvait résister au pouvoir de la mort. Ce qui n'était au début que traitements médicaux devenait vite traitement et lutte politiques. On ne faisait plus le compte des jours et des semaines, on ne savait plus si on en était à un, deux ou trois mois, depuis le temps. Et puis, comme d'habitude, l'actualité se lasse de l'événement qui s'enlise dans sa répétition monotone, même s'il est scandaleux et si, jour après jour, il reproduit l'horreur, l'épouvante, l'absurdité. On passe à autre chose, bientôt. Les articles se raréfient, deviennent moins longs, puis ce ne sont plus qu'entrefilets, rappels laconiques dans les radios, commentaires rapides, la mort est doucement à l'œuvre et les bulletins de santé restent neutres, d'un optimisme raisonnable. Alors, on met une sourdine, il faut une nouvelle menace, quelque chose de soudain, pour que l'agonie du dictateur revienne au centre des informations. Mais quoi ? La mort progresse doucement. L'issue est certaine. Alors, il suffit d'attendre. Que dire de bien intéressant sur les lents progrès de la mort dans le presque cadavre d'un tyran ?

Mer calme avec plusieurs bateaux. La lumière est extraordinaire. Elle donne aux formes une netteté trop précise et trop de force aux couleurs. Jamais je n'ai vu une telle intensité. Jamais la lumière, même au sud où elle est toujours un peu blanche, où elle mange un peu les choses, ne m'a forcé à regarder avec une telle acuité. Chaque chose apparaît dans les moindres détails parfaitement dessinée, exactement présente, et c'est comme une sorte de violence évidente, à cause des contours secs et découpés les uns sur les autres des coques et des voiles, des silhouettes claires qui se promènent, des formes aiguës des mouettes détachées sur le ciel — le bleu du ciel si cru, si profond, si parfaitement uni. L'incessant mais très progressif mouvement des bateaux, leurs très lents changements d'orientation, le faible déplacement des baumes et des mâts créent d'infinies variations d'ombres, de lumières et de reflets. C'est à ce moment-là, pour elle comme pour moi, de purs instants de bonheur limités à l'observation, un plaisir pur, une jouissance de l'œil, la surprise renouvelée de perspectives différentes, de mouvements changeants, de couleurs qui s'éclairent ou qui foncent. Mer vraiment calme avec plusieurs bateaux, là-bas, à gauche, au sortir de l'estuaire, plus loin que le frémissement des voiles, au-delà du quai, de la jetée et des silhouettes dessinées de minuscules promeneurs.

On nous sert à déjeuner dans une sorte d'enclos tranquille où sont alignées des tables et des chaises vertes sur un gravier blanc. Une murette nous sépare du quai.

Au fond, il y a une petite porte basse de bois rouge. Des bateaux sont à quai, d'autres en cale sèche. Des gens passent derrière la murette, ils se promènent lentement. Le buste d'un bicycliste glisse vite au-dessus du mur. A une table voisine un grand-père s'amuse avec son petit-fils. Ils rient. Un garçon leur apporte une assiette de charcuterie et une énorme glace. Le grand-père regarde le petit garçon, la tête baissée dans sa coupe de crème. Le grand-père sourit. Tout est d'un calme absolu dans la violence des couleurs. Je ne peux pas m'empêcher de regarder sans arrêt ma montre. J'ai peur que le temps passe trop vite, et j'ai peur aussi que le service soit trop long, pourtant nous avons deux heures et demie devant nous, avant l'embarquement. Je me force à jouir de ce moment, je m'étire au soleil, la tête vers le ciel : *il y a la navigation bruyante, vive et désordonnée des mouettes, leurs stridentes rayures, signes effilés et blancs sur le bleu profond. Turbulence, glissades, décrochements, vol plané, appels ricanants et rauques, parfois déchirants et tragiques, ou moqueurs. Toujours elles annoncent l'immensité.*

Dans un texte qu'on dit sacré des Indes, il est recommandé de méditer sur le vol de l'oiseau. Parce que je passe de longs moments qui me font accéder à la splendeur du mouvement, à la pureté de ce signe blanc traversant l'espace, de longs moments qui me font perdre toute référence d'espace et de temps et qui m'installent dans une autre durée, parce que j'observe la figure de mon désir et son agilité, je sais qu'il y a de la justesse dans ce conseil : méditer sur le vol de l'oiseau, sur cette libre circulation, quand, l'observation passée, demeurent dans les yeux, dans la tête, dans le corps, cette trace

78

ailée, cette vitesse et cette immobilité, cette aisance pré-
caire, cet absolu dérisoire d'un de l'espèce, libre et déter-
miné, unique et anonyme, flèche heureuse, signe pur,
sans autre signification que celle de son existence, que
sa belle présence, cet absolu dérisoire et splendide qui
traverse le ciel, qui demeure parfaitement immobile,
permanent, en dehors du temps des hommes.

On nous apporte des harengs préparés au dill et de
la bière ambrée. A côté, le gamin a fini sa crème glacée.
Le grand-père s'est allumé un cigare. Une légère brise
soulève le coin des nappes sur les tables vertes. C'est
la vie, tout le flux de la vie comme elle passe qui vient
comme ça, naturellement dans les phrases. Elle se lève,
me dit qu'elle doit téléphoner à son oncle dont c'est
aujourd'hui l'anniversaire. J'imagine les paroles échan-
gées traversant l'espace des bords de la Baltique à une
maison isolée dans les sapins, pas très loin de Cologne.
Je lui demande de le saluer pour moi.

Devant moi, dans la lumière forte de midi, il y a la
façade dont chaque élément se juxtapose à l'autre : le
ciel d'abord, quand je lève les yeux, d'un bleu cru où
les mouettes mènent leur danse et crient, puis les arbres
de l'autre côté du port, de l'autre côté de l'eau, l'agitation
si légère des trembles scintillant dans le vent de la mer,
plus bas, les mâts droits et brillants, vernis, les voiles
des bateaux, le bac qui traverse l'estuaire, la foule colorée sur le pont du bac et deux ou trois voitures qui
s'éloignent en glissant, puis soudain annoncé d'un triple
coup de trompe un haut mur qui cache les arbres et le
ciel, un mur percé d'ouvertures et de hublots, interrompu
par des passerelles et des rambardes auxquelles sont
accoudés des voyageurs qui font signe de leurs bras —

dans quelques heures je serai sur un de ces bateaux et de là-haut, du pont supérieur, je verrai notre place vide dans une lumière différente — il sera plus tard dans l'après-midi —, nos deux chaises et la table où nous étions, elle et moi, pour déjeuner. Le mur s'avance de droite à gauche, lentement dans le martèlement de son moteur, quitte l'estuaire avec des sifflements rauques, répétés, comme pour augmenter l'urgence du départ.

Au fur et à mesure que descendent mes yeux, d'autres formes vite rayées par les trajectoires des mouettes, le quai et les voiliers hors d'eau, et les gens qui passent, vêtus de clair, puis le petit mur de l'enclos, l'allée de gravier, les tables, bancs et chaises vert foncé, jusqu'à mes souliers, jusqu'à mon assiette devant moi et le verre de bière, plein de soleil et de reflets. Alors, je me dis que je suis bien, que je suis vide, que rien de tout ça n'a le moindre sens, mais que tout est évident, une évidence, une présence indiscutables, et pourtant sans aucun sens, des signes et des couleurs franches, empilés les uns sur les autres, certains immobiles, d'autres déplacés selon des mouvements et des rythmes différents.

Porco Latino est un tyran sous perfusion. Autrefois, il portait un habit militaire, une casquette, des breloques pendues à sa vareuse, il avait un os dans le nez et des boucles d'oreilles faites de plumes et de bouts de ficelle. C'est un tout petit homme. Il a l'œil enfoncé mais globuleux. Il est maigre. Il portait aussi des bottes soigneusement cirées. On dit qu'avec ses intimes il ne disait rien, presque rien, qu'il était toujours assis dans le même fauteuil de cuir, la vareuse ouverte et la casquette rejetée en arrière. Il fermait sa gueule, Porco Latino. Quand il parlait, ça pétait sec et parfois ça gueulait. Déjà sa peau, avant qu'il entrât à l'hôpital pour commencer son agonie, était verdâtre, un peu jaune et terreuse.

J'attends. J'attends maintenant qu'elle revienne. J'attends que ce soit l'heure de partir, de monter en voiture pour ressortir de la ville et nous rendre sur le quai d'embarquement. J'ai la tête renversée en arrière, la tête dans le soleil. En moi quelque chose se crispe avec l'impatience du départ. Je surveille l'heure qui passe. Ne rien dire. Ne plus rien dire. J'ai derrière moi les pays traversés, les longs trajets d'autoroute, les haltes dans les villes, nos déambulations hésitantes, étirées, hasardeuses, les landes désertes, reviennent les situations et les scènes vite entrevues, se détachent des phrases entendues par hasard ou quelques-uns de nos dialogues, et derrière moi j'ai le poids de l'Europe, cette Europe lourde et fatiguée, les visages gris et vides, la masse innombrable des visages et la peur qu'on leur fait et qui les rend si tristes, si menacés, si hagards. L'Europe est lourde dans mon dos, elle n'en finit pas de pourrir, de crever, d'agoniser avec de brusques sursauts de violence, avec ses meurtres et les infamies des Etats, avec la barbarie des mots définitivement détournés de leur sens.

Je ne sais pas que chaque fois Travemünde sera pour nous le lieu de notre embarquement, et chaque fois avec le même désir, la même impatience de quitter ces pays agités pour retrouver l'espace, quelque chose dans l'immensité de l'Ouvert.

On aimerait croire à la mort de Porco, pas vrai ? On aimerait bien qu'il fût crevé, enfoui sous terre et promis à d'autres décompositions enfin définitives. On aimerait ça, ne plus entendre parler de lui, ne plus être forcé de respirer cette puanteur sur l'Europe. Mais personne

ne voit la fin de cette cérémonie, personne ne croit plus
que quelque chose puisse changer, que le fil casse et que
la mort nous débarrasse de cet abject paquet de chairs
tuméfiées, aux plaques jaunes et verdâtres, tachées de
larges hématomes. Personne ne croit plus à la délivrance,
à un quelconque mouvement de révolte. Et puis il y a
le pouvoir domestiqué de la science et des techniques,
il y a les machines pour maintenir encore l'horreur de
ce pouvoir. Malgré tous les signes de la mort, ça continue de ronronner doucement, de vivre d'une drôle de
vie, et le cadavre de Porco artificiellement, sûrement,
mécaniquement, électriquement, palpite, parcouru de frissons réguliers.

Travemünde : mer calme avec plusieurs bateaux. Elle
est revenue plus tard de son coup de téléphone. Elle
me dit qu'elle est allée acheter *le Monde*. Elle me le
donne. Je lui réponds que je n'ai pas envie de lire.
Nous restons encore quelques instants au soleil. Nous
parlons un peu. Je griffonne des bouts de phrases sur
un petit carnet. Elle dit encore :

— Je te trouve bien nerveux.

— Il faut que nous partions maintenant.

— Mais nous avons encore le temps.

— Je t'en prie, partons.

— Nous sommes bien ici.

— Fais-moi plaisir, partons maintenant. Je ne peux
pas rester en place.

Voyager, se résigner à ces traversées, à ces passages,
sans jamais rien connaître des gens, des villes, des fleuves
et des arbres. Seulement passer. Se résigner ou se précipiter. J'ai le sentiment que tout se mélange. Je lui dis,
en marchant vite vers la voiture :

— Tout se mélange, après des mois. J'ai l'impression de n'avoir rien vu, même lorsque nous nous arrêtions plus longtemps dans des régions paisibles. Il ne reste que des images sans importance, des rencontres furtives, comme ce couple en culottes de cuir, chaussettes rouges et chaussures de montagne, au bord d'un lac retiré, perdu au milieu de marais désolés. Tu te souviens ? Ou bien l'enseigne d'une auberge, ou encore la gueule d'un vendeur qui voulait me fourguer un pantalon trop grand, ou cette salle de bains ridicule, construite au milieu d'une grande chambre rose, tu te souviens, les losanges de la tapisserie étaient les mêmes que ceux de ton pull.

La voiture roule sur le quai. Nous passons la douane. Nous suivons d'énormes chiffres 5, peints en blanc, entre des blocs de béton qui balisent l'itinéraire jusqu'à l'embarcadère. Un marin me fait signe, à l'entrée du bateau. Je me dirige vers la droite, entre des mâchoires hautes. Des poids lourds attendent que les voitures de tourisme soient entrées. Nous roulons sur des tôles qui claquent sous les roues. Je suis pressé, nerveux, impatient. J'ai de nouveau cette sorte de tension difficile à contenir, qui me pousse à partir, à quitter ces terres. A fuir la puanteur du cadavre et la peur des hommes qu'il exploite encore, jusqu'à la fin de son agonie. Je n'ai pas peur. Je redoute peut-être la peur, toute la peur accumulée des gens que nous avons rencontrés. Le pouvoir se nourrit de la peur.

Puis nous sommes allongés au soleil dans des chaises longues, sur le pont, au-dessus de cette mer lisse comme un lac, et maintenant nous naviguons, immobiles, dans un espace sans bords et bleu, brumeux dans les lointains, éblouissant dans le scintillement de l'eau. Elle dort à côté de moi, un livre ouvert sur ses cuisses. Elle dort, le visage apaisé. Elle est heureuse, et je souris au repos, au calme souriant sur ses paupières et sur ses lèvres. Nous naviguons dans l'immensité. J'ai plus fortement, sans doute par contraste, le sentiment de disparaître, d'abandonner ces pays défigurés, ces gens agités, lancés à corps perdus dans leurs loisirs et leurs travaux obligatoires.

Juste à hauteur de mes yeux, au-dessus de la ligne incertaine de l'horizon, vole une mouette, remontant le bateau, entre les tubes blancs du bastingage ; dérapant soudain, elle passe vite au-dessus de ma tête, se laisse aspirer par l'appel d'air et plane un instant à quelques mètres du dernier pont ; elle a filé comme une flamme étincelante et pointue, comme une ponctuation blanche du vide. Elle est partie de Travemünde avec nous, elle gagne Trelleborg avec nous. Elles sont plusieurs autour du navire, pour le plaisir, profitant des remous de l'air, au-dessus de la mer, glissant d'un bord à l'autre du bateau, jouant, se laissant planer et plongeant dans le sillage bouillonnant, pour en resurgir, agiles, vives, sans cesse répétant pendant la traversée leur manège heureux.

Elle dort. Accoudé au bastingage, je rêve. *Je navigue aussi vite, aussi libre que les oiseaux qui jouent dans les flux de l'air autour du bateau.* Mer calme avec plusieurs bateaux : ils apparaissent au loin, comme des points plus sombres sur la mer, puis ils grandissent imperceptiblement, puis la trace qu'ils font sur l'eau se distingue, ils passent lentement, bleus eux-mêmes, ou gris, ou bien encore vert pâle, ce sont le plus souvent des cargos, ou blancs et hauts au-dessus de la mer, ce sont des paquebots qui reviennent du Nord. A la jumelle, je distingue des hommes qui marchent sur les ponts, des grues et de gros tambours. Ils passent, ils suivent des caps différents, ils brillent dans le soleil, on dirait qu'ils traversent des incendies, et doucement ils s'éloignent et disparaissent dans une lumière brumeuse.

Dans les gazettes, on disait encore qu'il était en vie. Mais il fallait absolument arrêter la dilatation vasculaire généralisée, due à la perfusion de multiples substances. Il fallait encore et encore faire croire qu'il tenait, qu'il ne pouvait pas crever. Il fallait trouver ce moyen délirant, extravagant de l'hibernation, avec l'espoir pas même fondé de le conserver peut-être quinze jours de plus. Seulement la mort était bien là, maintenant, solidement accrochée. Une nuit, dans la salle bleue devenue bordélique et sale, où le rat rôde en maître maintenant, est arrivée, dans le plus grand secret, une femme habillée de noir, le visage un peu trop maquillé, les jambes encore jeunes gainées de bas résille. Elle a demandé qu'on lui montre ce qui restait de la peau du tyran. On n'a pas voulu accéder à sa demande. Elle s'est mise en colère, froide, hautaine et vulgaire enfin. Elle a dit qui elle était. Des médecins sont venus et, au titre énoncé de grande putain de Porco, pris de frayeur à cause du pouvoir et des secrets qu'elle détenait, ils l'ont laissée rêver quelques instants sur le corps innommable. Elle n'a ni pleuré, ni souri, ni parlé. Elle a seulement regardé très attentivement. Le rat était entre ses jambes, dans la pénombre bleue. Elle ne l'a pas remarqué. Elle est partie sans un mot. Son chauffeur l'attendait à la porte d'une Bentley noire.

Alors, sur l'immensité bleue de la Baltique : une dernière fois la lumière de la salle de l'hôpital se confond avec le bleu aveugle de la mer, et le lit d'agonie, les machines, le petit corps-cadavre ratatiné, corps défait, putréfié, vont à la dérive, lentement, comme une présence inévitable dont les hommes ne peuvent se débarrasser. Tout a empiré sur le corps de Porco, malgré l'hibernation : complications de nature péritonéale, cardiaque et circulatoire, tension artérielle en baisse, augmentation de la pression veineuse centrale. On parle d'un « phénomène toxique dans l'estomac », mais on lui a presque tout enlevé de ce côté-là, les irrégularités cardiaques sont « constantes » maintenant. « La fonction respiratoire » a empiré. La famille et les médecins renoncent à une dernière intervention chirurgicale. Cependant, la peur est telle que tous les soldats sont sur le pied de guerre, que les chars bloquent les aéroports, que des voitures blindées stationnent autour des points stratégiques, comme si tout le pays craignait les pires dangers parce que le vieux tyran disparaît enfin. Le peuple attend silencieux. Le peuple est pétrifié dans cette attente interminable, tout le peuple. Enfin plus rien ne peut arrêter l'hémorragie débordante. Le corps, à l'endroit du ventre, se gonfle, et cela fait comme une douceur répugnante à côté de la peau craquelée, ravagée, verdâtre et tuméfiée de la poitrine, comme un contraste insupportable avec la saillie des épaules et des côtes. Et puis, comme une bouche relâchée, le vieil anus s'ouvre, le ventre s'affaisse, sac de cuir dégonflé : un long souffle fétide. Ainsi rend l'âme Porco Latino. Or, ne croyez pas que ce soit la fin. Les machines continuent à ronronner, à bruire régulièrement, pour assurer la suite. On dit que le successeur a demandé à rester seul, comme la vieille putain quelques jours avant, dans la salle avec le cadavre enfin cadavre.

Il est jeune, le successeur. Il traverse la salle, enjambe les immondices, contourne les tables, évite les récipients, faisant attention de ne rien heurter. Il s'arrête à quelques mètres du lit. Il reste debout, silencieux, parfaitement immobile, fixant le visage du tyran dont on a fermé les paupières. Il regarde la grimace dessinée sur les lèvres bleues. Il détaille le corps, car il s'est approché et il a soulevé lentement le drap, découvrant entièrement le cadavre. Et il reste encore un long moment, fasciné, debout au milieu de cette salle puante et encombrée. Il rêve, la mort tourne autour de lui, il ne peut avoir aucune pensée cohérente. Il tient un mouchoir contre son nez. Il s'en va. Il a peur, à son tour. Et quand il veut, au moment de fermer la porte derrière lui, se retourner et regarder une dernière fois le cadavre du tyran qui lui a laissé le pouvoir, il voit sur le ventre de Porco le rat soyeux, vivant, replet, qui le regarde de ses minuscules yeux étincelants, là-bas, au milieu de la salle, dans la lumière bleue.

Alors, sur l'espace ouvert immensément de la Baltique : le lit chromé, le petit cadavre et les machines flottent à la dérive. On peut croire que c'en est fini du pouvoir mort et congelé. Mais on vient de construire un nouvel ensemble, une nouvelle machine, un monstre, qui connecte le cadavre à des appareils. La viande morte est encore stimulée par des décharges électriques. Comme ça, le pouvoir tyrannique se survit à lui-même et peut durer. Sur les scintillements de l'eau. Les machines rendent ça plus propre, plus rationnel, plus efficace. La puanteur disparaît. Les excès deviennent froids et se justifient par des raisons techniques. L'Europe est prise au piège de ce délire dont la forme varie selon les pays et les régimes.

Notre nouvelle nef de la folie s'éloigne en dérivant, elle se perd dans ce vide bleu, dans le crépitement du feu liquide. *Goélands et mouettes tournent autour du cadavre et des machines, puis s'en éloignent en criant, rires et ricanements sur la mer.* Notre bateau s'éloigne. Elle dort en souriant. Tout est bleu, tout est vide, tout est lumière. Elle ouvre les yeux. Elle me sourit. Nous nous éloignons. Tout est bleu, la mer est comme du feu.

Le haut navire blanc s'éloigne vers le Nord. Enfin dans le voyage, une ivresse tranquille, la promesse du calme, d'une sorte d'oubli, quelque chose comme une indifférence.

Travemünde 2

C'est beaucoup plus simple, la mort d'un goéland. Cela reste jusqu'à la fin quelque chose de blanc et de gris, ce gris si tendre des plumes, jusqu'à la fin un vol interrompu brusquement, un adieu cahotique et douloureux d'ailes qui n'arrivent plus à battre, qui cherchent à faire remonter le corps pour encore planer, qui se brisent ; alors le goéland décroche, descend plus vite, malgré les dernières tentatives, part en vrille, s'écrase dans les graviers et les herbes de la grève, parmi de minuscules coquillages que d'autres oiseaux ont percés de leurs becs. Il meurt là, au bord de la mer. Ça fait une différence, je trouve. Ça marque toute la distance entre mon désir et la réalité du pouvoir puant qui ne voulait pas se résoudre à lâcher.

D'autres goélands et d'autres oiseaux meurent d'épuisement durant leurs migrations, d'autres, la nuit, s'écrasent contre des phares éteints qu'ils ne voient pas. Toujours l'arrêt brutal du vol, toujours cette libre mécanique brusquement enrayée, toujours cet abandon facile, sans résignation, sans hâte, cet abandon neutre de la vie, comme s'il s'agissait du passage tranquille d'un anonymat de la vie à l'anonymat de la mort.

Août, trois heures de l'après-midi. Nous arrivons à Crémone. C'est un dimanche et la ville est déserte. Je range la voiture à l'ombre d'une façade. Nous traversons la rue. *Dans l'ombre d'une fontaine, il y a des pigeons. Certains sont perchés, les pattes dans l'eau, au bord des vasques. Le claquement désordonné des ailes, quand nous approchons. L'eau est claire. J'y plonge la tête et les mains. Elle s'asperge le visage et la nuque. Les oiseaux vont et viennent des ombres à la lumière. Ce sont des formes grises qui se transforment et qui vivent, au gré de leurs mouvements, de leurs arrêts, de leurs changements de direction.*

Nous traversons de nouveau. Nous passons sous une haute voûte, arrivons par une cour intérieure dans une lumière d'ambre, sous les arcades de la place. Il y a des chaises et des tables de bistrot. Découpée par les montants des arcades, surexposée, incandescente, la place d'une blancheur intense. Nous nous asseyons. Nous allons rester là deux longues heures, à boire des cafés et de l'eau. C'est une hypnose. A l'autre bout, un vieil homme est assis, près de la porte du café. Une jeune fille, à trois tables de nous, lit un livre. Personne d'autre. Le garçon

93

vient prendre notre commande. *L'espace blanc de la place, la présence des lions et des statues suspendues dans la lumière sont rayés vite par les traits sombres des pigeons. Depuis les escarpements de l'église, ils plongent dans la lumière et remontent vers nous. Ils se posent sur les corniches, à l'ombre. Pendant un long moment, plus un seul vol ne traverse la place.* C'est un vertige, cette immobilité foisonnante, la place a maintenant l'exacte intensité d'un rêve. C'est, à ce moment-là, un excès, un spectacle d'une beauté qui m'abat. C'est vrai que je suis alors dans un état bizarre de rêve et de veille, lourd et léger, dans une sorte d'instabilité permanente qui fait aller mes yeux d'une forme à l'autre, dans le jeu précis des ombres. Ici, chaque chose se définit exactement à cause de la lumière. *Je reste de longues minutes à vouloir surprendre l'envol d'un pigeon, mais il est d'une immobilité totale, et seule une légère brise qui soulève les plumes montre que c'est un oiseau. Et puis, il y a l'ombre proche, aussi consistante, présente et nette que le pigeon, cette ombre qui va glisser, se cassant et se recomposant, le long du mur de la nef, mouvement impossible à saisir.*

Elle lit un roman, mais elle interrompt sa lecture, abîmée elle aussi de longs instants dans la fascination de ce qu'elle voit. Il fait chaud. Une femme sur une bicyclette jaune traverse la place en diagonale. Plus tard, tandis que la rotation des ombres se fait dans l'incessant défilement du temps, à un moment précis, à d'exactes limites, les ombres transforment la lumière de la place. Elle devient plus dure, plus lourde, à cause des ombres plus denses. C'est un chant dramatique que je reçois.

Cette fois-là, nous nous sommes arrêtés dans l'auberge d'un gros bourg, où ne viennent que des fermiers et des vieux qui parlent ensemble. C'est au nord de l'Allemagne. La salle d'auberge est sombre, toute de bois lourd et patiné. Des bouteilles et des verres brillent entre le comptoir et la salle. Nous demandons à dîner. Le patron nous dit bonsoir, met notre table, nous sert à boire et à manger. Il a envie de nous parler. Il dit qu'il viendra nous voir quand nous aurons fini notre repas.

Plus tard, l'aubergiste fait le tour des tables. Il s'assied et parle un moment avec chacun. Il se lève, vient nous offrir un alcool de genièvre. Il boit avec nous. Nos grimaces le font rire. Quand il sait que je suis français, il me dit vite, à voix basse, qu'il n'est pas comme les autres, qu'il est autrichien. Il a une sorte de désespoir hâtif dans la voix, il parle un français lourd et incorrect, il dit avec la même précipitation que tous n'ont pas été nazis, qu'il y avait beaucoup de gens contre, qu'il a fait la guerre et qu'il a vu des actions que tout son être refusait.

Je l'arrête en lui répondant que je m'en fous, que je ne suis pas ici pour ça, pour une sorte de pèlerinage de ce style, que la guerre est finie, que je ne pense pas à ça. Il reprend, il déballe sa culpabilité, et je me demande pourquoi il vient s'excuser auprès de moi. Je refuse ça. L'aubergiste insiste pour que je prenne un troisième verre. Je refuse. Maintenant, il parle avec elle, en allemand. A ce que je comprends, ils parlent de la région, de la lande.

Nous marchons, la nuit, le long des canaux. Il fait froid. Nous cherchons un endroit pour nous réchauffer. A Amsterdam aussi, on boit du genièvre. Nous entrons dans un bar de quartier. Derrière le comptoir, une femme magnifique, la patronne. Une ancienne pute sans doute, qui a réussi. Elle est blonde et forte. Nous commandons deux genièvres et deux cafés. Il y a un type, au bar, complètement bourré. Il gueule fort, il demande à la patronne qu'elle lui serve un dernier verre. Elle refuse et lui fait signe de partir. Le type se lève, disparaît derrière la porte des toilettes. Il revient.

Il demande encore, suppliant, un dernier verre. Il dit qu'il s'en ira. Elle accepte. Il prend le verre et, titubant, il vient s'asseoir à un guéridon, près de nous. Il avale son verre. Sa tête s'écroule sur la table. Il a les jambes écartées. Sur le gris du pantalon pend sa queue pâle et molle.

La patronne nous sert et nous dit en français :

— C'est terrible pour ces types qui ne peuvent pas s'arrêter. Il ne fait pas de mal, maintenant. Il dort.

Il y a ce type, le manteau ouvert, habillé de gris, assis et la tête écroulée sur la table, un bras qui pend et l'autre replié à côté du visage, la peau brillant de cette sale sueur d'alcool, il y a ce type, jambes écartées, et toute la misère, la tristesse, l'inconsolable solitude, à la vue de cette queue lamentable qui pendouille.

C'est cela, voyager : dans les haltes, retenir ces intensités. Et, pour aller d'un endroit à l'autre, nous avons le mouvement, les trajectoires filées dans la vitesse, des emportements aveugles et presque rectilignes qui nous font traverser l'Europe à toute allure, déplacements précipités dans les bruits de moteur, de tôle, de ferraille secouée, dans les froissements de l'air, du vent, dans cette avancée toujours à refaire d'un espace qui change, qui recule sans cesse, durant des heures qui semblent ne pas passer, plus justement durant des heures longues qui passent lentement, car nous avons le sentiment de n'arriver jamais aussi vite que nous le voudrions.

Nous avons ces glissades lumineuses, dans la plaine du Pô, sur une digue le long du fleuve qui brille entre des bosquets de peupliers, nous avons les crissements de la chaleur dans l'air, dans les arbres. Nous roulons par un chemin mal empierré jusqu'au bord de l'eau. Le fleuve est large, d'un gris brillant. Loin, sur la droite, sur l'autre rive, des gens se baignent, crient, se reposent sur un banc de sable. Leurs formes minuscules tremblent dans les remous de l'air chaud.

Nous avons ces chemins qui mènent tout droit, à travers les champs et les bois, au bleu violent de la Baltique. Nous avons pour nous cette immensité traversée, nos courses, nos arrêts, notre danse, nos retours, nos hésitations, notre déambulation incertaine dans des villes que nous ne connaissons pas, qui nous ennuient parfois, mais que nous parcourons pour les vivre un peu, de façon fragmentaire et rapide, nous avons pour nous nos pas, seulement nos pas, notre déplacement.

Dans ces passages, tantôt fuite, tantôt flânerie, parfois appétit démesuré de voir, de nous situer dans de nouveaux paysages, les lieux se rapprochent, se mélangent, sans jamais se confondre, les lieux, les situations, les gens éclatent ou se fixent, en fortes intensités.

Les ports, dans le voyage, de toutes les tailles, la fièvre des ports, le calme des ports, le dimanche, les quais silencieux et déserts, les bateaux qui donnent envie encore de partir, d'ouvrir l'espace du voyage en un voyage plus large, dans lequel viendraient s'ouvrir d'autres chemins, comme s'il était impossible d'épuiser un état, une situation, comme si je ne pouvais pas me contenter du voyage actuel :

En somme, pour mieux saisir encore la nécessaire liberté de l'oiseau en vol, pour en analyser la mécanique, pour arrêter le mouvement dans les différents instants de son enchaînement, il faut avoir vu l'oiseau, pour en retenir la beauté, de longs moments, dans le viseur d'un appareil photo, l'avoir tenu dans ce cadre, et suivre sa danse céleste, quand il est porté par la lumière, parfois métal, flamme aussi lorsqu'il passe dans le soleil. Ainsi s'inscrivent dans le viseur rectangulaire des images fixes, des visions trop fortes, dans le filé d'un mouvement qui se veut aussi souple que celui de l'oiseau, sur fond d'azur. Des visions précises, sur le dépoli du viseur, quand l'azur a l'épaisseur brillante et granulée d'un feu, quand l'oiseau glisse sur ce feu, quand il s'y baigne, quand il y nage.

Nous décidons de rester deux jours à Vérone, parce que nous voulons assister, le lendemain soir, à une représentation d'*Aïda,* dans les arènes romaines. Il y a trop de monde, trop de touristes dans cette ville, et j'ai l'impression d'étouffer après nos parcours dans des campagnes retirées, loin du bruit.

Nous louons deux places, puis nous allons déjeuner. Je suis nerveux, de mauvaise humeur. Elle me demande ce que j'ai. Je lui réponds que j'ai un abcès sous une dent, que j'ai mal depuis hier. Après le repas, nous allons dans une pharmacie. J'achète un désinfectant et des antibiotiques. Nous revenons à l'hôtel. Je me douche, je reste longtemps sous l'eau. Puis je me soigne. Elle me rejoint dans la salle de bains, me dit que je devrais aller voir un dentiste. Je refuse, répondant que l'abcès va crever et qu'ensuite tout ira bien. Elle prend une douche à son tour. Nous restons allongés, nus, dans la pénombre de la chambre. Dehors, c'est le feu de l'été sur le mur d'en face, à travers les persiennes des volets. Elle lit un guide de voyage, tandis que je la caresse et que je somnole un peu, toute une moitié du visage endolorie. Elle abandonne son livre. Sa main me caresse le sexe. De l'autre côté de la rue, je vois une fenêtre ouverte et des robes de femme pendues sur des cintres de magasins. Je pense d'abord à un pressing, mais c'est un atelier de confection ou de retouche, parce qu'il y a des machines à coudre, au fond, et des filles qui travaillent. A un moment, un homme vêtu d'un costume sombre vient les voir et leur parle en faisant beaucoup de gestes. On dirait qu'il est en colère. Elle se tourne vers moi et lèche sur mes épaules des gouttes d'eau. Le plaisir du ventre distrait de la douleur de la tête. Elle vient à califourchon sur moi. Je lui demande de ne pas trop bouger, à cause de la chaleur. Elle commence à monter, puis à descendre lentement. Je pense au type de la réception qui voulait nous vendre une visite guidée de Vérone, qui s'est proposé pour nous trouver des places de spectacle, qui nous parle en français, en anglais, en allemand, qui tourne autour de nous avec empressement. J'ai tenté de lui faire comprendre que nous n'étions pas intéressés, que son insistance m'était désagréable, et j'étais furieux d'être pris dans cette ville touristique pour un de ces zombies transportés par car avec ses congénères. Et j'avais mal aux dents. J'ai fini par lui demander la pharmacie la plus proche. Il m'a regardé, étonné, puis m'a donné le renseignement. Et quand j'ai sous les doigts ses hanches, c'est brusquement et très vite un envol, un vol libre dans un espace lumineux. Sur son visage apparaît une légère crispation, elle se mord les lèvres, comme si elle devait retenir l'expression du plaisir, et son ventre bouge un peu plus vite, malgré la chaleur. Maintenant, les deux jeunes femmes qui travaillaient aux machines à coudre parlent devant la fenêtre. J'ai l'impression qu'elles sont très près de nous, mais elles ne peuvent pas nous voir. Elle change de position, se penche en avant, vers moi, ses cheveux touchent mon visage.

Que nous le voulions ou que nous ne le voulions pas, le plaisir accélère nos mouvements. Nous sommes en sueur. Dans la rue étroite, des gens s'appellent, parlent fort et rient. Nous sommes pris dans notre danse incontrôlable, ventre tapant contre ventre, mains moites, aisselles trempées, sexes luisants.

Elle me dit en riant :

— Notre hôtel s'appelle le Giulietta Romeo, 3 vicolo Tre Marchetti, à deux pas des arènes. A la réception, ils vendent des cartes postales où l'on voit les amants enlacés.

Et nous repartons de plus belle, riant, accrochés l'un à l'autre, jusqu'au terme, à l'épuisement, aux soupirs, et pour moi jusqu'à la douleur de nouveau vive de ma gencive enflée. Maintenant, la rue s'anime, les gens sortent après la chaleur. Je reste étendu sur le lit, pendant qu'elle se douche de nouveau. J'aime cette hébétude du corps et de l'esprit, la pénombre anonyme de la chambre après nos déplacements sous la lumière, le long de petites routes sinueuses, dans le labyrinthe des vignobles et des collines, à la recherche des villas anciennes, presque toujours retirées, à l'écart des villages, difficiles à trouver et qui s'opposent à nous, qui résistent comme des univers clos dans une immobilité solaire, une torpeur lumineuse, constructions qui m'apparaissent, chaque fois, une nouvelle et différente mise au pas des passions.

Lui, dans les haltes, continue de voyager, puisqu'il revient en arrière et retrouve, ici, sur le lit de cette chambre obscure, des lieux, des monuments et des routes.

Lui, maintenant, marche à côté d'elle dans les rues de Vérone, avec sa douleur à la mâchoire, avec la chaleur accumulée de la journée ; ainsi, peut-il éprouver dureté et consolidation de la ville, parce qu'il a mal, parce qu'il est fatigué et qu'il se traîne. Ils marchent sur les bords de l'Adige. Ils arrivent au Ponte Pietra, ils avancent sur le pont. C'est tout autour d'eux un immobile incendie, sans variations de lumière, sans flammes qui viennent troubler la limpidité de l'air. La ville, comme une braise, brûle et rougeoie, des cuivres, des ors, des ocres et toute l'étendue des rouges, de l'orange au bordeaux profond. Dans cette rutilance, l'Adige d'un vert laiteux, de la couleur glacée des torrents, roule et pousse sa force. Ce pourrait être une vue idéale, or, au fond de lui-même, il se sent détaché de cette vision, et il se met à regarder le détail des maisons, le chevauchement des tuiles, des crépis, les pavés des rues et des trottoirs, puis le large méandre que fait le fleuve. Détaché, à cause de la fatigue peut-être, et malgré l'intensité des formes construites, nettement dessinées dans la lumière, s'abat brutalement sur lui une froideur, comme une sorte de désespoir soudain, qui ne dure pas. Il repense à la place de Crémone, à ce puits de lumière dont l'intensité devenait difficile à supporter, où là-bas il n'avait pas éprouvé ce détachement. Puis, la regardant, il pense à la tendresse d'être ensemble dans ces endroits où l'inquiétude est retenue, transformée en beauté, à cette parfaite contingence aussi qu'il faut absolument saisir, arrêter, fixer, écrire, à leur insignifiance sur ce pont, dans le flux des vies, dans l'infinie complexité de ce qui passe. Il en a la mâchoire dans les talons devenus douloureux. Il repense à la place de Crémone, à la trace noire des pigeons sur la lumière.

A Bâle, je reste longtemps arrêté devant l'une des versions d'un tableau de Böcklin que j'ai déjà vu à Paris et qui demeure en moi comme une image trop forte. *Die Toteninsel,* l'île des morts. Un escarpement rocheux s'ouvre comme un cirque étroit — impasse ou passage — fendu verticalement par le noir des cyprès. C'est une masse creusée d'obscurité, dressée sur l'étendue d'un lac, car j'imagine qu'il y a des terres, qu'il y a forcément des terres pas très loin, puisque quelqu'un, vêtu d'une aube blanche, comme un officiant, debout dans la barque d'un passeur, s'approche lentement de la fente noire. C'est une avancée fascinée. La distance à laquelle il se trouve du terme marque exactement la limite qui l'empêche de reculer et d'où il perd de vue la terre. De là, l'officiant distingue enfin les détails des rochers, la ténèbre des cyprès, le grain des pierres. Il n'a pas peur, il éprouve une crainte vide, sans objet.

C'est à Vérone, mais sans doute cette transformation se préparait-elle depuis quelques jours, qu'ils deviennent tous les deux des êtres de fiction, acquérant en même temps un surcroît de vérité et davantage de fausseté. Il sait bien que c'est lui qui mène la danse sur cette scène-là, et qu'elle l'y suit volontiers, à condition qu'ils n'en disent rien. Certainement compte l'influence des lieux qu'ils traversent, où ils séjournent vite, avec avidité. La séduction de ces paysages, de ces villes, est celle de ce qui est construit, agencé pour des effets de beauté, pour donner forme au calme, à la tendresse, à la passion et à la violence. Cette séduction le fait basculer, le fait exister autrement. Il y entraîne sa compagne avec lui.

Au réveil, il a dans la bouche un goût écœurant et fade, mais il est reposé et ne sent plus de douleur. Le drap est sale d'une large tache : un liquide jaunâtre, et plus foncé à la lisière de l'auréole. Il touche sa dent, la gencive a repris sa consistance et sa grosseur habituelles. L'abcès s'est crevé pendant la nuit. Il est soulagé. Il se rince la bouche.

Quelquefois, l'idée que la pureté est l'état où tout existe, sans restriction. *Quelquefois, quelque chose comme le vol d'un oiseau, son ombre sur les murs, sur les dalles des places, rendue floue par la vitesse.* Quelquefois, une situation violemment éclairée dans la chaleur du soleil, quelque chose d'intense et de dur, entre un homme et une femme qui se shootent, au fond d'un renfoncement entre deux immeubles, quelque chose comme un excès de souffrance, un excès poétique qui n'a plus les mots pour dire : deux silhouettes de cuir noir brillent dans l'encoignure où vient les frapper le soleil. Quelquefois, quelque chose comme le rêve qu'elle me raconte, en s'éveillant, une histoire embrouillée comme tous les rêves relatés tout de suite après la nuit, sans qu'on ait eu le loisir de les reconstruire, de les aménager ; une histoire qui avance par fragments vite interrompus par d'autres fragments, d'autres images, aussi vite repris et poursuivis, comme si la parole cherchait à suivre l'incohérence du rêve : j'étais devenue gigantesque, il y avait des gens minuscules qui essayaient de grimper sur mes jambes, je crois bien qu'ils étaient habillés, j'étais nue, j'étais si grande que ma nudité ne me gênait pas, tous ces gens, c'était un fourmillement désagréable dont je n'arrivais pas à me débarrasser. J'avais les jambes écartées au-dessus d'un fleuve. Et j'essayais de les secouer pour les faire tomber, mais ils regrimpaient aussi vite. Il y avait du vent, un vent fort et chaud. En même temps, je voulais faire des courses, mais tous les magasins où je voulais entrer étaient détruits ou fermés, je ne comprenais pas, j'éprouvais un sentiment de malaise. Le vent creusait des vagues sèches et courtes sur le fleuve. Le fleuve était de plus en plus gros, de plus en plus large.

Je crois que je te cherchais, tu n'étais pas là, tu n'étais pas avec moi, et de temps en temps je t'apercevais vite au milieu de gens qui parlaient avec toi. Après, je ne sais plus, dans les rêves tout finit souvent par se confondre.

Quelquefois, l'idée que la pureté est l'état où tout existe, sans restriction : quelque chose comme un geste de haine aussitôt suivi d'un geste de tendresse, comme un seul geste à la fois porteur de haine et de tendresse, innocemment. Une ville parfaitement calme, enfoncée dans la tranquillité, une ville radieuse, illuminée, où les gens vont heureux, à leur allure, où ils s'arrêtent pour parler quelques instants, pour se donner des nouvelles. Quelquefois, quelque chose comme l'urbanité, ici comme à Münster, à Münster comme à Rome, à Rome comme à Londres, dans un petit village ou à Amsterdam, la même série de rencontres, les naissances, les meurtres, les souffrances, la mort. Une parfaite urbanité, quand les gens montrent qu'ils vont bien avec leur ville — les joies, les plaisirs, la cruauté, la jouissance, la mort retrouvée. Tout en même temps, et la même ville peut devenir, d'une minute à l'autre, ensemble convulsé, lieu secoué par une obscure violence, rues éventrées, places écroulées, façades déchirées par les explosions, quand les gens courent, se jettent à terre, s'y affaissent, quand d'autres se terrent immobiles au fond des maisons, quand les meurtres froids et systématiques alternent avec les meurtres de l'ivresse et du délire.

Nous marchons jusqu'à la Piazza delle Erbe : le marché, les toiles claires. Les gens se pressent entre les étalages de fruits et de légumes. Les cris, la rumeur joyeuse des voix, mais la menace est d'autant plus forte que le

bonheur semble tranquille. La scène vient comme suit :
Débouchant sur la place, nous nous arrêtons. Elle se
tourne vers moi et me surprend par ce qu'elle dit, sous
forme de question :

— Qu'est-ce que nous avons à courir comme ça
partout ?

Je ne lui réponds rien. Immédiatement après, à moins
de dix mètres de nous, s'abattent la terreur et le crime.
Une détonation sèche. Un homme s'écroule sur les genoux
puis tombe à terre. Un type disparaît à toute allure dans
la foule, profitant de la stupeur. Il est déjà sorti de la
place, quand l'agitation, les cris et les pleurs s'emparent
des gens qui se rassemblent autour du corps. Tué net.
Nous sommes parmi les premiers au point de chute. On
voit le trou rouge derrière l'oreille, et le sang qui coule
sur le front et sur la joue. Les flics arrivent en courant.
Sirènes des voitures. Ils font reculer les gens. On recouvre
le cadavre d'un drap blanc. Deux photographes font leur
travail.

« Viens, passons ! » lui dit-elle en le tirant par le bras.
Lui regarde encore le sang qui dessine deux lignes sur
le front et le visage de l'homme couché, face contre terre,
au moment où un flic montre le visage à un officiel qui
donne immédiatement des ordres.

Elle insiste : « Partons maintenant ! » Ils traversent
la place au milieu de la cohue. Ils sont arrêtés par un
cordon de flics. Ils sont fouillés, on regarde leurs papiers.
On les laisse aller. Sous l'arc qui mène à la place des
Seigneurs, est suspendue une énorme côte de baleine. On
dirait, cet objet incongru, le signe tragique, blanc et brillant de la mort, le signe nu de la folie, la forme abstraite de
la menace, suspendue, nette, immobile au bout de sa chaîne.

110

Il recopie :

« L'animal ouvre devant moi une profondeur qui m'attire et qui m'est familière. Cette profondeur, en un sens, je la connais : c'est la mienne. Elle est aussi ce qui m'est le plus lointainement dérobé, ce qui mérite ce nom de profondeur qui veut dire avec précision ce qui m'échappe. Mais c'est aussi la poésie... » G.B., *Théorie de la religion*.

Plus loin : « L'animal est dans le monde, comme l'eau est dans l'eau. » *L'oiseau est dans le monde comme l'air est dans l'air et l'eau dans l'eau. Et par le mouvement poétique, ce mouvement d'écriture, rejoindre et retrouver l'animalité. L'oiseau en vol est dans le monde, comme l'eau est dans l'eau. Ce que je cherche.*

« Qu'est-ce que nous avons à courir comme ça partout ? » lui demandait-elle, juste avant l'assassinat.

Il aurait pu lui répondre quelque chose de ce genre — il devait en effet avoir ces phrases dans la tête, mais il avait préféré se taire. Dans la tête quelque chose de ce genre :

« ... non plus seulement l'idée, mais l'état de pureté, mon acceptation de tout ce dont nous sommes capables, peut-être courons-nous après cet état d'immobilité, ou bien nous recherchons un lieu, plusieurs endroits qui rendent le bonheur probable, à moins que nous courions pour le plaisir du déplacement, pour être ensemble ailleurs, toujours ailleurs, et là, dans cet ailleurs, claque la détonation immédiatement à nos oreilles, dans nos corps, signe dont nous ne voulons pas tout de suite reconnaître l'horreur. Accepter cela aussi, l'encaisser. Puis passer sous l'os blanc de baleine... »

Plus tard, elle est assise sur le bord étroit du pont des Scaliger. Elle se pose souvent près du vide, au-dessus d'un abîme. Elle doit aimer cet équilibre, la possibilité de la chute. Chaque fois, il en ressent un malaise, il a peur et souffre d'une inquiétude nerveuse au-dessous de l'estomac. Il se met à tourner autour d'elle, bougeant sans cesse, dessinant un réseau de lignes et d'angles. Il s'éloigne, revient, s'approche d'elle, repart dans une autre direction, s'arrête, la regarde, de nouveau revient vers elle, et finit, après cette agitation, par s'installer comme elle, de l'autre côté du pont. L'Adige roule des eaux grises qui charrient des branches d'arbres. Il regarde le mouvement du fleuve, en se penchant un peu. Puis, il tourne la tête vers elle, immobile, assise de profil sur le parapet, silencieuse et lointaine. Il pense à la torpeur qui saisit les oiseaux juste avant qu'ils s'envolent, à cette intensité de l'existence, tellement là, tellement évidente, si bien posée dans le décor ou le paysage, qu'elle semble ne plus rien attendre, dans une indifférence qu'il ne supporte pas. Accepter cela aussi.

Elle lui demande :

— A quoi penses-tu ?

— Je pense à Gotland. Je me dis que nous avons des itinéraires compliqués pour aller jusque là-bas. Je pense à la nudité des paysages de l'île.

— Je n'entends rien !

— Je pense à Gotland ! crie-t-il, pour qu'elle saisisse ce qu'il dit, de l'autre côté du pont.

Des gens passent entre eux, des touristes qui ne savent rien de l'attentat de ce matin. Ils s'arrêtent et se prennent en photo, devant les créneaux du pont. Ils ont un sourire figé, les traits tirés et maussades. La chaleur, la fatigue, le poids des sacs et des appareils, la lourdeur du corps. Ils se font leur collection d'instants et de lieux, ils s'assurent, sans le savoir, des témoignages irréfutables. Ils essaient, malgré tout, de faire bonne figure.

— Qu'est-ce que tu dis ?

— Je pense à Gotland, loin d'ici, à mi-chemin de la Suède et de la Russie, en mer Baltique. Au silence, à l'immensité.

Elle quitte son perchoir et traverse le pont.

— Si nous partions demain, dans combien de jours pourrions-nous être à Travemünde ?

— Trois jours, peut-être quatre. Tu veux partir ?

— Non. Je voulais savoir si nous pouvions y être vite.

— Je me demande parfois...

— Quoi donc ?

— C'est trop tôt pour le dire.

Nos pas nous ramènent vers la place des Seigneurs et nous nous asseyons à la terrasse du café Dante. Les gens parlent de l'attentat. La peur, la haine, le désespoir, la colère dans la vivacité des échanges, et brutalement les voix se taisent pour laisser place au silence.

Pourquoi dans une ville si belle ? On imagine mieux la terreur dans les banlieues sinistres et vides, dans les villes noires et cubiques.

Je lui dis que ce serait illusoire de ne voir dans l'ancienne beauté des architectures qu'harmonie et tranquillité, parce que les hommes s'égorgeaient sur ces places, dans les ruelles et dans les recoins des cours de palais, avec toute la violence requise, les injures et les grimaces de la haine. Ils se tuaient à bras le corps, ils se perçaient de coups de dague, ils se tendaient des pièges mortels. Ils se vendaient pour tuer. Comme partout ailleurs en Europe.

Stuttgart nuit glaciale janvier brillante quand nous arrivons de Tübingen avec de longues heures à attendre le train pour Paris qui ne s'arrêtera que vers deux heures du matin nous laissons les bagages à la consigne pour sortir de la gare et marcher dans la ville à la recherche d'un restaurant nous descendons par des escaliers roulants dans un passage souterrain où sont affichés plusieurs placards TERRORISTEN et les photos visages de femmes et d'hommes leurs noms et leurs âges les machines de guerre sont en marche photos légendées de figures terrorisées si frappées de terreur qu'elles sont devenues des emblèmes du terrorisme la figure tragique inventée de nouveau et je trouve qu'il y a même une recherche esthétique dans la composition de l'affiche dans ses effets de typographie j'imagine que des gens voudraient se procurer l'affiche l'égayer par des ronds transparents de couleur comme des ballons d'enfant sur la terreur des visages recherche esthétique dans l'expression du crime d'Etat répondant au crime que fait naître la terreur au crime le plus effrayant le plus absurde le plus terro-

115

riste et les peuples ont sans doute besoin de trouver en eux-mêmes de quoi les épouvanter et les menacer pour qu'ils continuent de vivre et de travailler TERRORISTEN TERRORISTEN plusieurs fois sur les vitres du passage souterrain plusieurs fois la multiplication de cette collection de visages sans compter les reflets dans les vitrines des magasins et des officines à cette heure-ci fermés.

Après le pont des Scaliger, nous revenons doucement vers l'hôtel, passons sous la porte Borsari, et je me souviens d'études lointaines quand il fallait lire en termes convenus l'ordonnancement des pierres, le dessin des fenêtres et la façon dont s'articulait le rythme, quand nous devions en établir la trace et les influences sur des constructions plus récentes. Des voitures de police foncent dans les rues, la stylistique baroque, quelque chose de dramatique et de tendu de fortement accidenté dans la lumière pour que les ombres soient plus noires plus fortes, pour que les décrochements saillies corniches et renfoncements soient mieux marqués sous le soleil et dans les sirènes des voitures de flics. Pourtant, la ville s'emplit des gens qui viennent assister à la représentation d'*Aïda*. Il fait encore plus chaud qu'hier. Une chaleur d'orage. Quand nous passons devant les arènes, il y a déjà beaucoup de monde qui déambule sur la place.

Dans l'étroite rue de l'hôtel, les voitures sont rangées d'un seul côté, tout contre les murs des maisons, pour laisser libre le passage. Tandis qu'ils rentrent d'un pas tranquille, lui, tout de suite, remarque une vieille Mercedes d'un gris terne et pâle, presque blanc, immatriculée en Allemagne. Cette voiture, aussitôt, fait revenir l'image d'une voiture identique quittant, un matin de l'année dernière, le garage d'une auberge de Westphalie. Il sait qu'il s'agit de la même Mercedes. Il s'étonne de la coïncidence et de la rapidité avec laquelle resurgit précisément ce souvenir, comme s'il y avait eu pour lui l'impérieuse nécessité de garder en mémoire un fait aussi particulier et de si peu d'intérêt. Pourtant, tout aussi vite, il se souvient de la crainte bizarre et sans objet qui était attachée à cette automobile et surtout à son propriétaire, un type gris, livide et pâle, qui les avait salués, quand ils quittaient la salle d'auberge pour aller se coucher. Il avait pensé à un de ces minables et tristes voyageurs de commerce, condamnés à vivre sur les routes, parce que rien, nulle part, rien ni personne, jamais, ne les attend. Et cette commisération était façon de se défendre contre l'inquiétude, car il y avait eu le sourire gris et le regard délavé de ce visage.

Une crainte vague, sans doute à cause du sourire torve et des yeux d'une sorte de transparence laiteuse et pâle, aveugle, un gris de neige comme la cravate et le costume, comme la peau, comme le blond des cheveux qui viraient, eux aussi, au gris. C'était une forme humaine qui cherchait à disparaître, à se défaire et s'évanouir, une présence insaisissable qui l'avait fortement troublé, puisqu'il y pense maintenant, à Vérone, à quelques pas de la porte de l'hôtel. C'est bien la même voiture, et il se dit que le type est à l'hôtel, comme il était dans la même auberge qu'eux, en Westphalie, l'année dernière. Cette coïncidence l'inquiète, la répétition de la scène dérange le voyage. Il se tait. Ils passent devant la voiture. Lui la regarde et se retourne. Elle dit :

— Des gens de Hambourg.

Il se rappelle sa crainte sans objet particulier, liée à cette voiture et surtout à son chauffeur, gris livide et blanc, dont la peau brillait de la sale sueur de ceux qui boivent beaucoup de bière, ce type qui les avait salués alors qu'ils montaient se coucher. Ils avaient échangé quelques mots rapides et banals, et lui s'était dit que cet homme bedonnant était un de ces minables représentants, toujours sur les routes à vendre des trucs idiots, condamnés à voyager, parce que rien ni personne ne les attend nulle part.

C'est évident, quand il pousse la porte de l'hôtel, le type est là, dans un fauteuil du hall. Il ne quitte pas son journal des yeux. Ils traversent et montent. Lui, dans l'escalier :

— Tu as vu le type, en bas ?

— Non, je n'ai pas remarqué.

— Un type en gris, tout en gris.

— Non.

— Nous l'avons rencontré, l'année dernière, en Westphalie. Dans cette auberge où nous sommes restés plusieurs jours.

— Je me souviens de l'auberge, mais pas du type.

— Un soir, il nous avait parlé et le lendemain, il m'avait demandé où nous allions.

— Je ne me souviens pas.

— Ça m'embête qu'il soit ici.

— Tu n'es pas sûr que ce soit le même...

— Si, c'est lui. Qu'est-ce donc dans le voyage la répétition de cette forme humaine, une deuxième fois ?

— Qu'est-ce que... C'est quelqu'un qui voyage comme nous, qui aime l'opéra, peut-être.

Maintenant, la foule s'amasse et se presse devant les entrées des arènes. Le ciel s'est obscurci de nuages, mais il

119

fait toujours aussi chaud. Et là, c'est le foutoir complet, des gens pressés les uns contre les autres, qui s'appellent, qui jouent des coudes, qui se piétinent et qui poussent tous vers les entrées. Il est pris là-dedans, avec elle, comme dans une sorte de pâte, et c'est tout à fait exact qu'il redoute de se mêler à la pâte, d'en devenir un élément subissant poussées et mouvements. Et puis, très vite, il n'est plus seulement qu'un corps agité, bousculé, pressé, heurté et poussant lui aussi, se dégageant, profitant d'une ouverture entre deux corps pour gagner une place, puis se refaire éjecter à sa première position, comme si un sphincter l'expulsait.

Stuttgart la nuit TERRORISTEN photos la peur insuffisance cardiaque terminale irréversible. Immobiles, gelés,
debout raides sur des escaliers roulants, ils émergent, elle
et lui, de manière rectiligne et à une vitesse constante, par
un trou rectangulaire, au-dessus d'une place vide, dallée,
qui brille. Les lumières sont jaunes et font des triangles
brillants dans le brouillard. Tout le reste cst noir, accentué
parfois par un néon qui tourne au-dessus d'une masse qui
fout les jetons, ou par un éclat blanc sur du verre, sur quelque pièce de métal. Dans la nuit, les cubes, les angles, les
arêtes aiguisées des immeubles. Il fait très froid. Ils marchent vite, sans savoir où ils vont, à la recherche d'un
restaurant. Ils s'arrêtent souvent devant les magasins, repartent presque aussitôt. C'est une marche cahotique et dérisoire, brisée, rapide, absurde : aller dîner dans un restaurant. Mais ce ne sont, sous des arcades, que vitrines de
magasins éclairées ou bien des rez-de-chaussée d'agences
et de bureaux qui sont éteints. Pas de café, pas de restaurant, des cinémas, d'autres vitrines, d'autres bureaux, beaucoup de magasins d'appareils électroniques et photographi-

ques. Ils traversent un large carrefour. Plus loin, des salles de jeux et une grande brasserie style *fast food,* néon, hamburgers et autres préparations identiques, personnel en uniforme blanc comme dans un hôpital. Ils passent vite. Ils traversent maintenant un quartier d'affaires : seulement la masse noire des immeubles lisses et leur course absurde, vaine, quand ils se sentent minuscules et dépossédés de leur existence, en tout cas d'un bout de leur existence, car ils savent qu'ils ne sont que deux corps fatigués et frileux qui cherchent un endroit chaud, tranquille aussi, où ils pourront s'asseoir, parler et dîner.

Ils traversent une avenue, ils courent. Ici, il y a moins de lumière, moins de voitures. Ils sont seuls dans cette rue, à marcher, à courir. Ils passent entre deux immeubles. De l'autre côté, les rues sont plus étroites, les maisons plus basses, il y a des magasins de nouveau, des vitrines éclairées, des bistrots devant lesquels ils s'arrêtent. Chaque fois, ils repartent sans entrer. Tantôt c'est lui, tantôt c'est elle, qui trouve une raison pour ne pas entrer, comme s'ils devaient poursuivre cette promenade absurde dans la ville qui devient de plus en plus hostile. Stuttgart la nuit TERRORISTEN photos de nouveau à côté de l'entrée d'un restaurant. A travers la vitre, ils voient des jeunes qui parlent, rient, mangent et boivent. Les discussions sont animées. C'est lui qui refuse d'entrer, parce qu'il n'y a pas de place. Ils continuent, reviennent sur leurs pas. Ils arrivent sur une grande place aux maisons anciennes. Ils s'arrêtent de nouveau devant une porte signalée par une enseigne lumineuse : le Ratskeller, et parce qu'il se souvient d'autres restaurants de ce type, agréables et tranquilles, il dit qu'il ne cherche plus, qu'il veut entrer là, et elle acquiesce.

122

En bas, très loin, comme au fond d'un puits, les gens habillés, smokings et robes brillantes, s'avancent et cherchent leurs places. L'orchestre s'installe. Le vent s'est levé, et quand il fait nuit, les gens allument leurs bougies, les projecteurs s'éteignent. Il y a dans la foule un souffle d'admiration puérile. Puis la scène et l'orchestre s'éclairent. Puis la musique.

Eux n'ont trouvé de places qu'au dernier rang. A cause d'une silhouette grise, à cause d'une ombre blanche se faufilant dans la foule du marché, à cause d'un visage ensanglanté, la mort envahit tout l'espace, toute sa conscience et la perception qu'il a de la musique, tout son corps. Il tremble de froid, debout sur le dernier gradin. On entend mal la musique, elle disparaît, enlevée par le vent, se gonfle puis s'éloigne, emportée de nouveau. Elle est comme une bête molle, agitée, qui circule dans l'ellipse des arènes.

Il est debout, derrière elle, les jambes contre son dos. Elle est assise, coincée entre une grosse femme décolletée et un gamin à lunettes, qui mange un sandwich au pâté.

Le vent devient plus fort. Il boutonne sa veste, en remonte le col. Et ce lieu devient insupportable. Les sautes de vent emportent des morceaux entiers, des airs et les voix. Les gens applaudissent, hurlent, interrompent les chanteurs, l'orchestre s'arrête de jouer, les interprètes saluent, reprennent. Cette agitation, qu'à d'autres moments il aurait appréciée, lui semble une inconséquence dangereuse, une fuite dans de vaines séductions. Tous ces gens rassemblés hurlent, applaudissent, s'interpellent, debout, gueules ouvertes, bras dressés au-dessus des têtes. Et, pendant ce temps, courent entre les spectateurs et les gradins les vendeurs qui crient : « Panini ! Panini ! Panini ! »

Là-bas, dans les décors, c'est une histoire d'amour et de pouvoir, l'histoire invraisemblable d'une esclave, une BD mal foutue, dans une Egypte de carton, et pourtant, quand le vent se déchaîne, amoncelant des nuages lourds de pluie et d'orages, après la chaleur étouffante du jour, Radamès, dans les bourrasques, chante :

> Ah no ! fuggiamo !
> Si, fuggiam da queste mura.
> Al deserto insiem fuggiamo.

Aïda se joint à lui, et tandis qu'ils s'éloignent et que le vent redouble de force, ils chantent :

> Vieni meco, insiem fuggiamo
> Questa terra di dolor.
> Vieni meco, t'amo, t'amo !
> A noi duce fia l'amor.

Maintenant, les vendeurs reviennent, ils crient : « Panini ! Impermeabile ! Panini ! Impermeabile ! » Et les gens achètent de légers imperméables d'un bleu turquoise élec-

124

trique. Le tonnerre gronde au-dessus de la campagne, dans le front noir des nuages qui s'approchent. Elle se lève, vient près de lui, et lui :

— Partons ! J'en ai marre. Partons, maintenant. Il va pleuvoir.

Les types, soudain plus nombreux dans les gradins, circulent vite, vendent leurs impers, et repartent criant toujours : « Impermeabile ! Impermeabile ! » Là-bas, très loin, les robes sont retroussées par le vent, elles collent au ventre des femmes, et les voix, dans les rafales qui tournoient, prennent une autre force. Lui, qui la tient par les épaules, pourrait croire un moment, à cause de l'orage et de cette journée dans Vérone, juste maintenant et de façon fugitive, à l'expression la plus haute du lyrisme tragique. Mais l'illusion se dissipe. Ils s'en vont.

Plus tard, elle lui dira que, juste avant de quitter les arènes, elle pensait à Gotland, au silence le soir sur toute l'étendue de la terre, car on finit par s'imaginer, là-bas, que le silence est le même partout, sur toute la terre. Elle pensait aux journées grises, à l'espace immensément ouvert, à l'immobilité silencieuse, le soir, à ces brumes suspendues entre le sol et les arbres ; *plus tard, elle lui dira qu'elle voyait un vol de cygnes traversant le ciel et la mer confondus, qu'elle entendait le claquement rapide des ailes, au ras de l'eau, taches blanches et vives sur le gris de la mer, courbures insaisissables.* Elle lui dira qu'alors, elle aurait voulu partir aussitôt, fuir, elle aussi.

> Vieni meco, insiem fuggiamo
> Questa terra di dolor.

Quand ils arrivent à l'un des restaurants de la place, l'orage éclate et la pluie tombe à torrents. Une volée d'imperméables bleus se précipite hors des arènes. Les gens s'abritent sous les tentes des terrasses. Certains s'installent, ruisselants. Des femmes en robes du soir légères arrivent comme ivres, agitées, les cheveux défaits, certaines complètement trempées, les corps révélés sous les tissus mouillés. La pluie cesse aussi rapidement qu'elle s'est abattue sur la ville. Un haut-parleur annonce que l'opéra reprend pour le dernier acte. Tous repartent en riant.

Elle me dit :

— Partons demain matin !

— Et Palladio ? Et Vicence ? Et tout ce que nous voulions voir...

— C'est moi qui te demande de partir, maintenant. Nous reviendrons une autre fois. Une autre année.

C'est quelque chose, le Ratskeller de Stuttgart, une immense salle en sous-sol, déserte ce soir-là, il doit y avoir quatre ou cinq tables occupées par des gens, le reste est vide, froid, ça tient du parking souterrain aménagé en salle de restaurant. L'œil glisse sur les tables jusqu'aux murs.

Ils s'installent loin des autres. Ils se débarrassent de leurs manteaux. Un garçon vient prendre la commande. Il a faim. Elle se lève pour aller aux toilettes. Il la regarde marcher entre les colonnes de béton. Il allume une cigarette. Il attend, les yeux dans le vague. Il pense à l'absurdité de cette marche dans la ville, la nuit, à la recherche d'un restaurant. Il songe au ridicule de leur présence dans cette salle. Il regarde l'immense salle vide. Elle revient des toilettes. Ils se taisent. Les pas des garçons résonnent sur le sol. Au fond de la salle, là-bas, un homme seul devant une bière. C'est quelque chose de particulier à l'Allemagne, la désolation et la tristesse de certains lieux publics, cafés ou restaurants, où les gens semblent vouloir enfermer leur désarroi. C'est quelque chose de gris, de neutre, avec parfois un sursaut de violence, une secousse aussitôt disparue.

Le silence y est lourd, certainement pas à cause du mutisme des formes humaines, mais parce qu'elles sont installées, semble-t-il, dans une définitive immobilité et parce qu'elles ne regardent plus rien, chacune parfaitement isolée, et tout à l'heure, quand ils sortaient de la gare, ils sont passés devant la salle du buffet, une salle grise et marron, des tables sombres, un sol jonché de papiers, de journaux et de serviettes froissées, des valises sous les tables, et des gens écroulés, abattus par l'ivresse, la fatigue ou le sommeil. Des Arabes, des Turcs, des Yougoslaves. Des gens déplacés, des clandestins, des voyageurs eux aussi qui courent après un peu d'argent, eux aussi arrêtés, fixés sous la lumière livide du néon, eux aussi comme des formes vides.

Elle me dit :

— Autrefois, quand j'arrivais tôt le matin, vers cinq heures, et que je devais attendre une heure ma correspondance, je regardais ces gens écroulés sur leurs tables, qui avaient bu de la bière toute la nuit. J'avais peur, je n'osais pas entrer dans la salle. Ils étaient tous comme des paquets informes, sans vie.

Dans le voyage, l'alternance de vitesse et d'immobilité, la variété des horizons et des lieux suscitent en nous des pensées que nous charrions sans cesse dans une sorte de flux, de discours que nous tenons avec nous-mêmes et avec certaines choses du monde qui se présentent à nous. Il arrive que ces pensées, ces images, prennent langue et que soudain l'un des deux se mette à parler.

Cette fois-ci, c'est moi, à cause de cette salle presque déserte, comme une caisse de résonance qui amplifie la solitude jusqu'à la rendre intolérable — cela surtout dans les yeux des gens —, à cause de notre course idiote dans la ville, idiote et frileuse. Je dis :

128

— Ce que j'ai commandé est dégueulasse. Je ne finirai pas.

— Demande autre chose.

— Je n'ai plus faim... Imagine qu'un type surgisse là-bas, à l'entrée de la salle, les yeux hagards, une arme automatique à la hanche, et sans rien dire, sans crier, il lâche ses rafales assourdissantes, et le sang gicle partout. Et je te hurle : Sous la table ! sous la table ! Nous restons là-dessous, sous nos assiettes, tremblants comme des lapins, je te tiens contre moi, nous sommes tous les deux à quatre pattes. Le type tire des rafales plus brèves, puis nous l'entendons courir très vite, fuyant avant que l'alerte soit donnée. Nous sommes en vie. Ce type, là-bas, derrière toi, il est maintenant renversé contre le mur, la tête affalée sur l'épaule, les yeux ouverts, et le sang coule sur son cou et sa poitrine. Son rêve perdu de tout à l'heure s'est arrêté sur la mort. Les yeux, regardons bien les yeux, ont la fixité d'une mécanique interrompue. Un film s'arrête sec et quelque chose casse ou s'échappe.

Elle ne répond pas. Le contenu de mon assiette me paraît encore plus infect, maintenant que j'ai dit ça. Nous revenons de Tübingen où l'hiver était bleu, glacial. La trace d'un homme qui de douleur était devenu fou ou qui était perçu comme tel par les autres, là-bas dans la lumière bleue et coupante. Tout était bleu et d'une parfaite limpidité. Maintenant, j'ai de la tendresse à te parler, ici, dans le Ratskeller de Stuttgart. Sans doute, ce que je dis sert aussi à me rassurer, parce que tu m'écoutes et que tu sais très bien me signifier, en ne disant rien, que tu distingues, dans ce que je dis, le vrai du faux ou du fabriqué.

Nous sourions. Cela, bien sûr, je ne le dis pas. Mais le commentaire se fait en quelque sorte par la notation de certains de nos comportements : un sourire par exemple, le silence, le geste suspendu d'une main, une allure, une attitude, un mouvement du torse, des jambes ou de la tête. Plutôt contents nous sommes, car nous essayons, dans le voyage, de nous dire au plus juste. L'isolement, n'est-ce pas, la répétition des passages, quand nous allons d'un endroit à l'autre, le quittant presque aussitôt, nous force à tenter de nous dire.

— Prends au moins un dessert avec ton café.

— Je n'ai plus faim.

— Touche, lui dit-il.

— Elle est brûlante.

— Caresse-moi.

— Je vais prendre une photo.

— Tu accélères. Trop de hâte, trop de hâte !

— Plus doucement alors... Il fait trop chaud.

Elle a pris son appareil. Elle cadre et déclenche. Ils sont assis au bord d'un chemin pierreux, dans les vignes. Ils ont mangé du jambon et bu du vin de la région.

— Les gens de la ferme, là-haut, pourraient nous voir, dit-elle, un peu inquiète.

— Penses-tu ! Ils font la sieste. Tu as dessiné un rectangle du ventre aux cuisses, en cadrant ma queue.

La photo est prise. Puis, elle le suce. L'horizon n'est plus si lointain maintenant. Un acacia, les vignes, un champ de melons, des abricotiers bien alignés devant la ferme bâtie sur une hauteur. Plus loin, dans les tremblements de l'air, dans la surchauffe, d'autres vignes et la brume de chaleur sur des collines sèches.

Bolzano. Au moment de quitter notre hôtel de Vérone, elle est allée payer, tandis que je descendais les bagages. Le type gris et pâle s'est approché de nous. Il a dit : « Nous nous sommes rencontrés l'année dernière en Westphalie. Souvent les gens qui voyagent se retrouvent. » Il parlait en allemand. Je n'ai rien su répondre. J'ai dit seulement : « C'est exact. » Je me suis retourné vers elle et lui ai dit que les bagages étaient dans la voiture. Elle est passée devant le type gris, en lui disant au revoir.

Il est sorti sur nos talons. Il disait : « Trop de hâte, trop de hâte ! » Nous sommes partis, ça n'a pas traîné. Notre départ ressemblait à une fuite. J'avais hâte, autant qu'elle, de monter en voiture. Nous sommes sortis de la ville. Les vitres étaient baissées. Il y avait du feu dans les arbres, entre les maisons, puis sur la campagne. La lumière blanche du matin. Pourtant j'étais tendu. J'essayais de respirer, de laisser venir la tranquillité, le calme et l'immobilité qui naissent de la vitesse, des horizons précipités qui nous traversent et qui disparaissent en fuyant dans la vitre arrière, quand les arbres, les maisons, les collines se rejoignent vers le point lointain où convergent toutes les lignes. Seul le ciel est comme une amorphe flaque bleue.

C'est un bon endroit pour la rêverie, pour échapper à la terreur, une voiture, un point qui file sur l'espace, et nous deux minuscules, immobiles là-dedans, rêvant les yeux grands ouverts, insaisissables et détachés, plongés dans l'immensité.

Elle parlait pour, elle aussi, dire à son tour, dire un peu de son chant, quand nous quittions Vérone :

— Nous devions partir. Tu as, toi aussi, tes raisons. Il y a trop de monde, il fait trop chaud. C'était comme un rêve interminable, un mélange de cauchemars et de plaisirs. Tu as dit que nous pouvions être vite à Gotland. Les promenades, l'opéra dans les arènes, l'attentat, ta rage de dents, l'orage la nuit, nous étions nus et mouillés dans l'obscurité chaude de la chambre, et pour finir cet homme livide que nous avions déjà rencontré en Westphalie. Il fallait que nous partions. Parfois, tu es trop tendu, trop nerveux, personne ne nous attend, je t'ai seulement demandé de partir.

— Tu as raison, personne ne nous attend, mais j'ai besoin de la vitesse.

Puis nous avons roulé par de petites routes de montagne, si étroites parfois que deux voitures ne pouvaient se croiser. Il fallait manœuvrer. Il faisait chaud. Les montagnes étaient rose et orange. Elle :

— Une femme amoureuse dit à Ulrich, dans *l'Homme sans qualités*, qu'il faut *se* chanter, *SE* chanter... Nous nous arrêterons à Bolzano et nous y dormirons. C'est le pays de ma mère. Tout a changé. Quand j'y venais en vacances, autrefois, il y avait des paysans qui paraissaient immobiles depuis des siècles, il y avait des charrettes et des bœufs. Maintenant, les hôtels et les maisons de vacances ont poussé partout. Nous partions nous promener dans les alpages et nous revenions avec de grands bouquets. La maison de ma mère était splendide. Après la guerre, mon père l'a vendue. Un balcon courait tout autour, les pièces étaient grandes, et je me souviens de meubles peints.

J'ai roulé vite sur ces lacets escarpés. Nous avons passé plusieurs cols, nous longions des lacs clairs et brillants. Elle toujours :

— Dans la cuisine se trouvait une très ancienne glacière dont les panneaux étaient sculptés, il y avait partout de vieux objets, un cor de chasse, des rouets, des bois de cerfs aux murs de la grande pièce. J'adorais cette maison. Je ne sais pas ce qu'elle est devenue, aujourd'hui. Je ne sais pas qui l'habite. (Un silence.) C'est bien la première fois que je quitte aussi volontiers l'Italie. J'ai envie de retrouver le silence et l'immensité de Gotland, les pierres rouges et brunes comme posées sur la Baltique, ces endroits désertiques qui nous donnent l'impression d'être les premiers à les découvrir, ces journées où nous ne voyons personne, seulement la mer, le vent, le soleil, la lande et la forêt, les cris et les vols d'oiseaux. Mais tout à l'heure nous serons à Bolzano.

L'hôtel est confortable. Sept heures du soir. Elle se baigne dans la piscine et j'écris en l'attendant, à la table où nous allons dîner. Elle m'a beaucoup parlé de la famille de sa mère, qu'elle regrette de ne plus voir. Elle a pour elle, ainsi très particuliers, des lieux précis qui sont les siens, mais dont elle s'est éloignée et que nous traversons vite, toujours trop vite, sauf Berlin où nous restons chaque fois plusieurs jours.

Les deux fenêtres de notre chambre donnent sur le vignoble comme un mur vert, dressé au-dessus de nous.

Bassano. Le pont de bois de Palladio jeté au-dessus de l'Adige vert et tumultueux. Nous prenons un café, au soleil, sur une étroite terrasse qui donne sur le pont. Une architecture légère posée sur des étraves pointues qui offrent le moins de résistance possible au courant des eaux glacées.

Je me souviens de certaines villas visitées : une danse de l'œil provoquée par des relations qui unissent formes et mesures, une danse de l'œil et dans la tête, sans doute, les mêmes effets que la musique fait naître, une sorte d'activité d'oubli qui rend momentanément ignorant du reste, de tout le reste, du tumulte de la terre. Tous les deux, dans ces architectures, nous occupons l'espace, selon des trajets définis et prévus.

Deux jours plus tard, nous nous promenons au bord de l'Elbe après avoir déposé nos sacs dans la chambre de l'auberge proche du fleuve. C'est un temps de nuages et d'éclaircies. Le soleil fait des taches étincelantes, des traînées vives, encore plus intenses sur le gris sombre du ciel et celui de l'Elbe. Les nappes de lumière balaient l'espace, découvrant, à la vitesse des nuages, détails et couleurs dans le paysage, là-bas une ferme de l'autre côté du grillage et des miradors, et les faisant disparaître aussitôt. Nous sommes de nouveau revenus ici.

Nous allons tout au bord de l'eau verte, grise, agitée, légèrement ourlée de blanc. Il y a des mouettes. Nous montons sur un ponton fixé à de grosses poutres enfoncées dans le fleuve. Elle s'assied sur une bitte. Derrière elle, il y a le fleuve large et, de l'autre côté, sur des berges désertes, tout de suite après l'eau, se dresse la séparation métallique et surveillée, et plus loin la plaine, les arbres, les nuages à perte de vue, l'horizon si lointain. Je me dis qu'il y a moyen pour elle et moi, dans notre silence, de passer outre, d'être au-delà de la coupure, car rien ne peut nous empêcher de penser, de rêver, de voir jusqu'au fin fond de l'espace, de rêver à notre liberté. Debout près d'elle, je la vois dans l'immensité barrée et j'imagine, là-bas, des champs, des forêts, des bois intacts, une nature plus pure et moins occupée par les hommes, mais dans un pays d'imposture.

Plus loin, nous marchons sur les pierres d'une vieille jetée qui descend doucement dans l'eau. Des enfants ont laissé leurs bicyclettes sous un saule. Dans ces endroits, on dirait que les gens attendent, qu'il ne se passe plus rien, que la vie est suspendue, que les existences ont encore moins de sens qu'ailleurs, réduites à la résignation et à la nostalgie d'un temps où l'on pouvait passer le fleuve.

Nous arrivons à Travemünde, une demi-heure avant le départ du bateau. Nous n'attendons pas longtemps pour embarquer. Nous sommes contents de cette rapidité. Un type glisse la carte d'embarquement sous un patin d'essuie-glace et me dit : « Way number three. » La voiture roule sur le quai, voie n° 3, entre des bornes de béton peintes de larges diagonales jaunes. Nous sommes à l'arrêt quelques minutes devant la poupe du bateau, ouverte comme une haute mâchoire, et quand nous avançons sur les tôles en les faisant claquer violemment et que nous entrons dans la cale du bateau où les voitures s'alignent les unes derrière les autres, nous savons que nous quittons l'agitation pour le silence. Là-haut, sur le pont, nous resterons des heures à voir le soleil décliner lentement, puis disparaître. Je serai à l'affût de ce qui chante en moi, elle lira, les jumelles posées sur les cuisses, elle dormira, je rêverai sur la lumière et les sortilèges de l'eau, le vertige des miroitements, du feu liquide, parmi les infatigables glissades des oiseaux blancs.

Elle rêve, elle aussi, d'un rêve dont je ne sais rien. Elle le fait nôtre par un sourire. Gotland. Moi, dans le temps suspendu, moi comme un ludion dans le voyage, fatigué d'avoir trop conduit, je chante en silence. Les tôles claquent, assourdissantes dans la cale du bateau.

Nous sommes partis de Vérone, ça n'a pas traîné. D'où que nous viennent les nouvelles du monde, elles arrivent mauvaises et sanglantes. Nous avons traversé un morceau de l'Europe, de l'Italie à l'Allemagne, à l'intérieur des terres, d'un trait, nous avons passé des montagnes, nous avons replongé dans des plaines, navigué dans les courbes de collines, filé par les vallées des grands fleuves jusqu'au nord. Nous retrouvons la lumière et les couleurs saturées de la Baltique ; demain, les vagues brillantes et larges de Scanie où la route dessine une courbe noire parmi les blés, allant de creux en sommets, qui plonge et qui remonte. Nous glisserons dans la lumière, nous roulerons moins vite, pressentant des espaces inhabités, des paysages où l'horizon n'est plus qu'une ligne incertaine au fond de l'immensité, étendues si vastes que les repères disparaissent, quand nous marchons, seuls, sur une langue de terre au milieu de la mer, cristaux et scintillements, le corps défait dans cette lumière.

Gotland. Parfois les nuages sont boursouflés comme des explosions ralenties, parfois ils sont des vagues longues, d'autrefois des amas de rondeurs que le vent étire au milieu de l'île, quand ça souffle du nord. Un jour, ce fut presque la nuit à deux heures de l'après-midi. Il y eut un orage violent. Nous étions seuls, debout, sur la lande, éloignés de tout abri. Nous avons décidé d'attendre en nous protégeant sous nos serviettes de bain. Après la pluie, nous sommes rentrés transis. Nous avons fait un feu et nous avons bu du cognac. Le ciel était d'un gris très sombre, les cygnes sur la mer se détachaient dans cette obscurité, d'une blancheur intense.

Dans les œuvres ornithologiques de Xavier Raspail :
« *Je dois mentionner également (...) comment les Goëlands passaient en bandes nombreuses de plusieurs centaines d'individus en suivant exactement la crête de la dune. On les voyait s'avancer de très loin, les ailes étendues sans exécuter le moindre battement ; ils approchaient comme s'ils glissaient dans l'air. La tempête avait beau redoubler de violence, les rafales se succéder, ils ne déviaient pas d'une ligne de leur route, se tenant toujours à la même hauteur. Le vent en les prenant de biais, sous un angle de 45° environ, les portait et les faisait naviguer, comme ne pourrait le faire un bateau pour passer à mi-travers du vent. Il est vraiment merveilleux de voir ces gros oiseaux se soutenir ainsi dans l'air, malgré la violence de la tempête, sans faire le moindre mouvement, ni des ailes, ni de la queue.* »

Nous sommes à Gotland depuis deux jours : espaces où l'horizon n'est plus qu'une ligne incertaine au fond de l'immensité, où les repères disparaissent quand nous marchons, seuls, sur une langue de terre entourée par la mer, scintillements et cristaux, nos corps se défont dans cette lumière.

Silence et calme sont interrompus brusquement par le vol tendu de deux canards qui dessinent une large courbe au-dessus de la mer et qui reviennent droit au-dessus de nous. Ils filent de leur vol rapide. Ce sont des passages surprenants qui me font sursauter, tant est grand mon désir de les voir, d'en analyser le mouvement, d'en retenir les différentes formes enchaînées, tant ils sont la ponctuation vive, presque insaisissable, de l'immensité calme. Et, derrière le vol, dans son sillage, demeurent quelques instants les remous et les cris parfaitement distincts. Puis tout redevient silencieux et les agitations de l'air sont vite reprises dans l'immobilité, la permanence de cet espace.

Elle dit :

— Ici, on sent le temps passer.

Et le soir, quand nous allons vers les tombeaux sombres des anciens rois d'ici, navigateurs d'il y a longtemps — certains en d'autres endroits de l'île se faisaient construire des sépultures en forme de longues barques —, nous passons à côté d'une ferme, sous une clôture, traversons un troupeau de jeunes vaches, puis nous marchons sur le chemin dont nous savons qu'il mène vers cet espace hanté. Au détour d'une allée naturelle de genévriers, l'étendue s'ouvre et se déploie : une lande plate dont l'herbe est rase et dure, sur laquelle surgissent comme des calottes noires les cinq tumulus de pierres de granit entassées. Le silence est absolu, et la lumière du soir, juste après la disparition du soleil, augmente le mystère et l'immensité. Il y a les arbres, plus loin, et l'éternité de la mort, cinq signes immuables au milieu d'un large et profond hémicycle. Ici, la mort est un repos définitif, que rien ne défigure. A gauche, quand nous regardons vers le sud, une étroite bande de mer brille entre les arbres. La lande, le ciel, les formes noires et rondes des tombeaux, dont un, le plus grand, n'a jamais été fouillé à cause d'une superstition. Le paysage est le même depuis des millénaires, subissant insensiblement les mouvements de la terre et de la mer. Un chuintement vif : une oie cendrée traverse l'espace et disparaît vite, au loin, juste au-dessus des pins, de droite à gauche, vers la mer. Je regrette, encore une fois, de n'avoir rien saisi du vol et du mouvement, qu'une trajectoire ailée, une vibration.

Je grimpe sur la plus haute tombe. Je reste debout sur l'énorme tas de pierres. Elle s'est étendue dans l'herbe. Elle regarde le ciel. Ce lieu, où la mort s'éternise, s'appelle Uggard.

Travemünde 3

Urgence, partir !, retrouver l'emportement qui nous mène ailleurs, éprouver dans le voyage l'aspiration violente de l'ouvert, et puis garder la possibilité de la voir, elle, au sommet d'un perron aux marches arrondies qui disparaissent sous un lierre serré noir et brillant, elle entourée, cadrée très exactement par un fronton baroque flanqué de deux anges, elle se penchant, baissant la tête jusqu'au niveau de la serrure, collant l'œil au trou, regardant de l'autre côté, et dans cette position me présentant son cul. Et puis passer. Il peut y avoir cela et d'autres vues plus précises. Mais il y a maintenant une accélération, la vitesse et la précipitation. Il y a cette sorte de colère du départ.

Nous avons décidé d'aller d'une traite jusqu'à Hambourg, pour être le plus vite possible à Gotland, dans cet espace sans limites où nous marchons, où nous rêvons profondément songes et silences. Paris-Hambourg, neuf heures, à cause de nos seuls arrêts dans les stations-service.

Nous partons de bonne heure le matin, quand les gens

dorment encore, nous rencontrons quelques camions et de rares voitures, nous passons aisément les banlieues de Paris et très vite nous nous installons dans la torpeur de la vitesse, avec en moi une impatience, une tension physique. Elle ne dit presque rien. Parfois sa parole, parfois la mienne pour un peu plus de temps. Nous voulons, et sans doute moi plus qu'elle, arriver vite à Travemünde où la séparation grillagée s'arrête au bord de la mer — mais nous ne la verrons pas, trop occupés à vouloir embarquer, à regarder autour de nous les agitations du port, surpris d'entendre à nouveau de légères détonations, des claquements, des bruits de bateaux qui fendent l'eau et l'incessant, l'enivrant cri — rires et aboiements, sifflets de fuite et de colère — des oiseaux de mer, sur leurs trajectoires blanches et croisées.

Dans la vitesse, j'hallucine son sexe, fleur brillante. Il faut le dire une fois dans un livre, même si c'est aussi le but de chaque voyage. La fleur est pâle sous le grand soleil, grise, rose et bleutée, avec parfois le rose intense, vif de la nudité. La fleur se gonfle, respire, bouge, s'avance vers ma langue. Et je me recule et je la regarde. C'est une situation qui ne dure pas, à cause de l'effroi, de la crudité.

En même temps l'allégresse : dans neuf heures nous serons à Hambourg et, si nous le voulions, nous pourrions voir quelques heures plus tard les bords de la Méditerranée, Munich est à sept heures, Amsterdam, Delft, Copenhague sont là, et nous avons décidé de faire nos sacs, de traverser au plus vite Paris, de nous retrouver très vite, vite ! sur une autoroute, ayant laissé les banlieues noires ; et penser que nous pourrions gagner Venise ou bien la Castille, ou plus loin les terres andalouses, ou

146

les plages interminables et blanches de l'océan, au sud de Bordeaux, augmente la jubilation du départ. Quelques heures seulement me séparent des endroits désirés, toujours trop longues pourtant, parce que je voudrais être tout de suite où me porte le désir.

Aller très loin comme les oiseaux, avec la seule tension du départ qui n'est que mouvement éperdu vers l'ailleurs, quand le corps immobile rassemble l'énergie nécessaire pour l'envol : une force se concentre, la densité d'une méditation, la fébrilité d'une fuite, quand les oiseaux sur le point de partir attendent, regroupés, je ne sais quel signal, quel juste moment pour commencer le vol. Dans cet instant, l'énergie se ramasse et se multiplie. Il n'y a plus un seul cri. Parfois de vifs mouvements de plumes frissonnent sur cette immobilité. Les oiseaux se font lourds. Ils accumulent les forces du soleil et du vent. Ils nageront de longues heures, de jour et de nuit, sous les étoiles. Ils monteront jusqu'aux espaces du vent. Quelques-uns en mourront.

Moi, de jour et de nuit, c'est la route et la vitesse, le vent qui glisse autour de la caisse de la voiture, le bruit d'un moteur bien réglé, les courbes longues, les ponts, les lignes et les pointillés blancs dans les phares, sous la pluie, en plein soleil, et les kilomètres avalés, les virages plus secs, les autres rares voitures dans le silence glacé des matins d'hiver brillants et menaçants, les corbeaux en troupe au-dessus des champs, les faucons volant sur place dans le soleil avant de fondre sur leurs proies, le soleil dans les yeux, le soleil dans le dos, le soleil se couchant et dessinant l'ombre déformée de la voiture, sur ma droite. Je voyage, emporté par le mouvement et les formes effacées des arbres, des collines, des rivières, des autres chemins et des autres routes, je voyage sur la ligne pure d'une trajectoire. Il y a le sifflement des pneus, ces bruits qui chantent ; il y a les gris différents de l'asphalte, la lumière qui change avec les heures du jour, et la nuit qui monte devant moi ; il y a les panneaux si nets et si beaux des autoroutes, des villes et des régions laissées de côté cette fois-ci, de part et d'autre de la trajectoire, mais que je connais, que je réinvente, dont je me souviens, retrouvant rues et places ; il y a les kilomètres et les lumières du tableau de bord, les pensées particulières qui surgissent dans la vitesse, avec devant les yeux ceci qui sans arrêt se modifie : entre des panneaux phosphorescents, là-bas, juste au-dessus de l'asphalte noir, au bout des lignes blanches qui convergent, le ciel rouge et sans transition, le ciel bleu lumineux. Voir une trace du soleil dans la nuit en même temps que le faisceau des phares qui fait briller les balises et les panneaux hectométriques, précipités à ma rencontre dans le cadre du pare-brise.

Il pleut. Elle me roule une cigarette. Elle me la tend et me dit que je fume trop. Puis elle me demande si les codes sont allumés. La route glisse vers le fond d'une vallée, en une longue courbe noire, puis remonte à flanc de colline et disparaît sur la gauche, derrière un bois. Il pleut de plus en plus fort, le ciel est bas. Des terres en friche, des prés et des arbres gris, sous la pluie. La glissière blanche étincelle, file en pointillés derrière les gouttes d'eau qui fuient en traînées rapides sur les vitres. Frottement mouillé des pneus, danger dans la courbe. Battement des essuie-glaces, le bruit du moteur. La même chose pour la voiture à quelques kilomètres devant nous. J'accélère dans la montée, 170. Les voitures laissent un tourbillon d'eau grise derrière elles, que le vent balaie. Je distingue à peine les feux de la voiture, là-bas. Juste avant le bois, dans le virage le plus haut, les lumières glissent vite vers la droite, puis vers la gauche, heurtant la glissière qui les renvoie de l'autre côté, elles dérapent, quittent la chaussée. L'ombre grise de la voiture tourne sur elle-même, s'immobilise dans l'herbe. Presque aussitôt une flamme puissante, rouge, comme une crête vive, se tord au-dessus de la carrosserie et se rabat, dévorante et rageuse, sous les rafales de vent, tandis que nous nous rapprochons. Les flammes grandissent, s'étirent, passent sous la voiture. Nous voyons quelqu'un sortir, tituber, se relever, s'éloigner en courant, s'affaler plus loin, au moment de l'explosion. De hautes flammes se déchirent, veinées de noir.

Elle me dit :

— Il est peut-être blessé, peut-être mort.

La fumée monte au-dessus du bois. Il n'y a personne ici. Pas une seule voiture n'est venue dans l'autre sens. Nous arrivons quelques instants plus tard. Nous descendons de voiture. Le type est debout, immobile et tassé devant sa voiture carbonisée.

— Ça va ?

Il nous regarde, sonné. Il hoche la tête, la mâchoire lourde, bouche ouverte. Puis il dit :

— Ma voiture ! Elle était neuve, toute neuve !

La pluie est froide, le vent violent. Les nuages filent en gros paquets sombres au-dessus de la vallée où l'autoroute ouvre une tranchée déserte.

Je dis :

— Allez, venez ! Nous vous emmenons jusqu'à la prochaine gendarmerie.

— Non. Je reste ici, je reste avec elle jusqu'à la fin. Prévenez la police. Merci. Il doit y avoir des téléphones.

Les grandes avenues de la mort, de la folie et du voyage. Et de la solitude, quand on s'y arrête en dehors des aires prévues. Avant de repartir, je regarde le type. Il s'est rapproché de la carcasse noircie. Il se cache la tête dans les mains.

De nouveau la vitesse. Nous nous arrêtons pour téléphoner. Puis, enfermés dans l'habitacle, nous voyons venir de loin sur l'autoroute noyée de pluie des sortes de requins, monstres aux gueules aplaties et fendues, aux yeux exorbités et lumineux, qui nous croisent et disparaissent. Les yeux s'allument un instant, glissent dans la brume, puis s'en vont et meurent, loin derrière nous.

Nous roulons à pleine vitesse comme des projectiles vivants, ferraille sur caoutchouc, nous traversons l'espace, le magnifique espace des plaines et des collines, comme si nous n'étions plus que mouvement, glissade longue, interminable sur les courbes de la terre, nous deux rendus à la solitude, passant les villes et les campagnes, loin des autres, passant à côté des gens, des villages, des auberges, pressés de gagner Hambourg au plus vite.

Dans la traversée précipitée d'un morceau de France, de la Belgique, du nord de l'Allemagne, je peux toujours tricoter dans la vitesse des pointillés, des lignes et des arbres et des lettres et des fils, des taches lumineuses, des traînées de pluie et de boue avec mes fibres lignes traces sanguinolentes et nerfs et veines gorgées de sang et souvenirs d'autres voyages et tubes pleins de merde, je n'avance guère finalement, ne reproduisant dans mon habitacle bruyant que le continuel mouvement automatique et fatigant de ce tricotage où s'assemblent, par

150

le rêve et ma vision, l'espace du monde et celui de nos corps, blocs d'espace, épaissis ou transparents, volubiles ou muets, dans le danger, dans la vitesse, dans le stress et la peur, tricotage immobile, sur-place, absurde emmêlement des lignes et des fibres, des traits de la pluie et des hachures de l'angoisse, dans le danger, le bruit du vent et les hurlements de la ferraille projetée contre le ciel, là gris, là détrempé, là noir, là vert après l'orage, là d'or le matin, projetée contre le ciel, en haut d'une montée, longue côte, où parfois j'aimerais disparaître. Je n'avance pas, je m'épuise à tricoter sans progression, à dévorer de l'asphalte. Les routes défilent, les paysages foutent le camp sous les nuages et les bourrasques de pluie ; les signaux, les noms de villes, les bourgades, les maisons s'effacent, mais je ne bouge pas d'un pouce, ici ou ailleurs, avec elle qui s'est assoupie, la tête renversée en arrière, moi tricotant toujours l'espace et les réactions de ma tête, de mon corps. C'est une fuite qui n'avance pas, sans but, une fuite dans le vide. Et donc, j'ai la tentation de tricoter de plus en plus vite, à la limite de ce que supporte la mécanique, car elles tricotent aussi très vite les bielles dans le carter, et peut-être mon rêve est-il que tout explose, que le tricot se défasse. Resteraient quelques boules grasses de fumée dans le ciel et des morceaux de viande épars dans le paysage. Fin d'autoroute, cinq kilomètres, lettres blanches et nettes sur un fond bleu, de la tôle émaillée, pancarte éclaboussée de sang et d'huile sale. Beauté des trajectoires noires. Beauté des sirènes, des ambulances et des voitures de police, intermittence silencieuse dans le soir, brusquement, des signalisations orange et bleues. Un peu de brume et des nuages d'un gris uniforme. C'est la peur qui se tricote

151

avec les formes gommées, étirées, de l'autre côté des vitres. Je n'ai finalement tranquillité que dans la pâleur blanche née de la vitesse.

La mécanique du vol, telle est la solitude au bout des ailes, tel est le calme aux extrémités de la terre, et tel le silence, loin au-dessus de nos têtes, dans le battement rythmé, la scansion, la ponctuation lumineuse de l'oiseau. Au bout des ailes, la solitude. La solitude aussi dense que l'air brassé, que l'azur un instant puis un autre instant et un autre instant ouvert et refermé, à peine dérangé par le vol blanc.

La courbure des ailes, le profil du corps tendu, les pattes plaquées sous la queue, le cœur qui bat, tout est construit pour le vol et la vitesse. Rien ne peut fixer vraiment la succession des mouvements. L'œil se laisse distraire, parce que la seule constatation du vol fait naître une sorte d'envol intérieur. Alors la forme de l'oiseau qui fait des cercles autour de moi, qui s'éloigne et revient, qui plane et qui d'un coup d'aile repart puissamment du côté de la mer, est porteuse d'un rêve, car le désir est trop fort, trop fortement réveillé par la baignade heureuse. Ni l'œil, ni rien d'autre, ni l'écriture, ne saisissent le rythme aisé de cette forme sans cesse modifiée, sans cesse identique à elle-même, qui nage au-dessus de la terre, au-dessus de la mer. La lumière, l'air et le mouvement. Le goéland fait une longue courbe, revient en descendant vers moi. Il crie, je vois très nettement son bec ouvert et le rouge vif de sa langue. Il passe et me chie dessus.

L'autoroute est une veine noire, ou grise, mate ou brillante, qui épouse la houle des terres, qui monte et descend, avec des creux très doux et des remontées plus brutales, des descentes précipitées vers le fond des val-

152

lées, entre les bois et les champs, qui traverse des cités de maisons identiques, qui passe à côté des villes, qui s'étire sous des vols d'oiseaux aperçus si vite qu'ils sont souvent impossibles à distinguer. Mais l'espace encadré dans le rectangle du pare-brise, et qui s'échappe à droite et à gauche, l'espace demeure immense, inaccessible, que je roule le plus vite possible ou que j'imagine m'y promener, quand la voiture est aspirée sur cette surface lisse. Et selon ce que je regarde, je monte droit dans les nuages ou je ne reçois que des formes abstraites, des traits blancs qui filent indéfiniment sous la roue gauche et que je ressaisis immédiatement derrière moi, disparaissant dans le miroir bleuté du rétroviseur.

Elle me dit, alors que je la croyais endormie :

— Tu as vu ? Il y a plein d'oiseaux morts, des corbeaux et des buses.

— Une fois, j'ai vu des poissons morts. J'allais au Mans, à la fin de l'hiver. Il y avait du soleil. Un type s'était tué, il avait dû s'endormir. Les poissons brillaient au milieu des éclats de verre et des morceaux de glace.

Les différentes images de l'abandon et de la mort rendues plus intenses, sur la route, dans la vitesse. J'arrivais vite le long d'une courbe plate très ouverte et j'approchais du Mans. J'étais bien, je devais parler ou chanter des phrases déroulées au soleil, car j'étais dans cet instant pâle et lumineux avant que se lève le soleil, et rien n'est plus violent jusque dans le corps que la boule rouge, ce feu, qui monte au-dessus des champs et des collines. J'ai vu dans la lumière, les yeux plissés pour mieux voir, au-dessus de la glissière brillante, la masse blanche d'une fourgonnette renversée, puis des étincelles

153

et des éclats sur la route, et quelques voitures arrêtées. Surtout l'extraordinaire scintillement sur le goudron. Un gendarme me faisait signe de ralentir, ça brillait toujours aussi fort comme des lames, des blocs de mica ou de silex, et c'est au dernier moment que j'ai pu distinguer des emballages de polystyrène éclatés, des pains de glace en morceaux et des centaines de poissons brillants, irisés, magnifiques, et du sang, le rouge des ouïes. Un type vomissait, appuyé à une carrosserie de voiture. Deux infirmiers portaient un brancard. L'homme était complètement caché. Il était mort.

La ligne de la cruauté, la ligne de l'innocence. La longue courbe de la tranquillité. A la sortie d'un arc immense dessiné sur la terre s'était jouée la mort d'un poissonnier, et je me dis qu'il peut en être de même pour nous. Je roule moins vite quelques kilomètres, mais la menace a peu d'effet sur le désir d'emportement.

Nous avons passé la frontière allemande près d'Aachen. Nous continuons vers Hambourg, à la même allure.

— Arrêtons-nous bientôt, me dit-elle plus tard, c'est fatigant d'aller si vite.

— A la prochaine station. Je prendrai de l'essence.

— On pourrait quitter l'autoroute.

— Non. Il ne fait pas beau et nous voulons arriver vite. Nous prendrons le bateau demain. Il me tarde d'être en Suède.

— Tu vas trop vite.

— Ecoute, toi-même tu voulais traverser l'Allemagne sans qu'on s'arrête, sauf à Hambourg. Nous arriverons de bonne heure, nous aurons la soirée pour nous. Nous pourrions revenir dîner dans cette brasserie près du port. Nous promener tard.

Une vingtaine de kilomètres plus loin, nous nous arrêtons dans une station-service. Dans le temps du voyage, il y a ces haltes nécessaires. Ce sont des arrêts suspendus en des lieux de passage et de rassemblements provisoires. Les gens s'agitent autour de leurs voitures. Les femmes descendent avec les enfants. Il y a la masse grise et géométrique des constructions posées en pleine campagne, la dureté des vitrines encombrées de bidons d'huile et d'objets métalliques, des pancartes aux couleurs froides, des chiffres qui disent le prix de l'essence, des pompes brillantes, alignées sur d'étroits trottoirs où vont et viennent des types en combinaison verte. Il s'est arrêté de pleuvoir. Un vent froid s'engouffre sous la dalle de béton au-dessus des voitures. Les gens courent vers la bâtisse où l'on peut pisser, boire un café, acheter des biscuits, des bières et des bonbons. Les gens ont les yeux vides, ils vont et viennent avec un gobelet de café à la main, ou bien ils tirent sur des sandwiches.

Nous nous sommes assis. Nous sommes là, vides, inexpressifs, arrêtés entre deux accélérations, entre deux mondes de bruit, au milieu des moteurs immobilisés, nous attendons peut-être quelque chose, tacitement solidaires, tous ici de passage, vains, anonymes, réduits à nos silhouettes abruties et grisées encore par les souffles, les sifflements, les trépidations rageuses de la route. Dehors, les voitures continuent d'arriver. D'autres repartent.

A la table voisine, cinq routiers allemands parlent fort, chacun tendu par ce qu'ils se racontent. Je ne comprends rien à leurs phrases. Je lui demande qu'elle me traduise. Elle me dit :

— Ils racontent ce qui s'est passé dans une station-service, plus au nord, la nuit entre des routiers.

155

— Quoi donc ?

— Attends !... Ils disent que des routiers sont tombés sur un type. Ils disent qu'ils étaient ivres. C'était la nuit, ils ont déculotté le type. Ils disent qu'ils l'ont fait mourir, les trois routiers ont fait mourir le type en le gonflant par l'anus avec un compresseur d'air.

Maintenant, les cinq routiers se taisent. L'un d'entre eux reprend la parole.

— Que dit-il ?

— Il dit qu'il connaissait l'un des assassins et qu'à le voir, jamais il ne l'aurait cru capable de ça.

— C'est ça qu'il dit ?

— Exactement ça.

— Ils parlent argot ou ils emploient des mots normaux ?

— Des mots normaux.

Flèche heureuse dans l'immensité, déterminée par son mouvement, lancée sur une trajectoire pure, libre et déterminée, figure de mon désir. Forme blanche, amoureuse, acérée. Dans un vieux rêve : au-dessus d'un lac absolument calme ou bien d'une avancée tranquille de la Baltique sur la lande, un envol de cygnes et le cri que j'entendais.

Nous repartons. Première, seconde, on roule sur de grands terre-pleins asphaltés, bordés de poubelles, on rejoint l'autoroute, troisième, quatrième, et de nouveau la vitesse, les lignes blanches, interrompues et continues, de nouveau le vent et les déformations de l'espace, de nouveau l'incertitude, au fur et à mesure que la voiture s'enfonce et trace son parcours. Restent un moment les images d'un univers sans signification où les gens s'agitent comme des insectes menacés.

156

Très vite après le départ, je dis, admiratif :

— C'est vrai que les chiottes sont nettement plus propres en Allemagne.

Elle ne répond pas.

Il pleut de nouveau. En pleine vitesse, j'ai tout le loisir de varier les exercices de la vue et de l'ouïe. Voyager devient un espace sonore où s'orchestrent les bruits du vent, du moteur, des supports de glissière qui scandent vite la progression rapide, des pneus dont le sifflement varie selon le grain de l'asphalte, qui chantent sur le ciment, s'ajoute alors le rythme des joints entre les dalles ; et puis ce sont les rafales plus violentes, au moment de dépasser un poids lourd, qui font un coup sourd contre la tôle et qui ont tendance à déporter la voiture de sa trajectoire, comme les souffles après un pont, lorsque le vent devient plus fort. Tous ces flux autour de nous et qui créent des remous à l'arrière, je les entends bruire, chanter et siffler, et quand la pluie forcit, ce sont aussi les giclées d'eau pulvérisée qui se rassemblent sous les ailes et qui fuient vers l'arrière, et qui tapent sur la caisse, quand s'étalent des flaques que les pneus déchirent dans de grandes gerbes d'éclaboussures grises ; ou bien les rafales sèches d'une pluie plus serrée, qui claquent sur les vitres et sur le toit, et le battement des essuie-glaces, et dedans, dans l'habitacle, les bruits, chacun bien identifié, se superposent, se combinent, m'arrivent, certains assourdis, d'autres très nets, selon les endroits où ils se forment : l'univers sonore du déplacement avec, de temps à autre, la détonation double et très rapprochée des pneus qui passent sur un câble ou sur une dénivellation, ou le bruit d'un klaxon étiré comme un cri dans les oreilles, comme une sirène brève,

157

avalée par la vitesse et les grondements des autres moteurs.

— A mon avis, si tu veux écrire ces voyages, tu dois parler très souvent de météo, peut-être de géographie.

Je ris. Je lui réponds qu'elle a raison.

Je dépasse des montagnes grises et noires de ferraille, les camions dressés au-dessus de moi, dégoulinant de pluie, auréolés d'une brume épaisse d'embruns qui claquent sur le pare-brise et qui me rendent aveugle, une demi-seconde, pendant que je passe.

Une autre femme resurgie d'autrefois, il y a presque vingt-cinq ans, son visage revenu sans que je comprenne par quelle association, est celui d'une belle Arabe. Sa démarche est un peu lourde et nonchalante. Elle est triste, même quand elle sourit. Je songe à la douceur d'une amande. Elle est couchée dans des soieries, elle baisse les yeux. La fraîcheur d'un patio. Là, c'est une ville rouge du Midi.

Et si dans le voyage, je porte l'intensité sur les yeux, le monde change. L'ouverture est immense, l'horizon très lointain sur la plaine et le ciel énorme, comme accroupi au-dessus de nous. C'est là-dedans que je voyage à grande vitesse, que je m'enfonce selon la trajectoire grise, parfois noire, parfois brillante de l'autoroute, trajectoire droite et balisée, scandée par des panneaux indicateurs, de chiffres et de lettres, de noms de villages et de villes. Il y a des arbres, des maisons, des silhouettes effacées, je m'en vais loin, je suis avec elle, et j'ai le sentiment, malgré la vitesse, malgré les froissements de l'air autour de la voiture, que je ne vais pas assez vite. Sur la plaine doucement bombée, je reste immobile et loin du terme, malgré la vitesse constamment maintenue. J'ai le sentiment du temps passé à parcourir la terre, à m'enfoncer dans l'espace toujours identique, ici, toujours à naître, reculant devant moi, inaccessible, même si les chiffres au bord de la route me signalent que je progresse vers notre destination. Quand le voyage s'arrêtera et que l'ouvert n'aura plus cette force d'invincible hypnose, restera quelques instants la nostalgie de cet emportement.

Je suis tendu, attentif, libre comme dans la musique. Convaincu de ma précarité, exactement comme dans la musique. La vitesse me fait rêver. Précaire, parce que malgré l'habitude, malgré la machine bien réglée, le danger est là : je me sais immobile dans le déplacement et soudain j'ai peur, je sens la bouche immense, ouverte, obscure dans laquelle je pénètre et je sais la mort dans cette beauté, tel un éclair blanc qui viendrait me foudroyer, un éternuement de feu, entre les yeux.

Une quarantaine de mètres devant la voiture, à 170 à l'heure, deux motards, un français, un allemand, couchés sur leurs machines, ouvrent la route. Ils se penchent dans les virages puis redressent les motos dans les lignes droites. Au bout d'une trentaine de kilomètres, ils me laissent passer et s'abritent dans mon sillage et ça dure encore quinze ou vingt kilomètres. Ils nous dépassent de nouveau. Ils nous font signe de la main, mettent leurs clignotants, se rabattent vite sur la droite et s'arrêtent sur un parking.

Plus tard, elle me dit qu'elle a trouvé cette vue des motards, aspirés devant nous, magnifique.

Je suis pressé, je n'ai pas le temps, je traverse, cette année le plus vite possible, pour gagner nos lieux de nudité.

— Qu'est-ce qui te presse autant ? On dirait dans certains voyages que quelque chose ou quelqu'un te poursuit. C'est fatigant.

Pourquoi m'enfuir ? Pourquoi la cavale ? Pourquoi ce mouvement qui me pousse à décamper ? Quand je m'en vais, je sais pénétrer l'espace d'une terre, aller de l'avant et poser plusieurs regards sur les endroits différents d'une même surface. Je file, je glisse, je fuis sur des espaces vides, j'entame des mondes intimes de campagne avec fermes, vergers et prés gras, je me retrouve naviguant sur des étendues de blé, une mer et sa houle, traversant maintenant avant d'arriver à Hambourg d'immenses et mystérieuses landes. Je voyage, je m'enfuis, je quitte quelque chose à chaque instant, je m'ouvre une ligne dans l'espace et chaque fois j'entre autrement dans un espace différent, mais je sais que de disparition en disparition, d'effacement en avancée, le terme au bout des routes, passé les villages, les usines, les villes, les champs, est l'apaisement de la mer ou sa fureur, ou sa profonde noirceur.

Et pourquoi dans ces cavales épisodiques, je me presse dans les plages vides du voyage, emportant ma compagne avec moi ? Je veux aller, comme si le temps m'était compté, dans ces endroits, villes, landes, côtes, berges où nous marchons. Alors, je me hâte. C'est vrai que dans ces états fugitifs, entre deux arrêts, deux séjours, le déplacement me pousse encore à fuir, et donc à aiguiser encore ce regard si particulier sur la beauté des lieux traversés. C'est un bon moyen de s'entraîner à mourir. Avec la fréquence et l'intensité croissante des périples, avec une exigence accrue, avec le temps qui passe, l'exercice se fait plus dur et plus violent.

Nous arrivons à Hambourg.

160

Il ne pleut plus. Le temps est doux, gris, lumineux. Nous roulons vers le quartier riche de Blankenese, au bord de l'Elbe. Nous y cherchons un hôtel. Nous n'en trouvons pas. Nous nous promenons au bord du fleuve. Ça sent la mer, l'espace, les départs. Hambourg est unique en Allemagne à cause du port et de l'immensité qui pénètre jusque dans les rues retirées, qui passe par les avenues et les places. Nous nous arrêtons. De hauts cargos arrivent ou partent, ils glissent de leurs mouvements uniformes comme des murs de ferraille. De l'autre côté du fleuve et sur notre gauche se dressent grises, incertaines, les grues et les constructions du port.

Nous revenons en ville. Nous nous arrêtons au bord de l'Aussen-Alster. Des planches à voile et de petits dériveurs glissent sur le lac. Nous restons une heure dans une guinguette construite au-dessus de l'eau. Des gens viennent y louer des barques ou des voiliers. D'autres sont attablés à côté de nous. L'air est doux. C'est un moment de calme et de tranquillité, après la vitesse et le bruit du voyage.

Elle me dit :

— J'aime l'accent des gens d'ici. J'aime leur façon de parler. Ce sont des gens civilisés, à cause de la mer. Ils parlent plus doucement.

Je me lève et vais jusqu'au bord du ponton. En face, les arbres et les pelouses d'un parc, et derrière, sur les hauteurs, des maisons dans la verdure. Une année, nous avions dîné là-haut et nous étions redescendus vers le lac. Il pleuvait à torrents, nous nous étions réfugiés sous un arbre. Il faisait nuit. Les lumières de la ville se reflétaient dans l'eau, dansaient et se brisaient en minuscules étincelles. Nous nous étions embrassés sous cet arbre, j'avais caressé et baisé ses seins, tandis qu'elle riait et qu'elle feignait de résister.

— Il fait trop froid, disait-elle, tes cheveux mouillés... arrête !

Lorsque je la rejoins, elle me dit qu'elle a trouvé un hôtel juste de l'autre côté du lac, dans une rue qui longe le parc. Nous y allons en voiture. Nous nous arrêtons sous les arbres. Les façades des maisons sont peintes de couleurs claires. L'hôtel est un ancien hôtel particulier. Les fenêtres du premier étage sont hautes, flanquées de colonnes peintes. Elles ouvrent sur des balcons aux balustrades d'un ocre pâle. La porte est fermée. Un petit écriteau nous indique que nous devons sonner. Puis la porte s'ouvre électriquement. Nous montons quelques marches, tournons vers la droite pour déboucher dans une vaste entrée plongée dans l'obscurité. Au fond, il y a une sorte d'étroit comptoir faiblement éclairé. Nous marchons vers la lumière. Un vieil homme en pantoufles est assis dans un fauteuil. Elle demande s'il y a des chambres libres. Il fait oui de la tête. Il dit :

— Chambre 7.

Quand nous revenons avec nos sacs, le hall est éclairé. Il est meublé de vieilles choses élégantes. Devant nous se déploie un escalier monumental, orné de statues : des femmes nues, noires, porteuses de torchères, aux croupes rebondies. Les deux volées de marches se rejoignent sur un palier où se dresse une Vénus de marbre flanquée de l'habituel Cupidon. Nous montons, nous rions, nous sommes heureux d'être dans un endroit si bizarre.

— Je vais prendre des photos. C'est peut-être le propriétaire, le vieux type en bas, seul et ruiné.

— Peut-être.

162

La fenêtre de la chambre est ouverte. Les feuilles des arbres sont encore mouillées de pluie, plus vertes et plus acides. D'une netteté parfaite, quand je les regarde, immobile, debout dans la chambre. Je pense à la mort qui aurait pu survenir à n'importe quel moment du voyage, lorsque nous étions lancés à toute vitesse. La nuit, après de longues étapes comme aujourd'hui, je rêve que je conduis une voiture dont les commandes et les freins ne répondent plus. Et je vois, effrayé, terrifié, le monde, les gens, les voitures, l'horizon se précipiter à toute allure et s'écraser contre moi.

Elle me dit qu'elle veut téléphoner à une amie dont elle précise qu'elle est sympathique et qu'elle s'appelle Ute. Elle téléphone. Elles se donnent rendez-vous à neuf heures, ici, à l'hôtel. Je vais me promener en voiture jusqu'au port. Je m'arrête au pied des anciens entrepôts de brique, hauts et sombres. Je marche le long des canaux. L'eau est noire et tranquille. Des anciens quais, je passe à d'autres docks plus modernes et plus animés. De l'autre côté, je distingue dans le jour qui faiblit de hauts murs lisses de tôle sur lesquels se découpent d'immenses chiffres et lettres, jaune sur gris, 07 AMC 8, et plus loin UL I, puis en marchant j'arrive au bout d'un embarcadère et devant moi s'ouvre l'estuaire de l'Elbe, avec les quais et les chantiers navals de part et d'autre, et les maisons de la ville, les tours modernes, tandis que deux remorqueurs noir et rouge sortent du port. Ainsi se montrent, ce soir-là, à Hambourg, les incertitudes, les ombres et les reflets de la nuit, ainsi s'ouvre la nuit, pendant que les lumières s'allument partout.

De retour à l'hôtel, je les retrouve. Ute est une jolie

163

femme. Elle nous dit d'aller dîner à Sankt Pauli, puis de nous promener dans le quartier de la Reeperbahn. Elle ajoute :

— C'est le seul endroit vivant de Hambourg, avec le port.

Sur le quai où nous nous arrêtons, les maisons font une avancée en arc de cercle. Nous sortons de voiture. Ute me prend le bras et me demande si je reconnais cet endroit. Je réponds :

— J'ai l'impression de reconnaître ces maisons.

— Cherche.

Immédiatement, je dis :

— C'est la maison de l'encadreur de *l'Ami américain*. Ute sourit.

— Celle-là, ce doit être celle-là.

Nous marchons tous les trois, nous dépassons le pâté de maisons. Après, il y a un parking où sont garées des voitures et sur la gauche, au fond, une brasserie. Et quand nous nous retournons vers le port, sont parfaitement alignés, moteurs vers nous, plusieurs poids lourds brillants et colorés : une longue façade de hautes calandres chromées et décorées. Des filles sont adossées aux pare-chocs, appuyées contre les radiateurs. Les types s'arrêtent, leur parlent rapidement. Certains continuent leur chemin, d'autres montent avec les filles dans les cabines des camions.

Je me souviens d'un plan qui a dû être tourné par ici. On voit des toits, une maison, le port, les grues et dans ce morceau d'espace le mouvement rêveur et vif des mouettes et des goélands. Elles parlent toutes les deux, Ute surtout qui raconte des souvenirs de son enfance ; elle est plus jeune que nous, elle explique combien sont compliquées ses relations avec son père.

164

Nous sortons. Je regarde encore le mur des camions et les filles qui font le tapin devant les moteurs.

— Il y a beaucoup de routiers dans le quartier, beaucoup de marins aussi.

— Se déplacer rend anonyme. On peut faire n'importe quoi, ça n'a plus d'importance.

Nous remontons la Reeperbahn. Ute nous arrête devant les bonimenteurs les plus prolixes, nous fait entrer dans des endroits incroyablement décorés où les filles sont torse nu, fardées, poudrées, les fesses s'échappant de slips de cuir ou de strass ou de perles. Parfois elle m'explique, me traduit une phrase ou un dialogue entre un client et le bonimenteur. Nous allons d'une boîte à l'autre. Dehors, c'est la cohue des touristes, des types d'ici ou du port, des routiers, des ouvriers immigrés arrêtés devant les boutiques insupportables de blancheur où l'on sert des hamburgers, des hot dogs, des gaufres et des sandwiches tartinés de moutarde et de ketchup. Les Turcs sont arrêtés par groupes, ils regardent, les uns ailleurs, les autres comme à l'affût. Ils regardent les filles, ils regardent d'autres hommes, dans la lumière sèche des néons, les saccades clignotantes, les immenses femmes peintes, nues, décorées d'ampoules, ceinturées de tubes lumineux, elle dit que c'est une iconographie naïve et stéréotypée, Ute répond que depuis longtemps elle voudrait photographier, recenser les immenses femmes nues, mais qu'il faut les photographier la nuit et que c'est trop difficile. Elles sont debout, couchées, assises, peintes sur des grands panneaux découpés, toutes dans la gloire des lumières électriques, les jambes écartées face au public, les mains avenantes, les seins bombés, les chevelures étincelantes, ce sont des cavales ailées, suspendues, elles volent, elles sont à genoux, elles tendent leurs fesses, elles sont dessinées sur des panneaux découpés, plaqués sur des façades provisoires de palais orientaux, de châteaux romantiques, elles sont perdues sous des cocotiers rutilants et des palmiers, elles dansent, elles lèvent leurs cuisses, elles se cambrent. Nous entrons dans un dancing africain, sur la droite le bar est peint en vert et jaune crus, la musique est assourdissante, les filles et les types s'agitent, transpirent, brillent dans l'obscurité de la salle parfois brusquement traversée par un éclair rouge ou bleu. Nous restons dans cet endroit presque une heure où nous buvons un mélange de rhum et de sucre. Nous dansons deux ou trois fois. Personne ne s'occupe de nous. Ute nous dit qu'elle vient souvent ici. De nouveau, dehors, nous traversons l'avenue, nous nous enfonçons dans de petites rues plus obscures, où les boîtes sont à peine éclairées, des cuirs sont rassemblés devant une porte, ils sont torse nu sous leurs gilets brillants, un type en coince un autre contre le mur et le tient violemment aux couilles, nous continuons, nous nous arrêtons dans un bar minuscule, peint d'un vert acide et pâle. Il n'y a pas beaucoup de monde dans la salle. Un vieux type joue de l'accordéon. Nous buvons des schnaps, nous fumons une cigarette, je demande trois bières et trois autres schnaps, et nous parlons. Au bar, la vieille femme maigre qui sert à boire regarde dans la rue. Arrivent deux filles habillées de mini-robes noires qui leur prennent la taille. L'une porte un sac bleu en bandoulière ; l'autre laisse pendre, au bout de sa main, une pochette rouge qui brille comme du plastique. Elles boivent chacune une bière. Elles paient, disent deux mots à la femme du bar et ressortent. Nous partons quelques instants plus tard, les maisons sont plus basses, plus petites, il y a moins de bruit, moins de circulation d'automobiles dans les rues. J'ai l'impression que nous revenons vers le port. Nous marchons au hasard des ruelles. Ute semble savoir où elle nous mène, pendant que nous parlons, toutes les deux surtout qui échangent leurs perceptions de gens qu'elles connaissent. Elles rient, parfois elles me prennent à partie, me posent une question, me demandent mon avis sur quelqu'un, puis elles m'oublient, puis Ute, quand nous sommes de nouveau sur un quai, me dit qu'elle a vu une exposition de Chardin, et je lui demande si elle connaît *la Raie*. Elle me dit qu'elle n'en a vu que des reproductions. Sur le quai, tout au bord de l'eau, nous descendons un escalier, nous passons une passerelle métallique, nous enjambons des rambardes et nous sommes sur un ponton d'accostage, qui flotte sur le fleuve et qui bouge sous nos jambes dans le jeu étroit des amarres. Un remorqueur arrive, touche au ponton, le bateau est noir comme l'eau, comme la nuit au-dessus de l'estuaire, deux marins en descendent, ils échangent quelques mots, le pilote les salue, le remorqueur se détache dans le martèlement du moteur, l'eau bouillonne, la forme s'enfonce dans l'obscurité et les lumières dansantes autour de lui. Les deux types passent près de nous. Ils disparaissent. Il y a du vent. Nous remontons sur le quai. Ute me demande si j'ai déjà vu la rue où les filles sont en vitrine. Je dis que non. Nous y allons. L'entrée est barrée par des panneaux disposés en chicane. Elles me disent qu'elles m'attendent, que les femmes ne sont pas bien vues dans cette rue. Que je peux prendre mon temps. Elles rient. C'est une rue pavée, pas très longue, de proportions agréables, les maisons sont basses et petites comme les anciennes maisons de pêcheurs. Elles se touchent, chacune a sa porte et sa vitrine. Des aquariums bleu nuit, violet, mauve et rose, vert sous-marin, des aquariums où dorment les rêves, où sont couchées des femmes déshabillées, opulentes, profondément immobiles. Cette nuit est une bulle grasse, peuplée de cris et d'éclats, de gens défilant et se massant devant chaque établissement qui leur offre une représentation de la femme seulement sexe, une sorte de sphère pleine, agitée, remuante sur la trajectoire effilée du voyage. Je reste plusieurs minutes devant chaque vitrine. Je regarde tout, les meubles, les détails, le lit qu'on devine ou qu'on voit, la femme étendue ou assise, montrant le plus qu'elle peut, bougeant lentement dans sa lumière, certaines me font signe, je souris, je dis non. Je pense à des félins, au luxe violent d'un cirque, je pense qu'elles ont dans la tête le regard des hommes qui les regardent, qui les contemplent, qui les adorent, qui clignent des yeux, qui restent bouche bée, qui les fixent les yeux ronds, admiratifs ou stupéfaits, elles ont devant les yeux comme une mémoire permanente le mauvais regard de ceux qui tremblent devant elles, la peur aussi, et puis le regard brillant du désir, elles ont dans les yeux les allées et venues des hommes qui passent, qui s'arrêtent, s'éloignent puis reviennent encore. Ce sont des reines. Quand je reviens, je les prends par la taille et demande :

— Où allons-nous maintenant ?

Ute dit :

— J'ai encore quelque chose à vous montrer. Nous pourrons nous y arrêter un moment.

Nous reprenons notre marche, je sens leurs hanches bouger. Une ruelle dans l'obscurité. Nous entrons dans une cour que nous traversons, il y a de faibles veilleuses contre les murs, nous tournons à droite dans un couloir qui s'arrête au bas d'une dizaine de marches. Il y a une minuterie. J'allume. La porte au sommet des marches est parfaitement éclairée. C'est un immense sexe de femme, ouvert, hyper-réaliste, peint en trompe-l'œil, d'une précision extrême, plus troublant qu'une diapositive à cause de la peinture laquée, de l'aspect artificiel des ombres et des effets d'illusion. Nous regardons tous les trois, silencieux. Ute nous dit que c'est l'entrée d'un bordel. Que tout le monde, homme et femme, peut y venir, qu'on peut y faire ce que l'on veut. Nous montons. Nous sonnons. On nous ouvre. Je pense de nouveau à *la Raie* de Chardin, autrement plus violente, plus insupportable dans le souvenir que j'en ai maintenant. Le sexe d'une femme, quelque chose de brillant comme l'intérieur doux d'un coquillage, avec des éclats humides, des lueurs bleues, des frissons nacrés courant sur le plus doux de la viande, une fente ouverte et accidentée. Ute me donne un des sticks qu'elle a achetés dans la boîte africaine. Nous fumons. Nous repartons plus tard, vers trois heures du matin. Nous nous disons au revoir, nous nous embrassons, Ute nous souhaite un bon voyage. Nous rentrons à l'hôtel. Nous ne disons rien. Notre silence est tranquille. Elle se douche aussitôt, je la caresse quand elle passe derrière moi pour se mettre au lit, je sors un de mes cahiers et je me mets à écrire. Avant de s'endormir, elle me dit qu'une photo instantanée, placée près des objets qu'elle vient de fixer, a quelque chose de troublant, à cause du redoublement immédiat de la réalité. Et j'écris : Une fente ouverte, accidentée, avec en plus la représentation d'une profondeur remuante, des viscères

169

et des bouts de tripes. Donc, des ivresses !, qui naissent de la fascination des chairs ouvertes, mais d'abord dans la nuit, de leur représentation. Une nuit d'été, je me promène avec deux femmes dans les rues étirées de Hambourg, près de la Reeperbahn. Ça pue le poisson, et cette odeur, plus entêtante que celle de la mer, de l'Elbe, du goudron des bateaux. Nous sommes passés devant la maison de l'encadreur de *l'Ami américain,* puis sur le quai le long de poids lourds bien alignés. Les filles attendent debout, contre les hautes calandres des Volvo et des Mercedes. Elles montent dans les cabines avec des routiers. Plus tard, l'une de mes compagnes me dit son intention de faire un livre sur l'iconographie de la femme dans le quartier. Plus tard encore, après un dédale de rues, de cours et de couloirs, elle nous mène jusqu'à une porte que nous poussons. Nous sommes à l'étroit, serrés les uns contre les autres, dans une petite entrée, au pied d'un escalier raide. Au-dessus de nous, une autre porte. Sur la porte et son chambranle, c'est un sexe peint de femme, d'un réalisme impeccable. Ici, la lumière est faible. Un sexe ouvert et peint de femme. Elle, qui nous guide, nous dit que nous sommes regardés, que c'est l'entrée d'un bordel et que nous pouvons monter tous les trois. Mes doigts s'enfoncent. Jean Siméon Chardin, jeune bourgeois tranquille, « dans le talent des animaux et des fruits », qui ne savait pas forcément ce qu'il avait au bout des doigts, ce qu'il fouillait et caressait de son pinceau, peint *la Raie,* quelques années avant 1728. Cette toile est aussi connue sous le titre : *Intérieur de cuisine.* Ça sent le poisson. Le 3 juin 1728, jour de la Fête-Dieu, place Dauphine à Paris, on accroche. Chardin montre *la Raie,* elle-même pendue à un croc, ouverte, et la procession du Saint-Sacrement passera bientôt. C'est l'exposition de la Jeunesse. Je n'invente rien. Cette raie suspendue, cette surface ouverte et sanguinolente, ce meurtre de la peinture académique, cette éventration est remarquée, ce jour-là, par l'Académie. Tout commence pour Chardin par quelque chose qui ressemble à une plaie, souvent qualifiée de répugnante, mais peinte magnifiquement, dans la virtuosité des glacis et des constructions géométriques. Ça sent le poisson, ça pue, ça schlingue. Des puanteurs de chairs offertes. Collé contre elles, au bas de l'escalier raide, sous le sexe peint, je dis, les dents serrées : ardeur. L'autre femme qui me tient m'intime : harder. Je ris. La géométrie, que peut-elle, submergée par une si puissante odeur ? Que peut-elle, quand éclate, au beau milieu des constructions volontaires, la violence du sang, le brillant des nacres, l'ivresse de l'espace abîmé, sans fond, qui troue la platitude de la bête, cette surface aussi mince que la toile, cette raie appendue, figurée sur une toile elle-même accrochée, tandis que passe la procession du Saint-Sacrement ? Bien fendue, la raie brûle de tout son rouge, vive la raie brûle. Elle palpite et brille d'humidités blanches, d'éclairs bleus sur le rose à vif des muqueuses. Sur le port, tout à l'heure, une femme vendait des raies. Je me suis arrêté, j'ai longtemps regardé le masque blanc sur la peau brillante et pâle, sur ce losange flasque que termine une queue. Au sommet d'une figure éventrée s'ouvrent la bouche et les ouïes qui ressemblent à des yeux. C'est une figure étrangement souriante, étrangement neutre et bestiale, aux grosses lèvres ourlées. C'est un signe immémorial, le masque préhistorique, la forme enfin retrouvée d'une originelle féminité. Une cliente achète une raie et

171

demande à la femme de la lui vider. Le couteau part de l'anus, quelques centimètres au-dessus de la queue, entame cette fleur laiteuse, couronnée de perles blanches, et monte en crissant d'un seul trait. Les tripes jaillissent. La femme entre la main là-dedans, arrache, coupe, appelle un gamin pour qu'il aille chercher un seau d'eau. Elle rince, le sang s'écoule en fines rigoles, l'intérieur brille comme un précieux coquillage. On n'imagine pas la profondeur, la volupté, le bouillonnement des viscères, de la raie si plate, maintenant écartée. Sous cet effet de cruauté, la toile éclate et s'ouvre. Je dis, moi, que Chardin donne la représentation la plus sensuelle, la plus attirante, la plus repoussante, la plus cruelle du sexe de la femme et de son ventre. Je le dis, à la fin de cette nuit, quand j'ai le souvenir de deux corps de femmes. Je dis qu'il en montre tranquillement le désordre, la violence, la vie et la mort, la force, l'immensité. Au beau milieu de la cuisine, au beau milieu de la peinture. Sur la trajectoire tendue du voyage. Terrifiante et somptueuse innocence de la raie ou de la fente ouverte sur la viande rendue à sa matière de viande. Chose molle, luisante, mouillée, d'une infinie douceur sous le pinceau. Et le sourire de cette gueule ourlée. Il y a la tendresse et la cruauté, il y a la méditation calme, la folle application à représenter une fois pour toutes ce lieu de bonheur cuisant, comme sur la porte du bordel, cette machine d'emportement et de mort, en gloire, avec dans sa majesté son odeur ravageante de poisson. Nous, oui, nous avons les yeux sortis devant la raie, fente nacrée rose et vive, en même temps que nous sommes regardés. Moi tendu le long de cette « courbe raide et désespérée », moi regardé dans ma danse de mort, trépignant sur place.

172

Nous quittons Hambourg vers midi. Nous avons décidé de prendre le bateau du soir pour être demain matin à Trelleborg, en Suède. Nous arrivons à Travemünde à trois heures moins le quart. Nous allons sur le quai des lignes scandinaves.

— Autant prendre les billets maintenant, nous serons tranquilles pour ce soir.

Au guichet, on nous propose de partir tout de suite. On nous dit que nous avons encore le temps et qu'on va prévenir le bateau qu'une dernière voiture arrive. Nous payons, nous disons oui, nous courons jusqu'à la voiture. Nous passons la douane. La voiture file sur le quai entre les balises peintes de diagonales jaunes. Nous entrons sous la haute mâchoire du bateau, nous garons la voiture et, pendant que nous sortons vestes et tricots pour la traversée, nous entendons la sirène du bateau qui se décolle lourdement du quai. Quand nous sommes sur le pont, nous sommes déjà au milieu du chenal qui mène vers le large. La fuite continue. Tout va trop vite pendant ce voyage. Nous n'avons pas hésité pour changer d'avis, nous sommes heureux d'avoir été si vite, d'être maintenant dans la lumière éclatante, dans le bleu pur, sous les glissades blanches des oiseaux.

Trelleborg, onze heures du soir. Ystad, minuit. L'Hôtel Continental du Sud. Nous repartons le lendemain, la Scanie de nouveau, la houle large du blé, jusqu'à Kalmar, le pont au-dessus de la Baltique, mouettes et goélands dans le ciel bleu, dans les câbles du pont, se laissent porter par le vent et planent, immobiles ou presque, à quelques mètres de nous, à la même hauteur, juste au-dessus des rambardes de protection. Ici, l'impatience qui nous agite n'est plus celle de la fuite. Un autre bateau nous attend à la pointe nord d'Oland. Il part à six heures du soir.

— Nous n'avons pas réservé, dit-elle, ce n'est pas sûr que nous puissions le prendre. Il est sans doute complet.

— Tentons notre chance. Encore quatre heures de traversée et nous serons à Gotland.

— Toute cette lumière après la pluie et le ciel noir depuis Paris. A quoi penses-tu ?

— A Gotland, à la nuit de Hambourg, à plein de choses à la fois. Je vais prendre la route qui passe au centre de l'île. Il y a moins de monde que sur la côte ouest.

Et nous filons au milieu de la lande à l'herbe rase, au milieu des champs, puis parmi les sapins quand nous arrivons au nord d'Oland. La route est étroite, la vitesse limitée, à la fin du parcours, sur plusieurs dizaines de kilomètres. Je surveille l'heure.

— Nous aurons une heure d'avance, comme d'habitude.

— Nous attendrons au soleil. J'aime ces moments vides, pas toi ?

Nous quittons la route principale. Nous suivons l'indication blanche sur fond bleu d'une silhouette de bateau et du nom Klintehamn, terme de la traversée. Nous arrivons par un chemin très blanc entre les arbres, au bord de la Baltique. Moment très lumineux. La voiture roule doucement sur le chemin creusé d'ornières. Elle cahote. L'herbe frotte sous le carter. Le ciel est d'un bleu parfait. Après les arbres, l'herbe et quelques genévriers, l'immense étendue à droite et à gauche, puis une bande d'un vert plus foncé, de hautes herbes au bord de l'eau, au-dessus la bande d'un bleu soutenu, légèrement tremblé, de la mer sur laquelle se détache soudain la tache rapide, une lueur, un éclat, et belle comme un seul mouvement d'ailes, d'un vol de quatre cygnes au ras de l'eau.

174

Cette vue dans le rectangle du pare-brise, et moi comme un plongeur sous-marin qui découvre derrière sa vitre l'espace immense et bleu, où je me sais parfaitement étranger et pourtant rassuré. J'arrête le moteur. Il n'y a encore aucune voiture. Nous descendons. Je m'étire. Je lui demande si elle veut un café. Elle fait oui de la tête. Je vais jusqu'au petit kiosque de bois où j'achète des biscuits, du chocolat et deux cafés. Je m'assieds au soleil, dans l'herbe. Elle s'éloigne vers la digue et le vieux ponton de bois où viendra s'amarrer le bateau.

Dans cette attente hébétée ou rêveuse, dans une sorte d'apesanteur, les mots me viennent comme si l'emportement continuait dans l'immobilité : il existe donc des espaces à traverser vite, le plus vite possible, en voiture, le long des veines noires que sont les autoroutes, dans le soleil, sous la pluie, par tous les temps, de jour et de nuit. Ces trajectoires rapides, préétablies, balisées, ces longues glissades sur les plaines, nos slaloms entre les collines, les plongées dans les vallées, sont aussi le voyage, la hâte avec la perception particulière que la vitesse fait naître tandis qu'autour de moi, devant moi, changent l'espace et les formes avalées, dans lesquelles je m'enfonce, catapulté, à la fois attentif et rêveur, quand j'ai l'impression que je n'arriverai jamais, tant ma hâte est grande, puisque l'horizon recule sans cesse et que chaque instant est à conquérir sur l'immensité.

Je regarde la mer, la ligne nette qui la distingue du ciel.

En voyage, je me presse. Il y a des lieux où je veux être vite, où je veux aller et venir, voyager autrement, revenir sur mes pas, tourner en rond, aller à pied doucement, avec de nouveau l'angoisse de ne pas m'en mettre suffisamment plein les yeux, parce que le temps voyage

175

plus vite. La fréquence des emportements devient plus forte. Je voyage avec la mort aux fesses et plus je me hâte et plus elle me traque et plus j'ai l'appétit d'aller plus vite. C'est une donnée constante. Reste la certitude que nous sommes là, tous les deux, et que nous passons, tous les deux, aux mêmes endroits comme autant de preuves. Je rêve d'un voyage plus libre et plus anonyme, de migrations qui n'en finiraient plus, d'une année sur l'autre, dans l'alternance des saisons.

La lueur blanche d'un vol de cygnes. Insaisissable. L'impuissance des yeux à saisir le mouvement, la qualité du vol et de la fuite, à retenir un seul instant du mouvement afin de distinguer formes et couleurs de l'oiseau dans le silence, qui traverse l'air comme une respiration, battant des ailes d'un vol trop rapide, trop lié, trop libre, trop complexe.

Ici s'arrête la traversée précipitée des espaces du voyage. Ici, le terme provisoire de notre long trajet. J'ai derrière moi des milliers de kilomètres parcourus dans la vitesse, le vent, la lumière, les grondements du moteur, les arrêts dans les stations-service sales et encombrées. Ici, je descends de voiture et je marche à pied. Je suis rendu. Il y a eu l'asphalte comme un billard, à peine granulé, surface lisse, noire, mate, sur laquelle file sans bruit la voiture, sans secousses, avec le seul et léger sifflement des pneus et le fonctionnement bien rond du moteur, et parfois le vent qui bruit autour de la carrosserie : il y a eu ces moments d'immobilité, par temps gris ou dans l'azur éblouissant, de durée distendue, au maximum de la vitesse. Il y a eu les dalles de ciment et la scansion, comme en train, des quatre pneus à chaque joint. Il y a eu l'asphalte étincelant, métal blanc à contre-jour, plaqué sur les reliefs de la terre, sinuant entre les arbres, les clochers et les maisons, filant à perte de vue sur les plaines, entre des constructions industrielles, qui s'étirait en courbes, disparaissant dans l'ombre des bois, et la voiture ronronnait là-dessus et nous parlions, la voiture se coulait d'un virage dans l'autre, à bonne allure. Il y a eu le miroir fatigant de l'asphalte, brillant et noir, la nuit, hérissé des piqûres de la pluie et renvoyant les phares des autres voitures. Il y a eu les échangeurs d'autoroutes, les larges avenues, les formes froides des garages, les haltes, la nuit de Hambourg, les douanes, les villes traversées, la voiture qui arrivait vite sur le quai de Travemünde et qui s'engouffrait dans l'énorme gueule d'un bateau, puis le moutonnement d'or des collines de Scanie, puis les lacs et les forêts de sapins et le pont de Kalmar au-dessus de la mer, et maintenant une autre bouche sombre, celle du bateau que nous attendons, et plus tard le grain plus gros, le gravier, les cailloux, la poussière des pistes à peine tracées au bord de la Baltique, l'espace des oiseaux, du silence et de la nudité.

Elle revient du ponton. Elle marche vers moi dans le soleil. Elle porte un pantalon et une blouse de toile légère qui se plaquent sur elle. Elle marche la tête haute. Elle a l'élégance d'un oiseau. Elle dit :

— Il n'y a encore personne au bureau de la compagnie. Le café est bon ?

— Non, mais ça désaltère.

Des voitures arrivent. Le bateau accoste. En sortent les voitures et les jeunes à bicyclettes, roulant sur le ponton. Nous sommes les seuls sur la file d'attente. Les autres voitures démarrent. Je roule le dernier. Nous attendons sur le ponton.

Je dis :

— C'est foutu. Nous partirons demain matin.

— Non ! Regarde ! Le marin nous fait signe.

J'avance jusqu'au bateau. Le type me dit qu'il y a encore une place. Le claquement des tôles, l'ombre de la cale. Je me serre au maximum derrière la voiture précédente. La mâchoire retombe. Le bateau s'en va. Aussi vite, embarquement aussi hasardeux, imprévu, qu'à Travemünde.

Une heure plus tard : nous sommes installés dans un salon crasseux du bateau, parce que le temps a fraîchi. Les gens s'occupent de leurs enfants, mangent sur des plateaux de plastique, ou lisent, ou font des mots croisés. Elle lit, moi je regarde la télé. L'appareil, posé sur une sorte de console, est arrimé à des poutrelles par de gros cordages qui passent au-dessus et au-dessous de l'écran. Les informations se terminent. Commence un film sur le champion du monde de patinage de fond et brusquement le générique, malgré les bruits autour de moi, est l'irruption du rêve et du silence, de l'immobilité et de la vitesse, la représentation d'une glissade épuisante et solitaire sur les espaces brillants de la glace et du froid. Il va vite, le voyageur, comme une machine, une mécanique de vie, dans le crissement régulier, hypnotique des patins. Il est seul, penché en avant, tendu comme un oiseau, la tête redressée, les yeux attentifs. Il s'est détaché du gros de la troupe, il est parti devant.

D'abord, je ne vois que l'écran, le scintillement de l'image télévisée et la progression régulière de cet homme vêtu d'une combinaison noire. Puis j'intègre dans ma vision, juxtaposé au rectangle bombé de la télévision, l'autre rectangle plus large, plus haut, presque carré, d'une fenêtre du bateau, elle aussi aux coins arrondis, qui découpe l'espace gris du ciel. Par intermittence, une mouette, parfois deux, traverse le rectangle de l'ouverture. Parfois l'oiseau vole horizontalement et passe de gauche à droite, allant plus vite que le navire, parfois, plus vite encore, il plonge en diagonale dans la fenêtre, de droite à gauche, parfois, il plane un instant juste au-dessus du rebord, puis disparaît lentement et sort du champ. Je vais de la silhouette noire du patineur aux passages imprévisibles des oiseaux.

Il glisse, tendu comme un oiseau noir, dans la tourmente glacée, il file sur un désert blanc, au milieu des éclats violents et des reflets de la glace, parfois je ne vois que sa tête et le haut de son torse, car il passe derrière des congères qui s'effritent dans le vent comme les vagues se pulvérisent en écume. La poussière glacée brouille l'image et rend le patineur abstrait, signe d'une méditation, d'un mouvement uniforme, dans la vitesse et l'immobilité, dans un espace sans bords, exactement comme l'oiseau dans le ciel, exactement comme nous, isolés et perdus en certains lieux immenses de l'île que nous gagnons. Je voyage avec lui, sur la Baltique, au milieu des enfants qui jouent, qui se déplacent. Il y a le rythme sourd et régulier des moteurs. Les oiseaux tracent leur sillage aussitôt disparu. Le patineur avance vite, il semble inépuisable, aussi vide qu'une machine, aussi neutre que possible.

Travemünde 4

Nos voyages sont parfois deux mutismes, deux solitudes parallèles, et seulement cela, avec pourtant toujours chez l'un la certitude de l'existence de l'autre. Elle m'écrit, elle me parle depuis Berlin, où elle est allée seule, cette fois-ci, revoir des amis et retrouver sa ville. Moi, je suis à Rome, et nous devons nous retrouver en Bavière, du côté de la folie, ensuite traverser vite, encore une fois, l'Allemagne, embarquer à Travemünde et gagner Gotland.

Alors, elle me dit de Berlin que c'est la ville des *Trümmerfrauen*, que, là-bas, quand elle était enfant, il y avait des femmes dans les ruines. Elles ramassaient, transportaient, élevaient en murs réguliers les pierres et les briques. Elles faisaient de l'ordre parmi les décombres et les gravats, elles récupéraient avec ténacité de quoi reconstruire. Elle me dit que dans les rues, ces femmes obstinées semblaient des ombres denses. La ville n'était que terre et poussière dans les éventrements et les dislocations. Elle jouait et courait dans les ruines avec d'autres enfants. Parfois, ils apprenaient qu'un garçon était mort pour avoir découvert un obus.

Elle, qui m'écrit, connaît la douleur que me fait Berlin. Elle sait la fascination que je subissais, marchant avec elle dans la ville, la première fois que j'y venais.

« Je suis revenue près du Mur, en des endroits déserts où nous sommes allés déjà, tous les deux, j'ai marché longtemps entre le Mur et des immeubles abandonnés, aux façades blanches, écaillées, couvertes d'une lèpre pâle. »

A Rome, je me promène dans des quartiers morts, le long de ruelles où portes et fenêtres sont fermées sur des maisons laissées à l'obscurité, loin du bruit et de l'agitation. Dans les caniveaux secs et poussiéreux, parmi des sacs, des flacons et de vieux emballages, ont été jetées des seringues, trois, quatre ensemble, parfois une dizaine, abandonnées comme un reste tragique et provocant. J'en ai ramassé quelques-unes. Revenu dans ma chambre, je les ai nettoyées.

Il fallait que ce fût elle pour parler de Berlin. Il fallait que ce fût une femme. « Aujourd'hui, je suis allée faire du voilier sur le Wannsee. Il y avait du vent et le ciel était bleu. J'ai vu de beaux bateaux. Le mouvement des voiles, ces glissades, lentes ou vives selon qu'elles sont proches ou lointaines, m'ont fait penser au Berlin de mon père, qui était, paraît-il, heureux et brillant. Une époque disparue que j'ai du mal à me représenter. »

Dans ma chambre qui donne sur le dôme du Panthéon — et si je me penche à la fenêtre, je vois la place, les gens, la fontaine, les ombres des immeubles sur le sol et les terrasses des cafés —, dans ma chambre, je pique, alignées, les seringues dans le bois de la table. Je les compte. Il y en a quatorze. Et je relis sa première lettre :

« Aujourd'hui, je me suis promenée du côté du Mur, toute la journée, avec la volonté d'être, comme souvent nous l'avons été tous les deux, dans ces endroits sinistres, à cause de toi, surtout, qui voulais toujours aller par là. Les gens sont toujours des deux côtés, civils ou militaires, à regarder. On a construit des estrades, et, de là-haut, on regarde par-dessus le Mur. On reste longtemps, à l'Est comme à l'Ouest, dans une immobilité fascinée, et on regarde. Ce n'est pas une observation précise. Les gens regardent de l'autre côté. Ils ne cherchent pas des rues ou des maisons que des parents, des amis auraient habitées. Ils regardent sans regarder. Quelque chose d'autre, un autre monde, un autre régime, une autre pensée. Ils se pensent libres, ils plaignent les autres, ils se taisent. Ils éprouvent la passivité des peuples. Je suis montée sur une de ces estrades, j'étais à côté d'une vieille dame qui lorgnait dans ses jumelles. Elle répétait : " C'est affreux, affreux, affreux... " »

Il me manque une page de sa lettre. Je la cherche dans mes papiers, dans les poches de mes vestes. Je ne la trouve pas. Elle me racontait que, vers la fin de l'après-midi, deux jeunes étaient arrivés en moto jusqu'au Mur. Ils avaient laissé leur machine et leurs casques à côté d'un tas d'ordures. Ils s'étaient faufilés vite, en riant, entre le Mur et les maisons, disparaissant dans les herbes hautes. Sans penser à les suivre, elle avait marché dans leur direction. Ils faisaient l'amour, debout, le garçon adossé au mur et la fille contre lui, jambes écartées et pliées. Lui, écrivait-elle, avait un blouson de cuir noir, elle, une mini-jupe rouge en plastique.

Sa description s'en tenait là. A ma fenêtre, le soir, à Rome, quand les pigeons traversent le rectangle de ciel interrompu par la coupole du Panthéon, je reprends cette scène et j'imagine que ce n'était pas très loin du Reichstag dont on voit la masse reconstruite derrière un tas de détritus.

Les jeunes laissent leur moto. De l'autre côté, il y a un terrain vague, les murs blancs et démolis d'un bistrot, deux vieilles poubelles et des pneus de poids lourds entassés devant une porte inutilement cadenassée, puisqu'on peut la contourner, puisque la porte fermée donne sur l'espace vague qui longe le mur. Elle se tient là, debout ; elle voit les jeunes disparaître en courant. Elle lit les graffiti écrits à la bombe sur le mur. Une jeep militaire arrive et s'arrête à côté d'une estrade. Deux militaires anglais, bérets rouges et tenues de combat, montent sur l'estrade, c'est la ronde habituelle, ils observent à la jumelle de l'autre côté. Puis, accoudés au parapet, ils allument des cigarettes et ils parlent tranquillement. Tout est parfaitement calme, en ordre, les Alliés viennent montrer qu'ils sont là, les jeunes gens vont s'isoler, elle déambule doucement, et personne ne se soucie d'elle, de sa présence ici. Sans y penser, elle prend la direction des jeunes, dans une sorte de ruelle étroite entre les immeubles désertés et le Mur. Elle marche le long des portes cochères et des fenêtres cassées ; des herbes plus hautes envahissent toute la ruelle. La ville se limite alors à cette perspective resserrée des façades et du Mur dont le crépi et la peinture sont entretenus soigneusement, comme si on voulait lui enlever par cette blancheur de sa hideur, ou bien comme si on proposait un espace blanc, un phylactère déroulé tout autour de la partie Ouest pour que les gens viennent y écrire leur haine, leur illusion, leur désarroi, leur colère, leur impuissance.

Dans la tiédeur d'un soir romain, j'imagine qu'elle pense quelque chose comme ça : dans ces grandes villes pourries que sont nos capitales, il y a toujours un appartement, un recoin, un endroit, un garage désaffecté, une bâtisse en ruine, n'importe quoi, mais un lieu laissé à l'abandon, qui ne sert plus et que les gens ont oublié, où se terre une lèpre vivante, une sorte de bête, une chose ignoble dont le souffle, le chant, les lents mouvements sont à l'origine du malheur, des trépidations, violences, catastrophes qui secouent la ville jusque dans ses profondeurs. Une force enfouie, une fatalité monstrueuse, animée d'une vie de larve, soudain se réveille et possède tel ou telle, s'empare d'un peuple, propageant la haine et les meurtres comme un feu ravageur, une force où se ramassent l'Histoire et toutes les histoires. Elle est là, tapie, dans ces immeubles à l'abandon, au fond d'une cave, au fond d'un placard, ou sous l'évier d'une cuisine, porteuse de l'angoisse, elle est là pour défigurer les villes, pour les détruire, les couper en deux, les anéantir, elle est là pour nous, peut-être une figure de dieu, comme une lèpre. Un organisme répugnant qui pompe de la vie.

Puis elle s'arrête, car elle a vu les amoureux contre le mur. Ils font l'amour debout. Elle regarde les mains du garçon qui soutiennent les fesses de la fille, sous la mini-jupe relevée, ça bouge en cadence dans une position inconfortable. Le jean du garçon est tombé sur les mollets. Elle repart.

Dans cette autre ville de ruines devenues objets célébrés de culture et de méditations esthétiques, mais qui remontent à nos narines la pourriture de l'Histoire, même si les odeurs sont moins fortes, comme éventées par le temps, je sais — et je l'ai su violemment la première fois que j'arrivais à Berlin — qu'ils ont là-bas la nostalgie des ruines, qu'ils les aiment et les protègent, qu'ils veulent en garder la mémoire et la violence. Une ville cicatrice, Berlin capitale du monde, une cicatrice qui ne se ferme pas, qu'on ne veut pas fermer, belle capitale du monde, car s'y marquent partout le désarroi, la haine et le châtiment du monde, s'y

187

manifeste la faillite des Etats, des idéologies qui nous empoisonnent, à l'Est comme à l'Ouest, immeubles aux vitres cassées, maisons livrées aux herbes et aux maigres arbustes des ruines, la synagogue dont il ne reste plus que la façade éventrée, et, dans la verdure des arbres, des morceaux d'arcs et de coupoles suspendus, des terrains vagues, des rues désertes, des palais démantelés, des colonnes cassées et, brusquement, au coin d'une rue tranquille, un immeuble criblé de balles, les fenêtres ouvertes et des planches clouées sur la porte d'entrée,

tandis qu'ici, à Rome, autre ville de ruines, d'autres ruines, j'ai le sentiment d'écroulements au-dessus de moi, d'un vol pétrifié et violent, le vol blanc de milliers de statues, hommes et femmes, dieux, faunes hypertrophiés, musculeux, drapés dans les volutes agitées de leurs vêtements, un vol immobile : mouvements saisis au sommet d'un effort insupportable, quelque chose d'horrible caché dans les formes contournées de la beauté, une décadence spectaculaire, ainsi rendue tolérable,

mais à Berlin, la nudité la plus laide, la plus triviale, se montre des deux côtés du Mur, dans les traces de la guerre et dans les constructions modernes exhibées à des fins d'esbroufe, et nous marchons, forcément, bien mal protégés de notre impuissance, subissant le châtiment fait à la ville, aux peuples pris pour des objets, nous déambulons, là-bas, Européens désemparés, tout aussi ahuris que les touristes descendus de leurs cars, puis grimpés sur les estrades de bois, qui regardent par-dessus le Mur l'emplacement du bunker d'Hitler et qui restent là, plantés, les yeux rivés à leurs jumelles, aux viseurs de leurs appareils photo, ou bien le regard vide et perdu au-dessus du no man's land, et tout cela dans le silence d'un mauvais rêve.

Elle m'écrit : « Mes promenades solitaires me rappellent tes comportements d'il y a deux ans. Chaque fois que tu rencontrais une inscription, un signe, un élément, une marque de la coupure, tu marquais un temps d'arrêt, parfois un mouvement de recul du torse et de la tête, parce que tout à coup tu t'affrontais à la brutalité du pouvoir, et tu disais à l'époque que nous ne pouvions échapper à la puanteur de cette histoire, à la force terrifiante de cette tyrannie pourtant bien avancée dans sa décomposition. Et plus notre séjour se prolongeait, plus tu étais nerveux, sombre, irritable, comme si Berlin t'attaquait les nerfs et le cœur. »

Et moi de lui répondre : « Les ruines de Rome ne sont pas les nôtres, elles ne nous touchent plus. Nos ruines, moins spectaculaires, autrement préservées, autrement conservées, ce sont les ruines de Berlin, ces espaces fous de constructions modernes et lisses, plantées déjà comme des vestiges dans l'herbe des étendues mornes, ce sont les lèpres grises de rues entières où titubent de jeunes désespérés, où s'affairent résignés des travailleurs immigrés, où chargent des flics, entre des façades délitées aux fenêtres brisées, ce sont nos ruines, d'une proximité autrement effrayante, qu'aucune beauté, que pas le moindre attendrissement ne peuvent déguiser.

» Les villes d'Europe sont noires d'une noirceur intérieure qui suinte des trottoirs, des chaussées, des maisons, des murs. Elles crèvent sous leur trop longue histoire, ensembles anciens bâtis sur des drames et des charniers. Partout on a voulu retaper, ravaler, replâtrer, arranger, cacher, restaurer. Partout on a voulu faire heureux. Mais la mort revient quand même, doucement, avec la noire transpiration des pierres. Toutes les villes sont noires, même Rome, dont le noir au fond des ruelles a la couleur de la lie de vin et la brillance de la crasse. Toutes les villes d'Europe sont parfois saisies dans une immobilité profonde. Alors, on sent le silence monter et tout engourdir, monter des caves et des immeubles, des sous-bois, des égouts, des fleuves et des canaux, sortir des appartements, des bureaux : la mort et la pourriture dans les eaux sombres d'Amsterdam, dans les canaux vénéneux de Venise, qui laissent des traînées vertes au pied des palais, ce noir, cette noirceur huileuse et grasse de Londres et de Paris, cette léthargie profonde se parent d'un style, d'une allure. Tout veut pourrir en beauté, sauf à Berlin où la noirceur est nue. »

Effrayante capitale du monde, Berlin, à cause de ça, à cause des vieux qui traînent, seuls, dans les rues, à cause des jeunes qui veulent partir, malgré les avantages et les promesses que leur fait le gouvernement, à cause des signes accumulés du malheur qui resurgissent quand on s'y attend le moins, quand on pense pouvoir les oublier un instant, endroits stupides comme ce camping de caravanes et de tentes, coincé dans une enclave étroite enserrée des deux côtés par des grillages et des barbelés. Cependant se maintient une agitation, les voiliers glissent sur les lacs, les gens se promènent dans les bois, les gens déjeunent et boivent dans les auberges au bord de l'eau, les gens bouffent, les gens consomment, et doucement doucement doucement et partout, la menace, le rappel d'un passé trop proche, quelque chose dans l'air, quelque chose dans les vides de la ville, à l'Est, à l'Ouest, qui vous vide le regard et la tête, qui vous rend inexpressif, qui vous fait tout accueillir avec la même indifférence froide, persistant des jours entiers.

Elle me dit : « Je suis allée à Dahlem. Dans la salle des Cranach, une famille française, le père, la mère et la fille d'une vingtaine d'années. La mère devant une Vénus s'est exclamée, s'adressant à sa fille : " Catherine, c'est extraordinaire ! Elle ressemble à ton amie Françoise, celle avec qui tu fais du bateau. " Le père a répondu : " C'est vrai. " La jeune fille avait l'air gêné, à cause de moi qui écoutais. Elle n'a rien dit. Je me suis étonnée de n'avoir même pas souri. »

Ici, les Américains, là-bas, les Russes. Les Anglais mettent à l'eau sur le Wannsee une machine de guerre, et doucement et partout la division des gens, la confusion des pensées, le mépris d'un peuple, sous les néons des grandes firmes industrielles, prospérité, expansion, culture, musique, opéra, théâtre en avant marche, nous avons marché tous les deux dans cette ville qui ne peut plus faire semblant, dans cette capitale unique, éventrée, châtiée, où il n'est plus question que ni les gens, ni les notables, ni le gouvernement puissent encore camoufler l'horreur, la folie meurtrière, ces traces indélébiles, comme si la ville échappait à la volonté du pouvoir, comme si la ville elle-même imposait son témoignage et ses marques de la terreur.

Je me promène, plusieurs soirs de suite, sur la Piazza Navona où les Romains viennent prendre le frais, marcher, parler, s'installer à une terrasse ou dans la fraîcheur des fontaines. La place est sale, jonchée de papiers, de sacs et d'emballages. Des stands de petits commerces sont installés, parmi lesquels déambule une foule bruyante. On vend des magnétophones, des postes de radio, des disques et des cassettes, d'autres objets inutiles comme des serpents lumineux qui brillent quand on les agite, d'une couleur verte électrique. Je marche au milieu de la foule, je m'arrête avec les badauds. Assis derrière une petite table pliante, il y a un type étonnant dont le visage m'attire aussitôt : une

tête de mort aux lèvres charnues, tête de mort trop maquillée, les yeux bordés de noir, les joues creuses, la bouche
rouge, une tête coiffée d'un feutre beige à larges bords. Il
porte un foulard rouge sur une veste noire. Il est d'emblée
aussi faux, aussi présent qu'un personnage, qu'une forme
littéraire. Sur sa table, un carton énumère différentes
techniques de divination : cartes, lignes de la main, tarots,
marc de café, et des prix selon le type de consultation. Il lit
surtout les lignes de la main, à la lueur de deux bougies.
Il est faux, le bateleur chiromancien, il est habillé, déguisé,
maquillé, mais il m'attire comme une construction littéraire,
à cause de sa tête de mort et de son feutre beige. Il a quelque
chose d'une beauté répugnante. La femme qui a donné
sa main gauche, et sur laquelle il parle, commence à se moquer de lui avec la complicité de deux hommes qui l'accom-
pagnent. Le ton monte. Le diseur la regarde méchamment
et continue de lui dire l'avenir. La femme éclate de rire,
puis elle insulte le type. Sa main est toujours dans la main
du devin. Je ne comprends plus ce qu'ils disent, l'italien
de la colère et des injures est trop rapide. Brusquement,
le devin se soulève à moitié de sa chaise et, tenant toujours la main de la fille, tandis qu'il la regarde fixement,
de son autre main il se branle convulsivement à travers
son pantalon. Elle, en se reculant un peu, presse sa
hanche contre ma cuisse. Puis elle retire vivement sa main.
Lui se branle, agressif et fou, secoué. Les gens reculent.
Les deux hommes qui sont avec la femme essaient de
rire. Moi je suis resté devant la table et je regarde ce
type. Piazza Navona, les papiers gras poussés doucement
par le vent. Derrière le bateleur au feutre beige, maintenant calmé, brille, éclairée par des néons, une grande
vitrine de jouets : animaux en peluche, robots, machines

192

métalliques, Mickeys énormes. Je me retourne avant de partir : il y a la population gigantesque, musculeuse, emphatique des statues au-dessus des gens. Puis, je me promène jusqu'au Tibre que je longe un moment, avant de regagner l'hôtel. Tard dans la nuit, je lui écris, et je lui parle, non pas de Rome, mais de Berlin :

« Sur la table, devant la fenêtre, sont piquées les seringues que j'ai ramassées. Ici, sans doute à cause de tes lettres, je me souviens de Berlin avec toi, des gens que nous avons rencontrés, souvent d'une élégance vaine et cynique, qui parlaient de la mort quand ils voulaient m'expliquer Berlin et l'amour qui les y attachait. Je me souviens, à cause des graffiti et des inscriptions sur les murs de Rome, de ceux que nous avions vus à Kreuzberg, sur le mur du cimetière : « VIVA LA MUERTE » et sur le Mur toutes les inscriptions de haine, de colère et de dérision. Nous nous étions promenés quelques instants dans le cimetière désert. C'était un après-midi pluvieux et triste. Il faisait chaud. Entre les caveaux et les arbustes, flottaient les nuances d'un gris très doux. Plus loin, les tombes et les statues se défaisaient dans une brume blanche à peine formée. »

Ici, à Rome, dans l'agitation suspendue des anges, des monstres marins et des dieux, des chevaux, des tritons qui s'écroulent au-dessus des fontaines, je marche au hasard. Des pans de vêtements claquent, des drapés emportés se plaquent contre les corps et les muscles. Des coups et des détonations sèches. Je ne sais pas si les Romains ont encore la force de jouer et d'exagérer. Je marche sous cette agitation pétrifiée. Une neutralité livide, des gestes faux, des conversations trop fortes, le bruit des moteurs et des klaxons, un théâtre outré jusqu'au moment où, montant par une ruelle déserte, je tombe sur ces tas de seringues au bord d'un trottoir, avec, à proximité, des emballages de lessive, des papiers gras et des journaux.

Et je reprends ma lettre : « Nous étions entrés dans une grande salle presque vide où les gens paraissaient épuisés. Nous avions commandé un dîner rapide. Il faisait nuit. Une femme âgée, vêtue d'un long imperméable pâle, titubait dans une allée du restaurant, entre les tables. Elle était comme un oiseau blanc, à la fin de sa vie. Fine et pointue comme un oiseau, fragile, et sa fatigue faisait de grands plis désordonnés sur son imper, elle trébuchait, décrochait à cause de ses ailes blessées — c'est une danse, la mort d'un oiseau. Des courbes pures s'amorcent, mais quelque chose, vite, les casse. Décrochages brusques, maladresse des lourdeurs et des claudications. Elle retrouvait, cette femme, encore un peu de légèreté, elle dansait entre les tables, les garçons s'arrêtaient pour la regarder, et finalement, comme si elle avait été prise dans un tourbillon trop fort, les ailes ramenées contre le corps, elle s'abattait. Son imper s'ouvrait sur une cuisse maigre et blanche où le réseau bleu des veines était visible. »

Elle était pour moi la misère sans mémoire de Berlin. Elle était un morceau vivant du désastre. Les gens arrêtés la regardaient sans bouger, sans rien tenter pour l'aider. Elle était, oiseau blessé, toute l'angoisse et tout le malheur.

Parce que j'ai raconté dans une lettre ce souvenir, le lendemain matin, dans Rome, je marche avec Berlin dans les yeux et dans le corps. Deux villes emphatiques, deux formes extrêmes de la décadence. J'arrête un taxi et lui demande de me déposer au cimetière des Anglais. Il y a dans la voiture la litanie scandée des messages. Trois fois, je me cramponne au siège à cause des embardées,

194

des coups de frein ou des accélérations, ponctués par les injures du chauffeur. Je me souviens de cette femme saoule, à Berlin, étalée entre les tables du restaurant. Nous nous étions levés, elle et moi, pour l'aider. Nous l'avions assise sur une chaise. Le silence était retombé sur la salle, sur les gens isolés.

J'entre dans le cimetière. Juifs, protestants, athées, Arabes, Vietnamiens, Indiens, racaille, quoi, interdite de séjour en terre catholique. A ne pas mélanger, à enterrer bien à l'écart. Des ossements de païens enfouis séparément. Rome, malgré l'Eglise, est païenne, dans les agitations des statues crispées et gonflées, dans l'envol des vêtements, dans les corps distendus, dans l'écroulement sensuel et menaçant de ce monde suspendu au-dessus de ma tête, dans la violence des formes et les reliefs des façades. La rigidité grise de Saint-Pierre est une excroissance à l'extérieur de la ville.

Il n'y a personne, ce matin-là, dans le cimetière. Je marche le long d'allées étroites qu'on vient de ratisser. Des merles sautillent d'une tombe à l'autre. A droite, au fond du cimetière, la tombe de Gramsci, entourée de lierre. Je reste là, un moment. Je remonte entre les tombes, vers l'allée qui borde le mur supérieur du cimetière. Les arbres montent haut, bien droits, au-dessus des statues et des tombes. J'aime la platitude des cimetières, due, quelqu'en soit le relief, à l'horizontalité calme des pierres tombales, platitude que rien ne camoufle, ni les édicules, ni les caveaux tarabiscotés, ni les statues. J'aime ces enclos tranquilles et retirés qui provoquent la rêverie, qui distraient de l'agitation, qui éveillent souvent chez moi de violentes bouffées de désir. Je regrette, ce matin, qu'elle ne soit pas là, parce que nous éprouvons en ces lieux un plaisir silencieux. Elle sait que je voudrais, si elle y consentait, la prendre entre deux tombes ou dans l'obscurité d'un caveau dont la porte est ouverte. Manière fruste de refuser la mort, une envie seulement, mais aussi plaisir ambigu et plus fort encore, à cause du désir, d'aller et venir, de passer parmi les tombes, les ossements, les corps livrés aux vers, les pauvres restes, la poussière, les bouts d'os, petits et délicats bouts d'os.

Donc, partout où nous allons, des haltes dans les cimetières, moments d'intensité, quand se rassemblent dans un espace contraint, encombré, saturé, les joies antagonistes du voyage : passer, s'unir, prendre, quitter puis disparaître, ou continuer dans l'inconnu et l'irreprésentable. Des formes noires et vives d'oiseaux se détachent un instant sur le ciel, entre les arbres, puis se fondent dans l'ombre des feuillages. Je m'arrête devant une tombe surmontée d'une statue : un homme allongé, le bras replié, tient sa tête dans sa main droite. Les yeux au ciel, il rêve, interrompant la lecture du livre qui pend au bout de l'autre main. Un petit chien dort à côté de lui. La représentation est précise dans les moindres détails : poils du chien, longs et légèrement ondulés, feuilles du livre, dessin des ongles, des veines sur les mains, bagues, entrelacs décoratifs sur la veste, etc.

Je sens dans mon ventre de lourds remuements inconfortables, d'insistantes poussées. Je me prends plusieurs fois en photo, au retardateur, devant, derrière les statues. Mais je ne peux me distraire de la pesanteur des intestins.

Je fais le tour du cimetière. Plus loin, je m'arrête encore devant une tombe surmontée d'un ange couché sur l'édicule, la tête penchée en avant, comme souvent, pour signifier douleur et désespoir, et les deux ailes d'un dessin très pur retombent de part et d'autre de la tombe. L'ange pleure une Anglaise ou une Américaine. Sous un certain angle, le prénom est caché, et je lis seulement : STORY DIED IN ROMA, puis une date. L'envie de chier s'accompagne d'une méditation rêveuse, de songeries désordonnées, comme si l'effort pour retenir la merde, comme si la volonté appliquée à resserrer le sphincter de l'anus, libéraient l'imagination et parfois la pensée. Je pense : l'Histoire, les histoires sont mortes à Rome. Ma vie ne comporte aucune histoire comme on en trouve dans les romans, avec des événements qui s'enchaînent, des situations construites, des intrigues combinées du début jusqu'à la fin. Je pense que ma vie est une suite de choses vues, d'émotions, de paysages, de lieux, de villes, de gens rencontrés, croisés, parfois connus et fréquentés quelques années, que les séries sont absurdes, et qu'il est illusoire d'y chercher une quelconque logique. Je me dis : l'observation attentive et méticuleuse de sa vie, de celle de sa compagne, dénie toute possibilité de construction. Cela ne veut strictement rien dire. Ma volonté s'applique de plus en plus fortement à contracter l'anus pour endiguer la poussée de la merde. Je me pose la question : Où est-elle, maintenant, dans Berlin ? Que fait-elle ? Je regrette qu'elle ne soit pas avec moi. Etre deux à regarder n'introduit pas d'histoire, mais enrichit la vision d'une perception différente. C'est une conviction, il n'existe aucune possibilité d'histoire.

Je dois me lever, si je veux calmer et mieux retenir ces mouvements du corps. Je continue ma promenade. Plus loin, l'espace se dégage, il y a moins de tombes autour d'une pelouse. Je trouve les sépultures de Shelley et de Keats. « Ici repose quelqu'un dont le nom est écrit sur l'eau. » Je regarde alentour, je dois absolument trouver un endroit retiré entre deux tombes, où je pourrai m'accroupir. Je crains d'être surpris par des gardiens, ou par des gens, plus nombreux maintenant que lorsque je suis arrivé. Scandale. On découvre un type en train de déféquer à proximité de la tombe de Keats. Un touriste avec son appareil photo à côté de lui, surpris tandis que l'étron pend encore sous les fesses. « Le cimetière des Anglais est un des endroits les plus romantiques de Rome. » Revenant sur mes pas, d'une allure que je veux dégagée, je cherche avec grande inquiétude un lieu d'aisance où je pourrais me cacher. Rien. Je reviens vers l'entrée du cimetière. Il y a là une petite construction qui abrite le bureau du gardien, peut-être son habitation. Dans un renfoncement, cachées par une haie de feuillage, se trouvent les toilettes. Je me précipite dans les cabinets. Je m'enferme. Je dépose par terre mon attirail d'appareils, je me déboutonne et m'abandonne avec une sorte de hâte panique, de plaisir, laissant s'échapper une belle, interminable et forte coulée, laissant tomber dans le noir des tombes, dans le silence aveugle des caveaux, ce seul possible cadeau, chargé sans doute de rage, d'insulte et de provocation, seul dans ce réduit aussi sombre qu'une sépulture, seul et impuissant, au fond de mon trou, cependant que j'entends au-dessus de moi, par un soupirail entrouvert, deux jardiniers qui essaient de mettre en marche une tondeuse. Seul et révolté, comme le personnage que Füssli dessinait en train de déféquer au-dessus de l'Europe. Je pense : rien ne peut combler le vide insondable de cette cuvette, de ces tombes ornées de statues et d'inscriptions, le vide effroyable, le silence oppressant des terrains vagues de Berlin, de la Piazza Navona déserte en plein après-midi, du Forum romain, du Palatin, des thermes de Caracalla, coquilles vides et mutilées

198

d'énormes crustacés dans lesquelles errent des putains, immense espace du Circus Maximus poussiéreux et lunaire où se donnent rendez-vous sous les arbustes des homosexuels que surveillent et parfois chassent des policiers, c'est dans ces trous, dans ces écroulements que je défèque, comme si cela ne devait jamais finir, Rome, Berlin Amsterdam, Munich, Londres, Paris, Copenhague, Hambourg, Anvers, Venise, lieux de pourriture, charognes sèches, charniers enfouis, anciennes grandes carcasses ouvertes au temps, au vent, à la pluie, ravinées, délitées, écrasées sous le soleil, enfin saisies, à certaines heures de la journée ou de la nuit, par un silence, une torpeur de cauchemar, une immobilité terrifiante qui arrêtent les silhouettes de chiens et d'hommes sans corps ni âme, quand le cœur des villes ne bat plus, quand vacillent les formes, les immeubles, les façades, quand se creusent sur le vertige les rues et les avenues, quand se perd l'identité de celui qui voyage, arrêté, pétrifié à son tour au fond d'un chiotte de cimetière, à Rome, présentement. Ce sont autant de visions hallucinées, de perceptions brutales et instantanées, où la parole se perd, où se donne en spectacle figé la mort, sortant alors des moindres encoignures des villes.

D'elle, de Berlin, ce même jour, je trouverai une lettre que me tendra le réceptionniste de l'hôtel, quand je rentrerai de ma promenade: « Un quartier peuplé de travailleurs immigrés. Une femme turque se tient immobile et debout, de profil, devant le porche d'un immeuble. Au-dessus d'elle, deux lourdes caryatides, XIXᵉ siècle. Le costume de la femme, le fichu autour de sa tête, les plis de sa jupe qui tombe jusqu'à terre répondent aux statues. Je suis passée à un moment où la rue était déserte. L'immobilité de cette femme et des statues noircies semble gagner le quartier, puis la ville entière. C'est exactement comme dans un rêve. L'avant-veille, à quelques rues de là, des jeunes ont tout détruit sur le parcours de leur manifestation. Th., que tu connais, m'a dit qu'il ne comprenait plus cette violence, si gratuite et si soudaine qu'elle lui faisait peur. Il disait : " La nôtre en 68 avait un sens. La leur explose sans qu'on sache pourquoi. Ils n'attendent ni ne veulent rien. C'est Berlin, la ville elle-même, qui les rend ainsi. " On ne peut pas penser les ruines et le clinquant de la richesse, on ne peut pas penser la coupure, la mémoire bloquée, les faux discours qui s'affrontent ici. J'ai envie de partir, d'être avec toi. La haine est sourde, les jeunes — ils sont très jeunes — s'enfoncent dans l'absurdité, ils ont les yeux vides, ils frappent, ils cassent, ils ne parlent pas, ils pillent. Ils ressemblent à des marionnettes brisées dont les ressorts déréglés provoquent les gestes du meurtre. Dis-moi vite quand tu espères quitter Rome, que nous nous retrouvions. »

Les cheveux violet et jaune, la peau sale d'un gris terreux, les bras nus et couverts de traînées noires, habillé d'un kilt rouge et d'un gilet de toile jaune, il avance, entre les voitures, voûté. Il ne regarde rien ni personne. Il ne vit ni à l'Ouest, ni à l'Est, il s'est installé dans le no man's land qui sépare sa ville et son pays, il avance dans cet espace absolument vide, entre des chicanes, des chevaux de frise, des barbelés et des glacis minés. Au-dessus de lui, depuis des miradors, les soldats des deux camps s'observent à la jumelle. Et moi, si différent et plus âgé, elle aussi, nous connaissons le même abattement et la même fureur. D'autres encore, de nombreux autres, partout ailleurs vivent dans ce vide, dans la torpeur des villes, des campagnes. C'est quelque chose qui suce la vie, qui la pompe, qui fausse la parole, qui nous bouffe de l'intérieur et qui provoque ces écroulements silencieux, un peu partout, sans qu'on puisse les prévoir, d'où surgissent la peur, les violences et le meurtre. Et puis l'agitation reprend, les voitures circulent selon leurs trajets continuels, interrompus puis repris, qui se croisent, se dépassent, s'arrêtent et repartent. De nouveau, les villes se donnent l'illusion de la vie dans les trépidations, les couinements de moteurs, les brouhahas, le piétinement des foules au coude à coude, abruties, résignées et pourtant absurdement pressées.

Je vous en prie, levez la tête, où que vous soyez! Regardez le ciel, allez vers une fenêtre, sortez s'il le faut, et regardez le ciel, imaginez l'immensité du ciel, rappelez vos souvenirs, un jour ou l'autre vous avez vu cette immensité, et s'il y a des oiseaux, observez-les, et si le ciel est désert, ce qui est probable, imaginez l'oiseau. Imaginez un oiseau de mer, sa glissade le long d'une courbe pure, sa forme aiguë qui plonge brusquement, qui décroche et qui file, qui plane vite puis qui remonte d'un seul et vif coup d'aile, maintenant vous le voyez, sa forme profilée s'éloigne comme le trait de deux lèvres fermées, imaginez ou bien observez, selon l'endroit, la puissance et la liberté de l'oiseau, au-dessus des plages, des grèves, des vagues de la mer, traversant vite l'espace des landes et des marais, gardez l'image, gardez-la comme un trésor, préservez-la, retenez-la, malgré la vitesse et la rapidité des mouvements enchaînés, voyez bien cette mécanique de désir, l'indifférence et l'ignorance souveraines de l'oiseau dans l'immensité du ciel, au-dessus des maisons, des ports et des usines. Méditez-la, cette vision. Moi, dans mes voyages, il n'y a plus que cela qui m'impressionne : cette contingence libre, anonyme, cette ignorance.

Le jeune aux cheveux jaune et violet, brandit une barre de fer au-dessus de sa tête. Il la plante dans le capot d'une voiture arrêtée. Il frappe plusieurs coups, il s'acharne sur la tôle, il finit par la trouer. Les gens s'éloignent vite et s'arrêtent à bonne distance. Muets, ils regardent. Il brise les glaces, défonce les portières. Il crève les pneus. Mais il ne crie pas. Puis, il s'enfuit en courant. Alors, les gens s'agitent et se mettent à parler. Ils gesticulent.

« O mon amour, j'ai, dans la lumière radieuse de Rome, dans le rougeoiement des briques et des toits de tuiles, la même peur, j'éprouve le même désarroi que toi, à Berlin. Tel est le résultat de nos voyages, et si nous avions, au début, le désir d'échapper à la tristesse de Paris, au morne ennui des rues grises, à la puanteur du pouvoir, à l'oppression quotidienne, insistante et sourde, qui nous est faite, très vite nous avons su qu'il était illusoire de vouloir changer d'air en parcourant l'Europe.

» Il n'y a plus rien, plus rien sur quoi nous pouvons fonder quelque espoir. Il nous reste seulement nous, la possibilité de nous parler, de nous écrire et de nous entendre. Il y a la fragilité de nos regards, quand nous sommes ensemble, qui s'accordent à constater les mêmes choses, les mêmes situations, les mêmes gens, où que nous nous trouvions. Il y a seulement nos déplacements, les tribulations de nos corps, et par la vertu du voyage qui nous fait venir puis disparaître aussitôt, nous savons qu'il nous reste notre couple. Tu veux que nous nous retrouvions vite, c'est aussi mon désir, maintenant, tandis que je t'écris, depuis ma chambre, — il est quatre heures de

202

l'après-midi, je suis rentré fatigué, la chaleur commence à devenir insupportable — pour continuer à penser que nous sommes deux, malgré la distance.

» Avant de nous retrouver seuls à Rome et à Berlin, nous étions ensemble déjà dans ces deux villes. Nous éprouvons chacun à notre manière, sans doute dans une sorte de souffrance, que le regard, la marche, le corps, la respiration, les remarques de l'autre nous manquent. Comme si nous devions substituer, au vide et aux écroulements constatés, notre double présence. Seul, j'ai parfois la tentation de me laisser sombrer, de disparaître dans un endroit misérable où plus personne ne viendrait me chercher, un de ces bouges sinistres, comme ceux de Venise ou de Hambourg, un de ces quartiers enfoncés dans la douleur, où traînent des silhouettes misérables et sans âge. Je disparaîtrais dans cette noirceur, dans cette crasse, dans le pourrissement des villes, des corps et des esprits, je deviendrais une sorte de chose humaine, sans regard, sans activité, et je crèverais doucement, malade de la même profonde apathie, commune à l'Europe. Or, cela jamais je ne l'imagine avec toi.

» Pourtant, je ne me lasse pas de me promener dans Rome. Je me lève tôt, malgré mes longues soirées, malgré mes promenades nocturnes. Et je marche, souvent sans but, peut-être encore poussé par le mince espoir de tomber sur quelque chose ou quelqu'un qui échapperait à la décrépitude. Mon abattement est parfois si violent que je ne jouis plus de Rome, de sa lumière, de son agitation heureuse, le matin, sur les places de marché, je ne sais plus regarder les fruits, les poissons, les légumes, les boutiques de viande, la fraîcheur des salades et des fleurs, le bonheur des gens qui s'interpellent et s'arrêtent. Je ne sais plus regarder la blancheur étincelante des toiles au-dessus du marché, les entassements de jambons, les charrettes à bras qui débordent de tomates et d'oranges, les rondeurs des marchandes romaines, leurs seins splendides offerts avec les fruits. Comme si j'étais impuissant à lire le peu de bonheur qui reste. »

L'envie me vient de lui téléphoner.

Je demande qu'on m'appelle son numéro à Berlin. Quelques minutes plus tard, le téléphone sonne. Et c'est elle, tout de suite :

— Comment vas-tu ? Je n'étais pas sûr de te trouver à cette heure-ci.

— C'est vrai. Je suis souvent sortie l'après-midi, mais aujourd'hui j'avais envie de me reposer. Je suis seule dans la maison. Il fait beau, je ne fais rien, je lis.

— J'étais en train de t'écrire. Ici aussi, il fait beau. Très chaud. Je rentre à l'hôtel vers quatre heures de l'après-midi, et je ressors dans la soirée.

— Quand nous retrouvons-nous à Munich ?

— Quand tu voudras.

— J'avais pensé mercredi ou jeudi. Le train arrive en fin de journée, vers 19 heures 30, je crois. Attends, je regarde. 19 heures 40.

— Disons, jeudi. Je serai à la gare. Et Berlin ? à part ce que tu m'écris.

— Les gens sont beiges.

— Comment ?

— Je dis que les gens sont tous vêtus de beige, comme à Paris. Et à Rome, est-ce que la mode est la même ?

— Tu as raison. C'est la même chose, les mêmes teintes, pour les hommes des vestes courtes et croisées, qui dégagent les fesses.

204

— A Munich, ce sera pareil. Tu verras. Mode beige et musique disco. Il me tarde d'être avec toi.

— On se demande qui décide, un beau jour, que l'Europe sera beige, en Italie, en Allemagne, en France, en Suède, en Belgique, au Danemark. Qui décide ?

— Jeudi, 19 heures 40. Je vais téléphoner aux S. pour les prévenir. Ils nous attendent. Je t'embrasse.

— Moi aussi. A jeudi.

Je reprends ma lettre qui sera la dernière. « Le beige est une couleur tranquille, reposante. C'est un autre mensonge. Les Romains me disent que la ville a changé, que les gens sont moins gais, à cause des attentats. Les voitures de police sillonnent la ville à toute vitesse dans les hurlements de leurs klaxons.

» Pourtant, je ne me lasse pas de m'y promener. Rome est païenne, elle est la ville de l'anarchie. On ne sait pas quand les Romains travaillent, je ne sais rien du fonctionnement de cette ville, Rome me plaît, dans son désordre, dans cette agitation frénétique et bruyante. La liberté jusqu'à la mort, les seringues laissées dans les caniveaux, sur les quais au bord du Tibre, dans les endroits reculés du Trastevère, les voitures, les appareils volés, les touristes dépouillés en moins de deux par de jeunes garçons, les vies doubles et bizarres des curés du côté de Saint-Pierre, tout ce monde faux et grotesque, moins noble que le monde blanc des statues suspendues aux façades entre le ciel et la saleté des rues, la roublardise et la faconde, le théâtre, et puis cette civilisation si fine, si ancienne, si élégante chez certains, qu'elle dégage une sorte de puanteur fade comme une très vieille plaie, une infection distinguée. »

Je marche jusqu'au soir tombant toujours sur des ruines

depuis longtemps visitées, commentées, célébrées, étudiées, précisément relevées après leur méticuleux dégagement du sol, et c'est à Rome la même impression de faillite et de désolation qu'à Berlin, parce qu'au-delà de l'archéologie, de l'histoire, de la beauté, de la littérature, derrière les préciosités des pierres taillées, des effigies, des frises, des guirlandes et des feuilles d'acanthe, derrière ce qui reste de cette grammaire décorative en morceaux, demeurent seulement de grands terrains vagues hérissés de pans de murs, de morceaux de statues, torses, bras, jambes, des bouts de colonnes, de portiques, d'arcs brisés et de frontons incomplets. De ces étendues vides, remontent la terreur, les folies, la puanteur de l'Histoire.

Je marche, obligé de me confronter avec ça, ici comme à Berlin, avec chaque fois l'intention d'en savoir plus — et c'est bien ainsi que nous avons commencé nos voyages pour connaître ensemble des villes, des pays, des habitudes, quelquefois des gens, pour comparer des différences, comme s'il s'agissait de pouvoir comprendre. Aujourd'hui, je n'apprends rien, rien d'autre dans la succession des villes et des paysages, dans la somme des instants, que ma présence hasardeuse et la permanence d'un mal et d'une pourriture qui sont devenus habituels. C'est trop pour mon corps en déplacement, forcément déplacé, c'est trop pour mes yeux, cet écroulement vertigineux qui s'ouvre partout, trop cette tristesse et ces tragédies, trop la série des ridicules et des dérisions, comme si l'Europe ne pouvait plus dégorger, vieux corps exténué, que du malheur. A nous transporter d'un pays à l'autre, j'éprouve chaque fois ma place absurde de témoin stupéfait, obligé de constater les mêmes torpeurs, les mêmes violences, malgré les précautions que nous prenons pour varier nos itinéraires, quand je suis pris entre le désarroi, la nudité raclée jusqu'à l'os nu, et le plaisir vain, la satisfaction trop enflée d'elle-même de lire et comprendre les traces anciennes, de les commenter avec l'air tranquille de celui qui sait. Mais plus j'avance dans nos parcours labyrinthiques, plus je me refuse à parler, et lorsqu'elle me pose une question sur une église, une toile, une région, puisqu'elle a dans la tête que je sais, je réponds : je ne sais pas, car trop violemment m'étreint la peur. Je ne parle presque plus avec elle des choses du savoir, je reste coi, parce que cette parole est, elle aussi, un leurre.

Seule l'écriture demeure comme dernier garant. C'est à cela que je tiens, c'est cela qui m'autorise à voyager encore, jusqu'à l'épuisement, si du voyage je peux écrire vraiment.

Dernier jour à Rome. Le matin : cimetière des Capucins, via Veneto. Le gros moine de l'entrée me rappelle deux fois à l'ordre, d'abord parce que je prends des photos — il surveille tout le temps —, la deuxième fois parce que je note sur un carnet les explications dactylographiées qui sont au mur. Il me dit que textes et cartes postales sont à vendre. Il me dégoûte ce gros qui tient la caisse à l'entrée, mais je finis par accepter son comportement tout à fait adapté — une grosse mère maquerelle dans sa robe triste me vend les mignardises rococo de la mort.

Tout de suite après, je me fais conduire au château Saint-Ange. Mausolée, forteresse, palais, prison, salles des supplices, oubliettes et folie décorative.

16 heures 30. Quelqu'un de l'hôtel est allé chercher ma voiture au garage. Je quitte Rome. De nouveau, la vitesse : Rome, Florence, Modène, Ferrare, Padoue,

Vérone, Trente où j'arrive tard le soir, vers onze heures, fatigué d'avoir conduit si vite, sans m'arrêter, sauf pour prendre de l'essence et boire un café. Il me reste la lumière dorée des paysages traversés en fin d'après-midi, il me reste l'abrutissement de la vitesse, et le désir que j'ai eu d'elle qui me rejoindra demain, à Munich, comme une tension presque constante tout le temps du voyage, le long des trajectoires calculées des autoroutes, et je garde encore les visions si particulières, quand on a l'impression dans une longue montée de se précipiter dans le ciel, dans le rougeoiement des nuages au soleil déclinant, de l'espace avalé entre le défilement vertigineux des glissières, des pointillés, des arbres gommés par la vitesse. J'ai maintenant, dans le corps et dans la tête, les vibrations, les bruits, les sifflements de la voiture. C'est comme une ivresse fatigante, cet emportement dont il faut doucement se remettre.

Assis dans la salle du restaurant, je me souviens de cette région que nous avions visitée lentement, il y a deux ans, et que je traverse cette fois-ci à toute allure, sans rien voir, avec le seul désir d'avaler des kilomètres pour la rejoindre à temps. Puis, je demande à la réception qu'on me réveille tôt, le lendemain. Je quitte le Grande Albergo Trento à huit heures, sans visiter la ville que je ne connais pas.

Trento, Bolzano où nous étions arrivés, il y a deux ans, par de petites routes escarpées et tortueuses, passant d'une haute vallée à l'autre, entre les massifs roses des Dolomites, le col du Brenner, Innsbruck, l'Allemagne, Munich. Le temps a changé. Passé Bolzano, le ciel est de plus en plus couvert. A la frontière autrichienne, tout est noyé dans un brouillard épais. Il fait très sombre et il n'y a

208

plus d'horizon. Dans la voiture j'écoute de la musique populaire autrichienne. Je roule lentement, phares allumés. Parfois, les nappes de brouillard se déchirent et laissent voir des montagnes noires et grises, des escarpements froids, des plaques de neige.

A Rome, c'était la chaleur. Les jours se perdaient et se confondaient quand je voulais trop rechercher les traces de la mort. La poussière sèche et irritante de Rome, seulement de la poussière qui tourbillonnait au coin des places, qui s'envolait en traînées blanches le long des façades, qui cinglait et sifflait avec le vent en soudaines bourrasques, la poussière du marbre délité, des visages de pierre lépreux et grêlés, nez cassés, rongés, regards aveugles, bras et jambes criblés, piqués. Il y avait eu un orage. De la poussière, seulement la fine poudre noire, rouge, pierreuse de l'usure, soulevée en tourbillons rageurs, qui aveuglait dans la lumière trop forte. Le vent s'était levé au-dessus de Rome, un vent brûlant. Je me promenais dans des ruelles qui semblaient n'être pas habitées depuis longtemps, je marchais vite, malgré la chaleur, et là, entre deux maisons hautes, comme au fond d'un puits, là dans une fournaise qui ressemblait à celle d'une scène de théâtre ou d'un studio sous les projecteurs, sur le mur du fond exactement découpé par la lame noire et diagonale de l'ombre, se détachaient, brûlés, vides, noirs eux-mêmes, mais brillants et dangereux, mais brillants et seuls et pitoyables, un homme et une femme dont les cheveux blonds brûlaient comme la partie du mur insoutenable de clarté. Ils étaient debout, immobiles, têtes baissées et rapprochées. Lui tendait son bras, elle enfonçait une seringue. Le vent faisait claquer volets et linge dans les hauteurs. Le temps avait brusquement changé. Le ciel était devenu noir. Il avait plu et la poussière était devenue boue charriée dans les rues inondées.

Jusqu'à Munich, la pluie. Depuis le nord de l'Italie, je vois des gens habillés du costume tyrolien. Le froid, la pluie, les montagnes, les gens, la musique à la radio me donnent l'impression que je saute brutalement d'une culture à l'autre. Il y a deux ans, moins pressés, nous étions passés plus à l'est, par des routes peu fréquentées. En Autriche, nous avions suivi, presque depuis sa source, un torrent dans sa vallée. Il faisait chaud, c'était l'après-midi. Nous nous étions arrêtés. Nous avions dévalé un champ jusqu'au bord de la rivière encore tumultueuse, de ce gris argenté des torrents de montagne. Nus, nous nous étions baignés, puis étendus au soleil, nous avions attendu d'être secs, et nous étions repartis, cette fois-là vers Zurich, Bâle et de là directement, le plus vite possible, vers Travemünde.

Je la retrouve à la gare. Elle rit, elle semble reposée. Elle me trouve fatigué. Nous allons tout de suite dans une brasserie. Nous ne parlons presque pas. J'ai pris l'habitude de ne pas brusquer les choses, de laisser revenir doucement entre nous le rythme des paroles, notre rythme, même si j'ai hâte de lui poser des questions, de savoir comment elle est, ce qu'elle pense de son séjour, ce qu'elle a fait et comment vont nos amis.

Elle dit :

— De Berlin, j'ai retenu une chambre d'hôtel, Amalienstrasse, ce n'est pas loin des musées. Je crois que c'est tranquille. Pas loin non plus de l'Englischer Garten.

— Allons-y tout de suite.

Grande chambre confortable. Douchés, nus, nous sommes étendus sur le lit. Nous roulons l'un sur l'autre.

Elle dit :

— Attends encore un peu. Raconte-moi Rome. Qu'est-ce que tu as fait ?

— Je me suis promené tous les jours.

— Tu n'es pas sorti de la ville ?

— Je suis allé à Ostia Antica.

— Tu as fait des photos ?

— Pas beaucoup, non. Une journée dans Ostia Antica... à la fin, déprimé, fatigué, j'avais l'impression de me traîner dans la fournaise d'un désastre. Et avec tes lettres, d'être dans les deux villes à la fois.

— Elles ne se ressemblent pas pourtant.

— L'une et l'autre sont envahies par les ruines, l'une et l'autre sont emphatiques.

Retrouvailles des corps. Elle a le menton posé sur ma poitrine. Je la caresse sur les reins, entre les fesses. Elle rit, se dérobe un peu, m'embrasse, me caresse le ventre.

— Mais tu bandes ! s'étonne-t-elle en riant.

— Normal, non ? Afflux de sang, rougeurs violacées, tu sais bien, classique...

— Mais non, je ne sais pas. Voyons...

— La routine, je te dis.

Nous rions. Elle me caresse, vient sur moi, me chevauche cuisses écartées. Je la fais basculer sur le dos.

— Et toi, à Berlin ?

— Ça me fait mal, attends, bouge un peu.

— C'est mieux ?

— Bouge encore. Le matin, je restais souvent chez les R. L'après-midi je sortais, j'allais me promener, voir des amis. Je t'ai tout écrit dans mes lettres.

D'une main glissée entre nos ventres, elle me pétrit les couilles. Nous nous sommes déplacés. Nous voyons notre reflet net dans le haut du lit, parfaitement laqué. Nous changeons de position pour mieux nous voir. Nous jouons ainsi, pendant une heure, nous racontant n'importe quoi, parlant de ce que nous voulons voir en Bavière, contents de nous retrouver. Tout ça finit dans la tendresse et dans le calme.

Nous nous rhabillons vite. Nous sommes en retard.

Nous allons au théâtre. Une pièce d'avant-garde dont la mise en scène est confuse. Les acteurs crient. Les effets sont trop lourds. Sur la scène surgissent des soldats en tenue de combat. A trois ou quatre, ils se précipitent sur une femme, dans un grand lit. Elle hurle et se contorsionne. Elle porte de hautes chaussettes rouges et des sous-vêtements misérables. Elle dit ensuite que le monde est difficile, elle dit qu'il ne faut pas lui en vouloir d'être si furieuse et si triste. Les soldats restent assis, têtes baissées, au pied du lit. J'ai plusieurs fois envie de partir.

Munich, promenades amoureuses. La pinacothèque, la glyptothèque. La ville est riche, massive. Triste sous la pluie. Visite d'une grande brasserie où l'on boit de la bière. La salle est déserte. Les longues tables sont vides. Le souvenir du délire attaché à cette ville. La pesanteur des architectures.

Nous marchons dans le parc du château de Nymphenburg. Visite des petits pavillons. Il pleut. Dans une allée, un vieil homme bien habillé, sec et distingué, est assis sur un banc. Il pleure sans bouger. Quand nous passons devant lui, il nous regarde comme pour nous décourager de lui adresser la parole. Grisaille, pluie fine glacée.

Nous parlons de Rome et je lui dis, parce que les impressions qu'on a d'un lieu ne viennent que plus tard, ailleurs, dans une autre ville, que le château Saint-Ange est une monstruosité menaçante, quelque chose qui rassemble toutes les menaces et que les hommes ont construit. J'ajoute que reste comme un poison l'illusion séduisante, avec ce qu'elle cache d'angoisse dans son ingéniosité, de la fausse perspective de Borromini.

— Un vieux gardien en uniforme bleu marine t'y mène et semble se moquer de toi quand tu sors de la cour et que tu lui glisses un billet pour t'être laissé troubler par l'illusion de cette perspective précipitée qui te montre un homme d'une stature normale, là-bas, au fond d'une galerie, mais qui n'est en réalité que de la taille d'une poupée. C'est exactement comme ici, dans les stucs et les moulures, les entrelacs, les arabesques, dans cet acharnement pâtissier du décor, l'étouffante volonté de tout enjoliver pour avaler et dissoudre les formes.

Nous sortons de Munich : le château de Neuschwanstein, Linderhof. Louis II, la tyrannie, la démence, Wagner. L'artiste et le tyran se regardent fascinés. Il pleut toujours. Au retour, tandis que nous roulons sur une petite route de campagne, quand tout est gris, détrempé par la pluie, noyé dans la brume, je dis :

— Brecht dans son journal dit que le schnaps devrait être gratuit dans un pays pareil.

— Je n'aime pas les montagnes, ni la Bavière.

Nous supportons mal ce froid et cette pluie qui n'arrête pas. Lourdeur de tout. De retour à l'hôtel, elle lit, se repose, s'occupe de son corps, activités dont je suppose qu'elles servent à se détendre, à ne penser à rien, à laisser tout venir de ce qui remonte du silence.

Elle dit :

— Le schnaps gratuit de Brecht, c'est la même chose

que cet homme qui pleurait dans le parc de Nymphenburg.

Le soir, nous sommes invités à dîner chez des gens qu'elle a connus autrefois. L'homme et la femme sont tous les deux chefs de bureau dans la même compagnie d'assurances. Ils habitent un grand ensemble neuf en banlieue. L'appartement est d'une austérité lamentable : des meubles modernes et des dentelles sur les tables. Ils nous disent que le jogging et les courses en montagne sont leur passion. Ils vivent sans amis, ils ne voient presque jamais personne, parce que, dit la femme : « Ça n'intéresse pas mon mari. » Ils se trouvent bien tous les deux, ils ne veulent pas d'enfant. Ils ont le travail et le sport. Ils économisent. Ils ont toutes les machines nécessaires au bien-être. Moi, je mange une sorte de gâteau complètement sec que la femme barbouille d'une crème qui gicle d'une bombe en crachant. Au milieu du gâteau, sous la crème, il y a une pastille de confiture rouge.

Le lendemain, visite de l'église de Wies. Et, partout où nous allons, du rococo jusqu'à plus soif. Puis nous quittons Munich et nous nous installons deux jours dans un hôtel au bord du Chiemsee. Nous ne faisons rien. Nous attendons des éclaircies pour sortir. Nous nous promenons au bord du lac. Les montagnes en face, avec des traces neigeuses sur les hauteurs. Herrenchiemsee, Fraueninsel. Dachau.

En Bavière, parmi les ors et les formes contournées, chérubins, hommes et femmes agités, hystérie pétrifiée, dans l'écœurante profusion des couleurs acides, dans les mignardises accumulées, suspendues, foisonnantes, nous tombons sur des représentations de la mort. Elles sont là, souvent, elles semblent avoir surgi presque partout, ici, pour rythmer quelque chose, figures effrayantes et tra-

giques, parfois grotesques. Elles sont des jalons nécessaires au voyage, ou des obstacles qu'il faut passer si l'on
veut voyager encore. A Fraueninsel, dans l'église, une
tête de mort couverte d'un voile tendu qui laisse transpa-
raître les cavités et les dents. Le crâne est surmonté d'une
couronne d'argent et de pierres. La tête est ceinte de
broderies riches et compliquées. Tout cela dans une châsse
vitrée posée sur un autel. C'est elle qui m'appelle pour que
je traverse la nef et que je vienne voir.

Dachau. Le camp n'est pas très bien signalé. Devant
le mémorial, le parking est payant. Un type en casquette
me tend un ticket vert à travers la portière. Je paie.
Plus tard, je reparle de Rome et du cimetière des Capucins où la mort est elle-même décoration, où dans ces
fausses caves des gens ont joué à entasser crânes et os
qui forment des niches. Des squelettes en froc y sont étendus. Malgré la furie décorative, vertèbres, clavicules,
osselets, rotules, petits délicats bouts d'os, malgré l'ou-
trance ridicule, quelque chose emporte tout, puisqu'une
fois de plus, comme à Dachau, la mort regarde la vie.
J'étais dans cette cave regardé par la mort. Alors, les
ossuaires, ces collections entassées, les os par catégorie,
cette classification esthétique et folle, n'est-ce pas ? dans
le parking payant de Dachau, quand j'hésite à entrer, j'y
pense.

Nous poussons jusqu'à Salzbourg. Il fait beau. Mélange
réussi d'Italie et d'Allemagne. Puis nous remontons vers
le nord, en longeant le Danube. Villes anciennes, villages
cossus et retirés, vides dès huit heures du soir. Nous
dînons dans une grande salle enfumée, bruyante, où des
paysans, des fermiers, des ouvriers agricoles mangent,
jouent aux cartes, parlent fort et boivent de la bière. Ils

se taisent quand nous entrons. Ils nous regardent. Silence hostile. Dès qu'elle parle pour commander à dîner, ils reprennent leurs jeux et leurs occupations. A côté de nous, trois hommes et deux femmes endimanchés, style retour de noces, commandent à boire. Je n'ose pas prendre de photos.

Nous revenons à Munich pour une journée. Le soir, nous dînons avec des gens chics, des intellectuels riches, certains plutôt sympathiques, mais tous dans la tranquille assurance des nantis. On nous pose des questions sur Paris, sur notre travail, sur les endroits que nous visitons. Nous répondons brièvement. Je n'aime pas parler pour rien avec des gens que je ne verrai plus, dont les visages s'effaceront, qui deviendront d'indistinctes silhouettes. Quand nous sortons du restaurant, il pleut. La rue brille. Comme il fait nuit, je ne vois rien de Munich. Ça pourrait être, maintenant, n'importe où. Il n'y a que la pluie, les lumières et les feux qui brillent, le crissement des pneus sur la pluie.

Le lendemain, nous partons de bonne heure, directement pour Travemünde.

L'esprit peut librement bouger dans l'abstrait, comme l'oiseau dans le vide du ciel ; des lignes et des figures se rapprochent, se combinent et s'enchaînent, des formes dégagées de tout sens, comme le devient, à partir d'un certain degré d'observation, le vol de l'oiseau, succession de mouvements apparemment identiques. Alors se produit dans la gratuité des arabesques, l'expression fortuite, instantanée, d'une perte du corps. L'animalité de l'oiseau est

216

la forme de la conscience la plus nette, aussitôt saisie, aussitôt disparue.

Ainsi la transition, hormis le passage brutal de la chaleur au froid et à la pluie, se faisait de l'Italie à la Bavière sans rupture aucune. Il retrouve dans un de ses carnets les phrases de Loyola qu'il a recopiées juste avant son départ de Rome, le dernier jour : des phrases sur l'enfer.

Maintenant, dans le temps suspendu, bleu de la traversée, tandis qu'elle lit à côté de lui, il se souvient avoir écrit ces phrases sur l'enfer, parce que la dernière visite à laquelle il tenait fut celle du cimetière des Capucins où la mort une fois de plus, mais de manière décorative, écoute et observe la vie. De ce cimetière, surveillé par de gros capucins qui font du fric, il est passé à Munich, à l'église de Wies, aux châteaux de Louis II et pour finir à Dachau. Dit comme ça, c'est rapide et trop simple, mais c'était pour lui d'une telle évidence que, tout le temps de son séjour en Bavière, il éprouvait la force destructrice, la dissolution, la folie qui doucement avaient envahi l'Europe, très doucement dans les formes compliquées du plaisir, dans les chantournements et les arabesques chargées, dans les outrances stylistiques. Et puis, maintenant, sur l'immensité bleue de la mer et du ciel qui se noient, se mélangent et s'avalent, il sait la démence du tyran et la folie maniérée de l'artiste, les liens de fascination qu'elles ont entre elles. Dachau et l'église-opéra de Wies, Dachau et Linderhof, Dachau et Neuschwanstein, Dachau et les figures de la mort qu'ils trouvaient sur leur chemin, d'église en église, de château en cimetière, de paysage en paysage, figures ornementales, Dachau, où les corps disparaissaient dans les volutes, les spires et les tourbillons.

217

C'est là-dedans qu'ils allaient, elle et lui. Voilà dans quel labyrinthe ils cherchaient leur chemin.

Quand ils arrivent au mémorial du camp, il gare la voiture. Un homme coiffé d'une casquette s'avance vers eux et détache un ticket de son carnet. Elle dit :

— Le parking de Dachau est payant.

— Comme presque partout où nous visitons quelque chose.

— J'ai honte à cause de ces détails, je n'ai pas honte à cause de ces restes, de Dachau et du reste, parce que ce n'est pas moi, je n'ai rien à voir avec ça, mais j'ai honte de ce ticket, de ce type avec sa casquette.

Ils descendent de voiture. Il reste de son côté sans bouger.

— Eh bien, dit-elle, allons-y.

— Je ne sais pas. Je redoute d'entrer là-dedans.

Ils ont leurs habitudes sur le bateau. Ils se sont installés près du bar. Il y a des tables et des fauteuils agréables. Ils boivent des cocktails, du café, de la bière, pendant la traversée. Ils ont sept heures vides devant eux. Elle lit. Il noircit les pages d'un carnet.

Rococo à plus soif : dilution de l'angoisse dans le plaisir, fesses, sourires, postures maniérées, joues roses, mimiques, respiration, poitrines soulevées, cris, bouches ouvertes sur des cris, sur des extases. Le désir est emporté dans l'accumulation des ors et des stucs, servant à camoufler la peur ou à la conjurer, exactement comme à Rome dans les caves des Capucins, où la mort devient elle-même — guirlandes de vertèbres, faisceaux de cubitus, alignements de fémurs et de clavicules — quelque chose qui veut masquer la mort, une représentation folle de plaisir et de peur : joues fessues, cambrures, galbes des croupes, des mollets, des bras, sensualité violente des corps, des seins et des ventres, drapés mouvementés et soufflés, emportements décoratifs, précision. Il restait immobile sous ces avalanches suspendues, comme écœuré et pas dupe du tout, à cause de l'insistante et puante sueur de la folie. L'inquiétude se renforçait, quoi qu'il fît, quoi qu'elle dît, elle aussi les yeux levés vers ces grappes de nuées, de formes humaines et végétales.

A force d'avoir voulu tout nier follement pour les raisons de l'illusion construite, à force de folie pour empoisonner la réalité et semer le doute, par des formes surchargées, des trompe-l'œil, les fausses perspectives et les labyrinthes, à force d'avoir voulu que les fictions envahissent la vie, un jour le regard halluciné de l'artiste a rencontré la fixité terrifiante de celui du tyran. D'une démence à l'autre, le jeu s'est fait plus fort, le jeu s'est aggravé.

Il pleuvait sur le Chiemsee, ils restaient de longs moments assis à la terrasse de leur chambre. Elle lisait, lui essayait de saisir le gris de cette eau, les gris et les noirs de la montagne en face, de l'autre côté du lac, le blanc des neiges pas encore disparues sur les sommets, il dessinait, prenait des photos, *il suivait dans un viseur le vol d'une mouette — il s'étonnait de nouveau de trouver si loin dans les terres des oiseaux qui viennent de la mer* — et le temps passait, tandis qu'entre eux s'installait, comme arrêté, un temps silencieux, un calme absolu, une sorte de respiration lente. Il s'étonnait de la tranquillité qu'elle avait pour rester si longtemps dans la lecture d'un livre. Lui, le temps d'un croquis, demeurait sur sa feuille, ensuite il se levait, allumait une cigarette, prenait un appareil et cherchait à cadrer ce silence, ces temps morts.

Il allait et venait sur la terrasse, il rentrait dans la chambre, feuilletait un guide de voyage, ou bien notait des phrases dans un cahier. Au bout d'un moment, il ressortait et regardait le lac devenir plus gris, plus sombre, plus brumeux parce que le vent se levait et blanchissait les crêtes de vagues courtes.

Il éprouvait pendant ces quelques jours le sentiment de ne rien pouvoir contre la folie, si profondément là tout le temps, que plus rien n'avait le moindre sens, que le monde semblait avoir perdu ses assises, sans doute parce que les signes étaient, ici, tous rassemblés.

Peut-être, à ce moment-là, se rendit-il compte que les paysages qu'ils traversaient étaient empoisonnés, partout en Europe. Le fumet de l'infamie dans les raffinements d'esthète, du pouvoir fou, de la folie. Il se souvient de paysages étincelants, voilés de brume, d'immenses vergers, du tremblement clair des peupliers au bord du Pô, dans la fournaise de l'été. Même là-bas, cet empoisonnement.

Une fois de plus, sur le bateau qui s'éloigne, ils se détachent lentement du vieux cadavre, comme si le bleu de la mer et du ciel, comme si le vol des mouettes et des goélands, la promesse d'espaces déserts avaient vertu de les laisser, momentanément reposés, à l'oubli.

Travemünde 5

Cette année, le voyage commence très précisément pour moi dans une promenade que nous avons faite, un dimanche matin gris, au Père-Lachaise, cet écroulement de tombes, cette nécropole avec ses ruelles, ses avenues et ses rues, cet entassement de cadavres et d'os, ce silence, cette ville avec son mur qui la sépare des vivants, avec ses arbres et ses oiseaux, cette cité dans la ville comme définitivement séparée, au point que n'y parviennent plus les bruits des moteurs, le chuintement des voitures.

Quand nous allons dans le labyrinthe des tombes, avec pour seul repère les dates incisées dans les pierres et les noms parfois célèbres des morts, nous subissons l'accumulation, la proximité des caveaux, des bustes et des statues, le hérissement des croix. Un oiseau semble nous suivre. Alors, elle m'apparaît rêveuse, lasse, abandonnée. Ici, chaque ouverture est menace et noire. Il y a des caveaux abandonnés, portes ouvertes, hors de leurs gonds. A l'intérieur restent des vases, des débris de croix, des statues religieuses décapitées, salies par la poussière, des pots de fleurs ébréchés, des perles de couronnes, des lettres dorées, des morceaux de noms épars. Parfois les pierres sont rongées et disjointes, parfois c'est le caveau entier qui s'est écroulé, parce que le sol bouge, creusé de partout, bourré de cadavres et d'ossements. Nous venons volontiers marcher là, errer pendant des heures.

Et le voyage commence. Elle, dans cette ville définitivement séparée de l'autre ville, m'apparaît rêveuse et comme abandonnée à l'emportement tranquille du temps. Et même si sa main éprouve la rugosité du temps sur les lèvres d'une femme de pierre, tout à coup elle est ailleurs, elle est partie. Moi, je ne peux que constater l'espace de cet instant.

Nous partons, nous quittons, manière de cavale, chacun comme nous l'entendons. C'est bien d'imaginer le départ et, dès le départ, les espaces, l'ouverture immense des paysages, ça fait du bien. Elle sans doute imagine un embarquement, elle voit devant elle, malgré la vitesse, la houle et la haute mer qu'elle gagne lentement, dans le silence.

Plus loin, il y a le buste d'un homme autrefois peintre, sur lequel a dégouliné la pluie chargée de crasse et de suie, de part et d'autre du visage, sur les cheveux et les favoris, au bord des joues, épousant les contours des maxillaires. Par contraste, le visage est d'une blancheur violente, trouée du noir absolu de l'iris d'un œil, tandis que l'autre est ombré par une sorte de lèpre grise. Des narines ont coulé de sombres morves qui ont laissé des traces. Je suis, dans les broussailles, fasciné par ce visage, près d'une tombe, et je reste longtemps à le regarder, tandis qu'elle est partie plus loin dans le labyrinthe : je l'aperçois — il y a de la lumière dans ses cheveux — elle passe entre les tombes. Je l'appelle.

Gotland est une île de fossiles, de vieux tombeaux, peuplée d'oiseaux, c'est une terre de la mémoire sédimentée, avec très tôt des envols et des cris.

Elle me demande :

— Est-ce que tu te souviens de cet oiseau mort que nous avions trouvé sur une plage ? Je n'ai jamais rien vu d'aussi neutre, et les oiseaux en vie, c'est la même chose, ils sont là, ils ne sont plus là. Ils voyagent, ils disparaissent, écrasés contre une falaise, échoués sur une grève et bouffés par les vers.

J'acquiesce, oui, je me souviens, sans rien dire.

Il y avait des brins d'herbe rêche poussés à travers le gravier et les minuscules coquillages, tous troués par les becs. Il y en a tant par endroits que les pieds s'y enfoncent. Ça fait un crissement désagréable de coquilles brisées. Et il y avait l'oiseau mort, un goéland blanc, une aile brisée, déjà les os à nu et blancs, aussi brillants que les coquillages autour, le ventre ouvert au milieu des plumes, avec du sang noir et des muscles séchés, des parties décomposées grouillant de vers minuscules. Dans le soleil, le cadavre m'arrête. Je m'accroupis et je regarde. Le bec est ouvert, je vois la langue encore rouge. Les vers s'activent à bouffer de la mort, à faire place nette. On rencontre aussi des ossements de mouton presque complets sur la lande.

Puis je me souviens d'elle dans un minuscule port de pêche, perdu, à l'écart du village de plusieurs kilomètres. D'elle, parce que je sais avoir souvent envie de faire l'amour dans ces lieux. J'imagine que nous nous cachons entre deux caveaux, ou bien que nous y entrons. Son visage, inaccessible et présent, s'est abîmé dans un rêve que je sens d'une inconsolable nostalgie. Dans ce lieu que la paix submerge, elle rêve d'une immensité, immense elle-même, regardant devant elle son propre espace, s'y perdant et rêvant. Derrière elle, je me souviens, une mouette, un mètre au-dessus de la digue du port, se laisse porter par le vent, elle joue à rester immobile, puis elle se laisse emporter presque à la verticale jusqu'au-dessus du port, devant elle qui regarde, entre les proues de deux bateaux qui se font face. Plus loin, après le gris d'une anse de la mer, les arbres sont noyés dans la brume. Immobilité. Rester ici, planer. La liberté de l'oiseau.

Puis nous nous arrêtons devant une statue de femme sur le fronton d'une tombe. Elle est élancée, on voit son corps sous un voile, ses seins, les renflements du ventre et du sexe, la rondeur des cuisses. Un index devant sa bouche signifie qu'on doit se taire. A cet endroit, elle me tend une petite statuette, un ange décapité. Je lui dis : « Prenons-le. Mets-le dans ton sac. » Sur les tombes modernes sont posées des boules de verre dans lesquelles on voit des fleurs. Alors, j'ai envie de partir, d'aller loin.

Une lande d'herbe rase et sèche où sont posés des cailloux ronds de granit s'ouvre comme un immense enclos où pourrait se jouer quelque chose de rituel, avec au centre le tombeau, amas de pierres rondes sur sept mètres de haut. On y sent le temps passer. Le vent y est comme une fièvre. Quarante-sept mètres de diamètre, tombe jamais fouillée à cause d'un regard qui surveille le lieu. Dès qu'est venue l'envie du voyage, tout se construit autrement. Il n'y a rien d'autre à savoir que la simultanéité de moments et de lieux différents.

Un goéland que nous dérangeons vient criailler au-dessus de nos têtes. Il est venu à tire-d'aile, maintenant il tourne autour de nous. Nous le faisons chier. Je distingue plu-

226

sieurs jets de fiente, tels des crachats brillants dans le ciel. *Le danger et la colère.* En retour je crie, la tête levée vers lui, apercevant parfaitement son gosier, dans le bec ouvert, rouge vif comme une blessure fraîche. L'oiseau lance ses cris, il tourne au-dessus de nous en cercles aisés, il nage, il vole. Et quand il m'entend crier, il se tait, puis reprend plus faiblement, et je crie encore, et il se tait.

Je dis :

— Je t'en bouche un coin, hein !

— T'es vraiment un peu dingue ! me crie-t-elle.

Je ris. La blessure rouge vif dans le bec, sur le bleu pur du ciel. Seulement ça.

Nous marchons sous les arbres du Père-Lachaise, nous allons dans le dédale des tombes à la découverte des figurations insolites de la douleur et du deuil, différentes selon les pays et les religions et selon que les familles ont de l'argent ou pas.

Au cimetière de Vérone, en plein mois d'août, il y a d'abord ce mur couvert de plaques de marbre, puis les statues et les tombes extravagantes, puis au fur et à mesure que nous avançons dans la chaleur écrasante, vers le fond du cimetière, se dressent les édicules modernes, glaces et aluminium, escalier intérieur et chambre haute où se trouvent le cercueil et un ou deux prie-dieu pour le recueillement, puis, tout à fait au fond, contre le mur d'enceinte, que de la terre, sans fleurs, sans décoration, sans statues, une terre jaune, sèche, bosselée régulièrement et, derrière chaque bosse, une croix blanche et un écriteau de bois, peints en blanc, un nom écrit maladroitement à la peinture noire, avec des dates. Revenant sur nos pas, nous nous arrêtons à l'ombre d'un cyprès. A un robinet d'eau, je m'inonde le visage et les bras. J'ai de nouveau envie de partir. « Partons ! viens, allons-nous-en ! », lui dis-je, de manière pressante. Me prend de nouveau un puissant désir de baiser que je réfrène sans trop de frustration. Elle me sourit. Je la caresse sous sa chemise.

Les cimetières rendent rêveurs. Un soir, tandis que nous roulons dans les derniers ors du jour, revenant du nord de Gotland, elle me dit :

— A voyager toujours dans les mêmes endroits, mis à part le plaisir de chaque fois les reconnaître, nous nous sentons vieillir, parce que les choses ne bougent pas.

Au Père-Lachaise, c'est un calme gris, pesant. D'un endroit élevé du cimetière, nous nous arrêtons pour regarder dans les arbres sombres la dégringolade désordonnée des tombes, des angles gris, moussus, noirs qu'elles font. Le silence monte jusqu'à nous, celui de la ville et du cimetière ensemble.

Je lui demande :

— Est-ce que tu te souviens de ce type avec qui nous étions ici, une fois ? Il était fou de Napoléon et prenait en photo les mausolées, les tombes, les caveaux des notables de l'Empire.

— Il nous avait fait chercher pendant une heure la tombe d'un maréchal. J'en avais marre.

Nous sommes deux à nous souvenir de nos passages. Pour moi s'établissent des cartes particulières, différentes. Il y a l'Europe des cimetières, la carte des longues trajectoires que dessinent les autoroutes et les nœuds d'échangeurs, la carte des lieux d'un certain nombre de nos accouplements, la carte des ruines, il y a l'Europe des paysages désolés et silencieux, il y a ces voyages qui semblent dessiner uniquement la carte des images et des représentations qui nous sont données depuis très longtemps de la femme, auxquelles s'ajoutent mes rêveries et mes fantasmes. Ce sont des moyens de repérage, mais il arrive que les cartes se superposent et se combinent entre elles. Alors le livre devient impossible, parce qu'il y a aussi l'Europe des meurtres, l'Europe politique, l'Europe coupée, maintenant si présente en moi comme une calamité, l'Europe dure, l'Europe morte. *Reste alors ce qui échappe au repérage : l'ignorance libre de l'oiseau, cet autre silence d'existences immergées dans le flux de la vie et de la mort, sans rien en savoir. Etat enviable, état d'insondable bêtise, mécanique complexe et parfaitement neutre. Seulement la transmission d'une vieille mémoire, par exemple celle des lieux où ils trouveront de la nourriture, bien abrités du vent, où ils seront tranquilles avant de repartir. Par exemple encore le juste moment du départ, le jour exact du retour.*

A Gotland, nous surprenons, un soir, un troupeau d'oies qui viennent par trois ou quatre se poser sur un pré protégé de la mer par un rideau d'arbres. Elles se posent dans le champ orienté vers l'ouest, elles profitent de la dernière chaleur du soleil. Au bout d'un moment, elles plongent leur tête sous l'aile, elles s'endorment et ne forment plus que des rondeurs grises et brillantes dans l'herbe. Nous deux sommes accroupis derrière un mur de pierre et les observons sans nous lasser dans nos jumelles. J'en compte près de quatre-vingts. Quelques individus attardés arrivent encore. Ils se tiennent quelques instants, le cou dressé et la tête tendue vers le soleil. L'ombre gagne sur les arbres et le champ. Le ciel s'assombrit. Je commence à avoir froid. Nous rentrons.

Je m'étonne toujours de notre application fascinée, de

notre avidité, quand nous restons de longs moments, cachés, immobiles, en train d'épier les oiseaux. Je m'étonne de notre attente, de notre espoir confus.

— Comme si nous allions découvrir un secret.

— Mais quel secret ? demande-t-elle.

— Une indication...

— Quelque chose de sacré ?

— Certainement pas. Une densité du silence, des envols. Quelque chose qui suscite l'écriture, comme le voyage.

— Quelque chose d'inconnu ?

— Si tu veux, mais rien là-dedans de sacré ou de divin.

Il y a donc le Père-Lachaise, il y a le cimetière de Venise, l'île des morts, il y a le cimetière de Salzbourg : sur les tombes des constructions de fer forgé. Les bâtiments creusés dans le rocher abritent d'autres tombes et des effigies baroques de la mort. Au-dessus de nous la falaise verticale et noire, à contre-jour. Il y a le cimetière de Kreuzberg, touffu, dans la brume, plein de tombes noires et délitées, il y a le cimetière des Anglais, à Rome, et les ossuaires et les macchabées conservés, il y a Dachau sur notre route, les cimetières militaires en Champagne, quand je fonce en voiture sur d'étroites routes qui me conduisent vers les Ardennes, il y a les tumulus et les tombes en forme de navires de Gotland, vestiges de l'âge de bronze, il y a les minuscules enclos entourés de murs cimentés des villages perdus, il y a les cimetières italiens et la majesté classique de celui de Forcalquier où je me promène après une longue averse de neige qui fait, sous le soleil, la mort lumineuse. La mort attirante. Il y a les cimetières de la banlieue parisienne, accolés à des usines désaffectées, et le cimetière de Rocheforten-Yvelines d'où repart une amie, le sac plein d'objets décoratifs, il y a les pelouses des cimetières de Suède et de Gotland, si calmes, si retirés, si ombragés, souvent autour de l'église : seulement des plaques dressées dans la terre, pour signaler la tombe. Quelque chose pèse pendant le voyage, la voiture file sur une route droite, au sommet d'une digue, le long de la mer du Nord, en Allemagne. Il fait beau, la mer s'est retirée et brille au loin. Devant nous, la ligne droite et blanche de la route s'enfonce dans le ciel. Le vent s'engouffre dans la voiture parce que nous roulons toutes fenêtres ouvertes.

Les cimetières rendent rêveurs. Nous sortons du cimetière du Père-Lachaise. Nous décidons de partir dans dix jours.

Je recopie dans un carnet plusieurs phrases. Celle-ci de Chateaubriand : « *Comme aux oiseaux voyageurs, il me prend au mois d'octobre une inquiétude qui m'obligerait à changer de climat, si j'avais encore la puissance des ailes et la légèreté des heures : les nuages qui volent à travers le ciel me donnent envie de fuir.* »

Puis celle-ci de Char : « Mais qui rétablira autour de nous cette immensité, cette densité réellement faites pour nous, et qui, de toutes parts, non divinement nous baignaient ? »

Et ce texte étonnant : « Whoever the author may have been, he had succeeded in creating a marvellous work, unique in its kind which attracts numberless visitors without in any way taking from the religious character of the cemetery. The little crosses that mark the resting places of the dead and the mummified remains, in a standing or a recumbent position, remind the visitors of the drama of life which ends in death ; while the fantastic designs worked out in human bones on the walls of the arches, invite to prayer and meditation. » Cimetière des Capucins, Rome. Version anglaise du dépliant touristique.

Nous nous promenons en plein été dans le cimetière de Mazan, au-dessus de la plaine, en Provence. Une poule blanche picore entre les tombes. Le bruit des cigales. Des chats s'étirent, dorment, rôdent, et nous les voyons traverser les allées. Puis nous partons. Sur la nationale, nous tournons à gauche dans un chemin qui part entre les champs vers d'autres champs, avec des haies qui protègent du vent, et quelques arbres. Nous nous arrêtons. C'est le début de l'après-midi. Nous marchons. Nous nous asseyons au soleil contre une haie, près d'un cerisier. Nous buvons du vin. Le soleil et le vin nous échauffent. Elle se lève, va cueillir des cerises, commence à grimper dans l'arbre. Je la rejoins. Je la tiens par les fesses, sous la jupe ample, et je la soulève.

Plus tard, façon de conjurer les sarcophages, l'ombre et la mort du cimetière sous les arbres obscurs, plus tard après avoir cueilli des cerises, ils se lèchent, s'épluchent, se caressent, s'embrassent et se donnent du plaisir sauvagement et baisent, culs au soleil. Comme s'ils étaient soumis à l'espace, au vent, à la chaleur. Et lui, qui pense que jamais un homme et une femme ne seront nus comme l'est une bête, retrouve une nudité animale, terrible, muette, sans parole. Fleur de chair, fleur vivante, blanche, nacrée, sous la lumière trop forte, fleur qui respire et qui s'ouvre. Quelque chose comme un instant, une vue, cette nudité rare et fugitive, une trace ailée, insupportable et submergeante, qu'il cherche et guette. Quelque chose qu'il traque comme il peut dans l'emportement du voyage ou le transport de l'écriture.

Un soir, au Tivoli de Copenhague, ils s'arrêtent à côté de deux types, style voyage d'affaires, en costume gris, chemise blanche et cravate sombre. Ils sont, plutôt joufflus et tristes, plutôt gras, debout devant un stand où l'on casse de la vaisselle moyennant quelques pièces avec des projectiles remplis de sable dense. Les deux types s'excitent et démolissent les piles d'assiettes avec de plus en plus de plaisir et de méchanceté, avec de plus en plus de rictus, de grimaces, d'efforts et de gesticulations. Doucement on voit monter la haine. Les assiettes volent en éclats blancs. Arrêtés, ils les regardent, un peu stupéfaits. Lui, fixe le mouvement : l'homme est arrêté, en déséquilibre, penché en avant, le bras gauche tendu devant lui, le droit terminé par la main ouverte au-dessus de la tête, au moment où elle lâche le projectile. Le type grimace, la bouche s'étire autour des dents. Une mèche tombe sur le front. Le costume est tendu à craquer aux épaules et au ventre. Le visage a des reflets verts à cause des lumières. La foule est bruyante, rigolarde, circule dans les allées en bouffant des gâteaux entourés de papier taché de graisse. Ils ne restent pas longtemps dans cet endroit.

Ils existent, les lieux de notre nudité, et c'est vers eux que je roule vite, dans ma hâte : le causse de Sauveterre, certaines gorges perdues de Lozère, l'Aubrac, certains endroits du Lubéron, les marais et les dunes de l'île de Ré, la baie de la Somme, peut-être aussi les premiers contreforts des Ardennes, après Reims, ces lieux de l'immensité, et l'étendue mouvante comme la mer de la Beauce. Et en Allemagne, la région des landes et des tourbières marécageuses au sud-ouest de Hambourg, la Lüneburger Heide à l'est, l'Elbe et ses berges encore plus à l'est, les forêts profondes. Maintenant, je suis à la

233

recherche de ces endroits. C'est vers eux que nous nous précipitons, comme s'ils étaient autant d'annonces du silence et de l'immensité de Gotland. Farö est une île au nord de l'île, on y arrive de Gotland par un bac. Là se trouve une côte extraordinaire. Quand nous sommes à Farö, l'endroit nous attire comme la lumière les insectes. Et nous y revenons chaque fois, fascinés et brûlés. C'est un espace immense et blanc, abstrait, une sorte d'incandescente géométrie, de cailloux éclatés, plats, lisses, au nord de la Baltique : une dizaine de kilomètres d'éblouissante blancheur. La lumière et la réverbération y sont si fortes qu'il faut obturer les boîtiers photographiques de sparadrap. Nous y avons toujours marché sous le soleil, mais ce doit être un paysage plus terrible encore dans la tempête et sous un ciel bas. Il y a là quelque chose, des formes, une force qui imposent de n'y être qu'avec son corps. Il y a là, brutalement, un espace qui exige la seule présence du corps debout, qui nécessite une tension, un effort, une volonté du regard. C'est un lieu désert, impossible à habiter. On y deviendrait fou.

Seulement la blancheur, au petit port de pêche qui marque le début de la côte, seulement cela dans le cadre noir du pare-brise de la voiture : la tranche étincelante, immaculée, horizontale des cailloux plats, polis, une poussière blanche, puis la tranche d'un insoutenable bleu, presque noir, de la mer, rehaussé parfois d'un éclair, d'un trait de lumière ou d'une multitude de scintillements aussitôt disparus, puis la plage du ciel, vert turquoise, pâle, blanc et bleu si pâle, si profond. Seulement cette superposition et parfois un goéland, juste au-dessus de la ligne blanche de la terre, qui glisse et disparaît dans le bleu. J'arrête la voiture, nous allons à pied jusqu'au bord de la falaise. L'érosion a laissé des colonnes grêles, droites ou tordues, d'immenses statues aux formes baroques, certaines organisant entre elles un espace dramatique, imposant une marche cahotique à cause des pierres ici plus coupantes, pas encore lissées par la mer. Nous marchons entre des flaques d'eau tiédie par le soleil. Nous allons jusqu'à un massif où les pierres larges et grises semblent plus douces et plus arrondies. Nous restons nus pendant des heures. Dans la mer, au bout des rochers, cinq ou six eiders se laissent dériver, s'amusent, plongent, se nettoient, se dressent au-dessus de l'eau en battant des ailes. Elle se lève, va se baigner. Les eiders prennent leurs distances. Elle se glisse dans l'eau, s'éloigne. L'existence se réduit à la seule perception des cristaux, des scintillements, des reflets qui se déplacent et font vivre et bouger la lumière. Une perception tranquille et simple. Nous deux limités, ici, à nos seuls corps, dans le vide d'une innocence animale, dans les scintillements. Une parfaite immobilité.

Nous sommes à Anvers. Bien sûr, il y a le bistrot plutôt crasseux où les gens nous servent gentiment parce que, disent-ils, à notre accent, ils savent que nous sommes français et non wallons. Ils ajoutent qu'ils refusent de servir des Belges francophones. Bien sûr, il y a ce clochard qui s'assied à notre table et qui commence une conversation avec nous et qui voudrait échanger des pièces françaises contre celles qu'il nous tend. Et puis je vois à ses yeux, à ses mimiques, qu'il raconte des obscénités, et puis nous finissons, tous les deux, par comprendre ce qu'il dit. Elle écarte sa chaise de la sienne, elle me regarde, j'espère que le clochard va s'arrêter, mais il continue, et je finis par lui dire, moitié anglais, moitié

235

français, et je lui montre par des gestes, qu'il doit partir, et je le tiens par le revers de sa veste sale. Il a peur, il essaie de m'effrayer, de hausser le ton, et je lui dis de nouveau de nous laisser, de déguerpir, le tenant fermement, au-dessus de la table, par le revers de sa veste. Il se lève, le garçon vient vers nous, l'engueule et l'oblige à quitter le bar.

Dans l'insupportable lumière de la côte, dans cet endroit lointain, détaché, dans cette obsession blanche, nous sommes nus. Je me souviens de notre visite dans la maison d'une famille d'imprimeurs et de libraires, obscure et pesante maison, tranquille, une sorte de palais du livre où les gens d'une famille travaillaient, dessinaient les caractères, les fondaient, préparaient le papier, imprimaient, reliaient, où des petites salles servaient à recevoir le lecteur, un labyrinthe autour d'une cour, pour lui montrer comment ils créaient cet art particulier des lettres bellement dessinées, cet espace harmonieux des lettres sur la feuille.

J'accueille, mains formant ouverture profonde sur le ventre, le monde et les représentations que j'en ai, et tout passe sans que rien ne puisse s'arrêter. Je suis dans une immobilité parfaite du corps, le lieu d'un passage. Je me branche sur les séquences continuelles, automatiques du monde que j'accepte riche absurde fou dément violent peuplé désert triste calme ou accidenté bestial froid motorisé ou pure abstraction, j'accepte que tout vienne et passe. Il n'y a rien d'autre à faire que de saisir le vol d'un goéland éclatant de lumière dans le sombre azur et de le suivre du regard le plus longtemps possible.

Musée d'Anvers, Adam et Eve. Seize grosses pommes dans l'arbre et le serpent goguenard. Les deux sexes sont cachés sous des feuilles. Les corps sont magnifiques et calmes, ils dansent et dessinent la figure compliquée d'un couple. Elle offre la pomme posée dans sa main droite, et lui pose sa main gauche sur l'offrande qu'elle fait. Ils sont sur le noir du tableau craquelé un idéogramme vivant. Revenant de Berlin-Est, il me semble que seules étaient vivantes et chaudes les statues grecques, les têtes, les torses et les poitrines du Pergamon Museum. Il y a la statue de la princesse Nikeso, la déesse à la pomme de grenade, déesse de Berlin, il y a encore une jeune fille jouant au jeu des os. Les sourires absents des visages de femmes représentées, parfois le sourire absent de la femme qui voyage avec moi.

Il y a les façades grises, jaune pâle, beiges des immeubles reconstruits, les petites fenêtres presque carrées, sans volets, parfaitement alignées, les toits d'ardoise industrielle, les angles vifs, la tristesse. J'ai peur quelquefois de ne pas repasser par certaines villes, de ne plus revenir vers certains paysages et certains lieux intimes. De voyage en voyage, d'une migration à l'autre, j'ai peur que le voyage cesse.

Voici précisément datées quelques haltes de notre dernier voyage.

Samedi 11, Paris-Haan. Nous arrivons chez une amie, professeur de français et d'histoire. Nous passons la soirée chez elle. Il fait beau et chaud. Le ciel se couvre en fin d'après-midi. Nous faisons une promenade. Sur le chemin du retour, au sortir d'un bois, nous passons à côté d'un immeuble habité par des familles immigrées. Les femmes sont aux balcons. Les hommes ont grimpé sur un échafaudage. Le soir, nous buvons du champagne sur une ter-

237

rasse. Nous surplombons une cour cimentée, limitée par un mur blanc sans fenêtres. Nous parlons du sarcasme. Je rappelle l'étymologie du mot. La nuit, la fenêtre de la terrasse reste ouverte. Je la caresse avant que nous nous endormions.

Dimanche 12, Haan-Paderborn. En Westphalie, nous passons la journée avec sa nièce et une de ses amies, pensionnaires dans une école privée. Elles sont heureuses de sortir. Tout ce qui n'est pas l'école, tout ce qui est dehors est beau. Nous les emmenons au restaurant, elles mangent d'énormes glaces sur lesquelles sont plantées des ombrelles chinoises. Puis nous allons voir les avions de tourisme atterrir et s'envoler. Des gros paquets de nuages assombrissent le ciel, puis le soleil revient. Temps d'éclaircies. Nous nous promenons dans la campagne, champs, chemins blancs, blés, arbres et le début de la forêt. Les petites filles font la roue sur leurs mains, elles chantent et crient. Plus tard, nous nous promenons au bord d'une rivière, dans les herbes hautes. Nous sommes couchés dans l'herbe. C'est la fin de l'après-midi. Le soleil est chaud et le ciel est de nouveau dégagé. Nous les ramenons à l'école. Tristesse du retour dans la voiture. Le soir, à l'hôtel, j'écris quelques notes et je feuillette un catalogue sur des photos de Jacques Prévert. Il me tarde de partir d'ici. Je pense à la terreur et à l'isolement d'une petite fille dans une école perdue dans les bois.

Lundi 13, Paderborn-Göttingen, plus exactement un petit village huit kilomètres avant. Le matin, nous traversons une grande forêt. Nous longeons la Weser. Les villages sont anciens, les maisons sont à colombages. Nous

238

visitons l'abbaye bénédictine de Corvey. Il ne reste que l'imposant massif carolingien, à l'ouest, comme le haut rempart qui repousse les forces de la nuit. Nous nous arrêtons au bord de la rivière. Vers cinq heures. L'eau coule au ras de l'herbe. Le temps est sombre. Cachés derrière un léger talus, nous roulons l'un sur l'autre, nous nous embrassons. Il y a près de nous un pommier rabougri. Je passe la main dans son pantalon. Elle rit. Elle joue à s'éloigner et à revenir. Soudain le bruit rapide, la scansion forte, le halètement précipité d'un couple de cygnes à quelques mètres au-dessus de nous, qui suivent la Weser. Et comme il fait sombre, ils éclatent de blancheur, formes parfaites et tendues. Leur vol est si vif, si surprenant qu'il correspond au mouvement de nos têtes, juste le temps de les voir passer et disparaître. Ciel d'orage menaçant. Nous repartons avec les premières gouttes de pluie. Nous nous arrêtons dans un petit village, quelques kilomètres avant Göttingen. L'auberge est rustique. La chambre d'un confort sommaire. Nous dînons de bonne heure dans la salle d'auberge où viennent s'installer des paysans massifs et gras. Ils boivent de la bière, ils rient, plaisantent lourdement avec la patronne, ils parlent fort, ils rotent. Il y a chez eux une sorte d'agressivité sourde à notre égard. Ils nous regardent à la dérobée, au début. Ensuite, ils nous oublient. Après dîner, nous nous promenons dans les champs. Nous gagnons un petit bois rectangulaire au milieu des terres cultivées. Puis, nous trouvons des arbres, de légères collines, une allée qui nous mène jusqu'à une prairie longue de trois cents mètres environ, entourée d'arbres hauts. Une grille de fer forgé est ouverte. Maintenant monte l'impalpable brume du soir. Au fond de cet espace absolument tranquille et retiré, se dresse un monument de pierre grise. La grisaille est trouée par une porte ouverte et noire. Ce ne peut être qu'un tombeau. Une dernière immobilité construite expressément dans ce lieu. Attirés, nous marchons jusqu'à la porte. De nouveau la mort impose sa présence, sans aucune grandiloquence, évidente et belle, calme comme le signe d'un détachement extrême. Le vert des arbres et de l'herbe devient gris. Pas un seul cri d'oiseau, pas un seul bruit.

Au retour, nous traversons le village. Nous buvons un schnaps avant de monter dans notre chambre. Il fait encore jour longtemps. Des gens viennent, nous les entendons marcher et parler dans la cour, par la fenêtre ouverte. Je prends une photo d'elle parce que son pull a le même dessin géométrique de losanges que le papier peint. Elle se couche. J'écris quelques notes :

L'Allemagne dans les campagnes me donne souvent l'impression d'un calme engourdissement, d'une violence assoupie, retirée au fond de l'immobilité des choses, dans le silence des rues. C'est parfois une triste torpeur, à cause des maisons massives, de la bêtise neutre des constructions nouvelles.

Mardi 14, Hornburg, le soir. Dans la chambre d'une vieille auberge confortable, je lui dis que je la respire, que je la sens, que je sens la peau de ses cuisses, qu'elle sent bon, c'est une odeur fraîche, très légèrement sucrée, et que je vais la sentir plus bas, elle rit, je la respire et lui dis encore qu'elle sent bon, elle répond en riant qu'elle pue, je lui dis que non, et puis je pense à la femme que j'ai vue par la fenêtre qui donne sur une cour, derrière l'auberge. Il y a dix minutes, elle est venue ouvrir la

240

porte de sa maison, elle était jambes et ventre nus, vêtue d'un court tee-shirt turquoise. Elle a appelé un chien. La porte s'est refermée.

Le village est propre et fleuri. Sur une éminence domine une énorme bâtisse, un ancien château dont nous avons fait le tour. C'est maintenant une ferme. Les gens à l'auberge sont accueillants. Le maire, qui parlait avec des amis, vient nous saluer. Après le dîner, nous prenons la voiture et nous allons vers la frontière, à quatre ou cinq kilomètres du village. C'est un des rares endroits, en pleine campagne, où les gens peuvent passer. Il y a une grande plaque de goudron posée sur les champs, un parking. Au bout de cette étendue vide, deux postes, l'un d'information, l'autre de contrôle. Le jour est gris sur les champs et les arbres. La nuit vient lentement. On voit, là-bas, juste à la limite d'un champ cultivé, les miradors, les grillages, les rouleaux de barbelés et les panneaux qui signalent la coupure.

Une fois de plus, nous sommes ici. Une fois de plus, un épouvantable vide, un silence effrayant, une sorte d'engourdissement sur cet endroit du monde. Quand nous revenons, nous nous arrêtons devant le poste d'information. Dans une vitrine est exposée une maquette précise, pédagogique, qui montre les différentes manières dont on a barré les routes, les voies ferrées, les fleuves et les lacs, qui décrit, à l'échelle de soldats de plomb, les minutieuses fortifications, grillages, miradors, chevaux de frise, rouleaux de barbelés, glacis, champs de mines, fossés profonds, pour interdire le passage de véhicules. Chaque partie de la maquette possède un numéro qui renvoie à un panneau d'explications. Elle est complètement fascinée. Elle reste longtemps, elle lit les paragraphes du panneau, ses yeux vont et viennent du texte à la maquette, de la maquette au panneau.

Nous rentrons. Dans la chambre, je lui dis qu'elle sent bon, une odeur fraîche, très légèrement sucrée. Nous faisons l'amour.

Jeudi 16, Berlin. Ce matin, Dahlem. Le musée. Puis, le Wannsee. Un temps d'éclaircies et d'averses. Des passages de nuages. Puis, l'île aux Paons, un morceau de terre tranquille. Des paons, des oies, des mouettes, des oiseaux en cage. Nous déjeunons au bord du lac. Journée grise, de plus en plus brumeuse et froide, l'après-midi.

Il y a de la tristesse à voyager, à repasser par les mêmes endroits, les mêmes villes, parce que nous restons incapables de saisir quoi que ce soit de l'absurdité du monde qui défile devant nos yeux, qui nous file entre les doigts comme sable fin, qui nous trompe d'illusions et nous submerge.

Elle me dit : « A revenir dans les mêmes endroits, nous nous sentons vieillir. » C'est vrai que j'éprouve une sorte d'usure, de terrible fatigue. Qu'il vient un moment où je déteste ma situation, nos déplacements quotidiens. Je lui dis me souvenir du coup de solitude qui s'abat sur l'auteur de *Tristes Tropiques,* à la fin du voyage. Je l'imagine dans l'épaisseur humide de la forêt, épuisé, vidé par l'innocence qu'il a rencontrée. Il retrouve alors et reconstruit un air de musique, Chopin peut-être, je ne sais plus, il finit par se réciter du Corneille, par remâcher ces mots pour se donner du cœur.

Une fois par jour nous allons vers le Mur, vers ces quartiers vides, cette désolation silencieuse, comme si tout à coup les bruits de la ville étaient engloutis, et quand nous nous retournons, l'avenue, les voitures, les bus et les camions sont lointains, étrangers. Ce lieu vide, cet

242

endroit de la séparation, cet espace neutre, je pense aussi que j'y suis bien, car j'y suis plus libre de pensée, plus mobile.

J'arrête ceci : il vient de pleuvoir, cela fait des reflets, des brillances et des plaques mates, selon le grain des différents rapiéçages de goudron. Ensuite vient l'espace plus clair du trottoir, c'est dans une large rue d'un quartier abandonné. Nous sommes toujours tous les deux. Dans ma vision, sur la droite, traverse en diagonale et nous tournant le dos une femme haute, massive. Elle porte dans la main droite, au bout du bras tendu, un gros sac à main. Elle est voûtée, la tête dans les épaules, penchée en avant. Et puis il y a la violence, le rythme, sur la façade, de huit fenêtres délabrées aux carreaux brisés, d'où sort un noir intense. Au rez-de-chaussée, une porte et trois fenêtres plus petites. Le crépi est clair mais il pourrit entre les fenêtres, gonflé sous des moisissures vertes et grises, tombé par endroits, laissant voir des briques poreuses. Au-dessus, le revêtement jaune est sale, abîmé, fendu, écaillé, taché de larges auréoles sombres, et là-dessus éclatent les figures acérées des vitres cassées, envols d'oiseaux noirs. La femme est de l'autre côté, je remarque son blazer bleu, la jupe grise et ses souliers vernis noirs, attachés par une seule boucle à la cheville.

Vendredi 17, Berlin. Nous prenons le métro pour Berlin-Est. Friedrichstrasse. Les policiers laissent les gens attendre dans la chaleur du sous-sol. Il doit y avoir deux cents personnes. Nous passons les uns après les autres, individuellement, dans d'étroits couloirs où un flic prend les passeports, les regarde, les rend ; nous avançons vers un guichet aveugle, une main prend le passeport. On ne voit pas le visage du policier, caché derrière une toile grise. La main nous tend le document. La deuxième porte du couloir s'ouvre. Nous sommes de l'autre côté. Une femme reprend le passeport, y ajoute un encart qui signale que nous avons payé et que nous avons changé la somme obligatoire de marks de l'Ouest. Nous sommes dans la rue. Il fait beau. Nous nous promenons, nous revenons au Pergamon Museum. Il y a beaucoup de jeunes Russes, tristes, gris, semblant prématurément vieillis. Ils écoutent la visite guidée préenregistrée. On entend des phrases de russe aller et venir, se promener partout dans le musée. Ils ont l'air sérieux et très attentifs. Belle lumière grise sur les statues, dans les hautes et vastes salles.

Dehors, nous marchons sous le portique monumental du théâtre de Schinkel. Elle me dit qu'à la fin de la guerre des SS s'étaient réfugiés dans la salle et qu'ils livrèrent un dernier combat sans merci. Elle ajoute que le théâtre fut incendié à ce moment-là. Derrière le théâtre, d'autres bâtiments en ruine, des statues suspendues dans les airs, des morceaux de voûte, des arbustes, des fenêtres brisées. Je subis de nouveau la même violence.

Tôt dans l'après-midi, j'ai envie de repartir. Nous avons marché longtemps, notre fatigue n'est pas seulement physique. Au retour, nous assistons, comme dans les monarchies désuètes d'Europe, dans ce pays communiste, au cérémonial de la relève de la garde, devant le tombeau du soldat inconnu. Les soldats avancent au pas de l'oie, à la parade, la jambe en extension, levée bien haut. Sur les manches des uniformes, brillent des lettres brodées de fils d'argent : Friedrich Engels.

Absurdité des lettres lues, plaquées sur une réalité qui les contredit. Tout à l'heure, il y avait un panneau :

Monbijouplatz. Et derrière, des immeubles en ruine, criblés de balles, les briques mises à nu comme de la vieille viande brûlée sous la peau craquelée, ouverte, soulevée du crépi. Un homme en tricot de peau était accoudé à une fenêtre. Devant une porte, deux vieilles femmes parlaient.

Au retour, la même comédie bête des policiers. Il y a deux files d'attente, l'une pour les Allemands et les touristes, l'autre pour les travailleurs immigrés qui passent à l'Ouest. Seuls ou en famille, ils attendent. On leur fait ouvrir leurs valises, leurs sacs, leurs cartons. On les oblige à tout déballer. On les fait entrer dans une salle pour passer vêtements et bagages à la radio. Ils ne disent rien. Ils rangent leurs affaires sans regarder personne, sans rien manifester, résignés. Les enfants posent un regard perdu sur les choses et les gens.

Quand j'arrive devant le guichet derrière lequel on ne voit personne, comme je suis l'un des rares à avoir un passeport étranger, j'attends dix minutes. Je demande ce qui se passe. Je me mets en colère. Elle, derrière moi, me dit de me taire. Le flic en faction, à côté du guichet, me dit que la machine est en panne. Je vois les yeux du douanier dépasser un instant au-dessus du rideau gris. Elle me dit :

— Il n'y a rien à faire. Il faut attendre.

Samedi 18, Berlin. A la porte de l'hôtel, elle me demande :

— Où allons-nous ?

— J'aimerais revoir le musée égyptien.

— Néfertiti ?

— Non, mais dans une salle voisine une tête de femme, en granit rose.

— Je ne me souviens pas.

— Nous n'avions pas dû en parler. Tu as remarqué comme on peut se souvenir précisément de certaines formes ?

— C'est vrai, mais nous deux, jamais des mêmes choses. La dernière fois, quand j'étais seule, ici, j'étais allée voir *l'Homme devant la mer* au château de Charlottenburg. Il m'a fallu cette fois-là pour me rappeler définitivement qu'il y a des mouettes emportées par le vent, d'un blanc si fort, détachées sur le ciel noir.

Néfertiti ne m'intéresse pas. Cependant, je me laisse un peu troubler à cause du regard, aveugle et blanc d'un côté, de l'autre sourdement brillant à cause de la pierre ternie.

Je retrouve l'autre visage de granit rose : un magnifique visage de femme, plein, radieux, avec le bel ourlet des lèvres closes, mais qui vont s'ouvrir pour parler, pour soupirer, pour chantonner, pour baiser. La douceur de la peau sur le grain très fin du granit, une tendresse de femme heureuse dans la pierre. Tout le désir d'un homme pour celle qu'il admire, qu'il éternise, qu'il sacre, avec laquelle il jouit dans la sérénité des gestes, tout le désir dans une pierre qui prend forme, qui continue de prendre forme en un visage de femme.

Cette fois-ci, une autre tête m'arrête, en bois ou en cuivre, mais recouverte d'une sorte de peau noire : féminité dévorante, gloutonne, impérieuse, en même temps la dureté coupante d'un faciès de travesti. Une reine.

L'après-midi, je reste seul dans notre chambre d'hôtel. Elle est allée voir une vieille dame qu'elle connaît depuis longtemps. La chambre est grande. Il y a trois fauteuils profonds devant la large fenêtre. Il pleut, il fait doux.

La lumière est grise et claire. Je regarde dans la cour. Les immeubles sont construits comme des U accolés par leurs ouvertures, formant ainsi ces cours larges et profondes où les bruits n'arrivent plus. Tel est le calme de cet après-midi, à Berlin. J'aime, dans une ville étrangère, rester enfermé dans une chambre. Sur le faîte du toit, en face de moi, deux pigeons se font la cour et se tiennent par le bec. Le mâle monte plusieurs fois sur le dos de la femelle. Il bat des ailes pour maintenir son équilibre. Pas un bruit, que celui de la pluie qui tombe doucement et qui s'écoule d'une gouttière dans une flaque.

Dimanche 19, Berlin-Lachendorf (petit village à dix kilomètres de Celle). Quitter Berlin. J'y pense comme à une île, et, malgré le malheur, demeure le souvenir de quartiers attachants, des terrasses, ce dimanche matin, où les gens prennent leur petit déjeuner. Le souvenir des vieux de Berlin, qui marchent seuls et qui semblent regarder loin devant eux. Quitter Berlin avec un peu de douleur.

Juste après la frontière, au bout de l'autoroute qu'il est interdit de quitter, nous nous arrêtons à Königslutter. Belle abbaye, tranquille, déserte. Nous y sommes vers une heure de l'après-midi. Visite de l'église. En poussant une porte, nous entrons dans le cloître obscur et mystérieux, donnant sur le jardin d'un béguinage. Des pierres tombales sont dressées contre les murs du cloître : portraits en pied, bas-reliefs rustiques et maladroits d'hommes massifs des xve et xvie siècles. Soudain, une porte s'ouvre à la volée. Une jeune nonne échevelée, mi-amusée, mi-apeurée, surgit en courant, sa longue jupe relevée sur les cuisses. Elle disparaît derrière les arbustes du jardin. Elle ne nous a pas vus.

Lachendorf. Nous nous arrêtons devant l'auberge du village. Les maisons sont décorées. Elle descend de voiture et se dirige vers la porte. Deux hommes ivres, mal assurés sur leurs jambes, sortent à ce moment-là et se dirigent vers elle. Ils sont vêtus du costume traditionnel des chasseurs. Elle demande s'il y a des chambres libres. Ils éclatent de rire et lui répondent de manière obscène, elle recule, s'écarte d'eux de quelques pas. Le patron et la patronne de l'auberge viennent à son secours. Je suis descendu de voiture. Ils nous expliquent que c'était aujourd'hui la fête des chasseurs, à Celle. Que tout le monde a bien bu, qu'en effet nous pouvons dormir ici, mais que nous ne pourrons pas dîner, parce que c'est le jour de fermeture de l'auberge. Le patron s'approche de moi et me dit en français, après avoir regardé la voiture :

— Des Parisiens ! C'est très rare d'en rencontrer ici.

Je lui dis que nous aimons voyager par de petites routes, puis je lui demande où il a appris à si bien parler le français. Déjà, je me doute de la réponse.

— Ce serait une trop longue histoire, dit-il, évasif et discret. Bienvenue à Lachendorf.

Lundi 20, Lachendorf-Bleckede, au bord de l'Elbe. Le matin, nous nous promenons pendant deux heures dans une lande déserte. Nous sommes abrutis et somnolents à cause d'une digestion difficile.

Celle, visite rapide de nouveau. Puis, Lüneburger où nous étions déjà venus. Je dors dans la voiture pendant qu'elle se promène. Elle revient me chercher trois quarts d'heure plus tard. Nous allons boire un thé dans ces pâtisseries si particulières à l'Allemagne. Nous sommes entourés de vieilles dames qui s'empiffrent de gâteaux et de crème. Les coiffures sont les mêmes : boules bouclées, boucles grises, blanches, bleutées, légèrement roses. Efficacité, dignité, raideur pour ingérer des matières grasses et sucrées.

Bleckede, vers six heures du soir. Entre le village et le fleuve, s'étendent des champs, des prés, puis une route qui se transforme vite en étroit chemin le long de l'Elbe. Il y a quelques maisons, dont un hôtel entouré d'un jardin. Nous nous arrêtons là. Nous nous promenons. Une fête foraine se termine. Un cheval blanc est attaché à un piquet, près d'un saule pleureur. Après dîner, nous sortons de nouveau. Les gens du village sont venus avec des boissons. Ils allument un grand feu au milieu du champ. Plus tard, les forains s'en vont. Les camions, traînant en remorque deux ou trois roulottes, font de grands cercles dans les champs. Les lourdes voitures américaines tirent des caravanes. Ils s'en vont. Ils vont rouler la nuit. On démonte encore un manège et la piste des autos tamponneuses. La fanfare de Bleckede joue, pendant que les camions s'en vont. C'est un paysage immense avec la plaine à l'infini, de l'autre côté du fleuve, barrée par les miradors et le grillage long de 1 500 kilomètres. Plusieurs fois elle me dit : « C'est bien, ce moment. C'est très bien. » Il y a un château, plus loin derrière les arbres, entouré d'un fossé plein d'une eau noire, dans lequel sont tombés de grands arbres. Ici, les gens sont gentils. Des péniches remontent ou descendent l'Elbe. Des tracteurs viennent décharger leur cargaison dans un silo, sur un des bras du fleuve.

Mardi 21, Bleckede-Travemünde. Le matin, partis le long de l'Elbe jusqu'à Lauenburg. Villes déjà vues, ensemble, il y a deux ou trois ans, je ne sais plus, parce que nos voyages n'en font plus qu'un, temps, moments et lieux difficilement distincts, et ce que nous mesurons, tous les deux, sans rien en dire, ce sont les progrès d'une usure, nos sentiments qui s'émoussent, puisque nous savons avoir perdu l'impatience, l'appétit des premiers voyages. Calme ou fatigue ? Ces itinéraires, ces trajectoires, nos haltes si différentes, nos marches, notre errance nous forcent à tout accepter, à ne rien refuser, à tout laisser venir. Allégresse ou fatigue ? Cela joue même sur nous, j'accepte que nous soyons parfois parfaitement étrangers l'un à l'autre, même si nous voyons encore les mêmes choses. L'acceptation de l'ignorance, c'est aussi une sorte de nudité.

Nous prenons le bateau le soir. Nous ferons la traversée de nuit. Nous achetons, à bord, du cognac, du whisky, du schnaps. Puis, nous allons dîner. Nous restons à table, après le repas. Elle lit. Je continue de compléter mes notes.

Nos voyages, un roman d'apprentissage. A mon avis, le seul possible : celui de l'ignorance. De cette ignorance naissent la fatigue et l'allégresse. Ainsi le voyage devient initiation au vide, à l'absence acceptée de savoir, inscrite en creux, en trou définitif entre les différences infinies, indéfiniment reproduites et multipliées, où que nous allions. Ainsi le voyage est-il la structure même du livre, d'une différence à l'autre, d'un bloc d'expérience à un autre, de description en description, la progression d'une conscience vers un état d'ignorance et de nudité. Sauvage apprentissage du regard, de plus en plus précis, car tout est tout le temps donné d'emblée, sans refus possible, sans échappatoire. Cette ignorance prend la forme, à la fin, d'un

immense, répété vol d'oiseaux de mer et des côtes —
tous les oiseaux, tous leurs cris — avec, sous ces mouvements innocents, un couple nu. Je rêve alors d'un rire
qui se prolongerait toujours, porté par les formes envolées.

Jeudi 23, Gotland, Torpet. Cette année, ça commence
par un orage. Il s'est annoncé depuis deux heures au moins.
On l'entendait gronder à l'est, sur la mer, derrière les
arbres, comme une énorme machine déréglée. Maintenant,
il est au-dessus de nous. Ce sont des fracas assourdissants,
des détonations rapprochées et des éclairs qui font des
coups de flash dans la pièce. Il pleut à torrents. Comme
chaque année, nous reprenons possession de la maison.
J'installe mes carnets, cahiers, papiers, la machine, des
stylos et des crayons, quelques livres sur le rebord de la
fenêtre. Elle déballe ses sacs. Je prépare et j'allume un
feu. Je relis mes notes. J'en retrouve deux, récentes, une
troisième plus ancienne datant de mon séjour à Rome,
sur des feuilles volantes.

Je les recopie : « Mardi 14. Göttingen-Hornburg. Visite
rapide de Göttingen. Pique-nique au bord d'un lac dans
le massif du Harz. Baisers très doux, faisons l'amour.
Sauerkirschen.

» Visite de Goslar. Belle place pavée en étoile. Une
fontaine au centre. Ville ancienne que la guerre a laissée
intacte. Puis, Hornburg, village à la frontière, riches
maisons à colombages. Nous nous arrêtons à l'auberge
de Halbinsel. Truites au bleu, glace au chocolat et liqueur
aux œufs. Badischer Wein. Visite du village. A la mairie,
nous prenons un prospectus sur l'Allemagne divisée.

» Demain nous partirons pour Berlin. »

« Jeudi 16, Berlin. Dahlem. Astrolabe du Yémen, laiton gravé, 1291 ap. J.-C.

» Le soir, restaurant italien. Un couple d'une soixantaine d'années entre dans le restaurant. La femme est très maquillée. Elle entre la première. Le mari suit. Il a gardé son chapeau d'été blanc sur la tête. Il porte un blouson de toile et une chemise à fleurs minuscules. Il tient un sac en plastique d'où dépasse un tube cannelé, sans doute un embout d'aspirateur. »

« Rome, sans date. Dans la lumière du soir, plus rouge ici qu'ailleurs, à cause du rouge de la ville la plus flamboyante et la plus pourrie d'Europe — la coïncidence de l'énergie et de la mort —, dans la tiédeur d'un soir romain, à la porte d'un immeuble, un homme accoudé contre le mur, un bras autour de la tête, nonchalant, parle, parle, gesticule, s'emporte, se radoucit, argumente, s'agite, se calme, se gratte la tête, s'accoude de nouveau et continue de parler, de hocher la tête, de parler, parler dans un interphone, devant une porte fermée. Je me dis que depuis le temps qu'il est là, il aurait pu monter. Puis je pense qu'il parle à une femme qui ne veut pas le recevoir. Je le regarde du haut des marches d'une église. Au-dessus de moi pèse l'énorme écroulement de statues baroques, mouvementées et suspendues, qui n'en finissent pas de hurler, bouches ouvertes, faciès crispés, yeux exorbités, dans leur attente. »

L'orage s'est éloigné. Il ne pleut plus. Le ciel devient plus clair. Une brume blanche monte de la terre. Le silence est tel le soir qu'il n'y a plus qu'un bourdonnement faible dans les oreilles. Rien, silence si parfait que j'entends, depuis l'autre extrémité du verger, le feu qui fait péter les bûches dans la cheminée, par la porte ouverte de la maison, ou bien le bruit mat d'une pomme qui tombe dans l'herbe, ou le vol de velours d'une chauve-souris. Rien, sinon que dans le silence s'entendent des phrases non prononcées, des rêves et des fantaisies prennent consistance, sinon que mon corps existe mieux, comme une énigme et une évidence, à la fois texte et viande. Et c'est la nuit venue très lentement, et c'est une musique que jamais je ne pourrais entendre, une étonnante noyade d'où je reviens abruti, stupéfait, sans savoir. Les arbres ne bougent plus, même les oiseaux se taisent, même les nuages sont immobiles sous la lune. Rien, seulement des pensées et mon corps qui se déplace lentement dans le silence.

Samedi 25, Torpet. Après deux jours de grosse chaleur, de nouveau un violent orage éclate en fin d'après-midi. Puis le ciel se dégage et la brume s'élève au-dessus des champs. Elle s'est d'abord formée, légère et blanche, en nappes bien délimitées, puis avec la disparition du soleil, elle s'est défaite, plus lourde et grise, gagnant partout, suspendue entre les arbres, estompant les formes et noyant les maisons. Un grand moment de silence. Maintenant, dans la lumière bleue, impalpable, elle rend incertain tout l'espace autour de nous et diffuse une lueur laiteuse. Je pense : un endroit où j'aimerais rester jusqu'à mourir.

Lundi 27, Torpet. La maison de Torpet est une ancienne maison de charbonnier. Elle était autrefois perdue dans les marais où les gens, dit-on, mouraient de tuberculose. Aujourd'hui, entourée d'arbres hauts, elle ouvre sur un verger de vieux pommiers. Derrière les arbres, court un mur irrégulier de pierres rondes, ensuite c'est l'étendue des champs, les haies et, là-bas, les arbres lointains à l'horizon. Les côtés est et nord de la maison sont couverts d'un lierre presque noir à l'ombre, vernissé sous le soleil. Nous sommes entourés d'espace et d'immensité. La mer est à deux kilomètres. Un chemin blanc y mène à travers les champs et la forêt. Au bout du chemin, entre les arbres, on voit le ciel et dessous le bleu plus intense, un petit rectangle, de la mer Baltique.

Il est onze heures du matin. Le soleil est brûlant. Nous sommes encore là, sans envie de bouger. Elle est assise au soleil, le torse nu, occupée à coudre des triangles de toiles multicolores, elle est absente. Moi, en maillot, je marche sous les pommiers. Je m'arrête et regarde les fruits déjà rouges, mais qui ne seront mûrs que dans un mois, le tronc gris, hérissé d'écailles moussues, la fourche qui s'ouvre en trois branches maîtresses. Derrière, il y a les taches d'ombre et de lumière sur l'herbe haute et les ombellifères.

Je dis :

— Je voudrais que tu enlèves ta culotte.

— Non.

— Fais-moi plaisir, enlève-la.

— Je ne veux pas. Tu veux faire l'amour ?

— Non. J'ai une idée. Déshabille-toi, nous allons poser en Adam et Eve, sous le pommier.

Elle rit. Je cours chercher, dans la maison, appareil photo et pied. J'installe mon attirail. Je lui demande d'aller se mettre à gauche de l'arbre, d'avancer un peu à cause des ombres sur son visage, de prendre une pomme. Je règle avec elle la position du bras. La pomme est bien visible dans le soleil. J'ôte mon maillot.

— Là. Ne bouge plus. Attends, je recadre. On ne voit pas assez les pommes de l'arbre.

Je repère dans le viseur où je dois me tenir. Je règle le retardateur. Je déclenche. Je cours me placer à droite de l'arbre. Nous rions.

— Nous allons faire une série. Avec des expositions différentes. De profil, de face, de trois quarts, même de dos. La pomme qu'elle me tend, toujours dans le soleil.

— Il n'y aura pas de serpent, dit-elle.

— Ça ne fait rien.

Je vais de l'appareil à l'arbre. J'essaie plusieurs cadrages, dont quelques-uns en légère contre-plongée. Je m'arrange pour garder dans le champ, au fond du verger, la petite porte de bois dans la murette de pierre. La porte de l'Eden. Je tiens dans le viseur une image légèrement granulée du paradis. Je reste l'œil rivé à l'appareil, plusieurs secondes.

— Qu'est-ce que tu fais ?

— J'arrive, j'arrive.

Nous regardons l'appareil. Sur les dernières photos, nous tenons des branches pour cacher nos sexes. Elle me tend la pomme en souriant. Ma main droite est arrêtée à quelques centimètres du fruit. Nous regardons l'objectif, nous sommes nus, rendus à cet état d'innocence si précaire. Nous faisons ce que nous voulons, limités à notre peau et à cette pomme, notre désir, qui nous sépare et qui nous lie.

— Tu es belle, un ange gothique.

Elle se retourne, sourit et tire sa langue, vite, entre les lèvres.

Jeudi 30, Torpet. Ici, la nuit fait peur. Elle est profonde, obscure, elle est aveugle et silencieuse, elle m'enveloppe, peuplée de respirations, de chutes de fruits et de feuilles, de glissements dans l'herbe, du vol des chauves-souris, de l'ombre blanche et rapide de l'effraie qui glisse entre les arbres.

Cris et plaintes des mouettes et des goélands, le soir, avant la nuit. L'herbe, le granit, les fossiles, la mer et quelques genévriers. Le ciel.

Vendredi 31, Torpet. Chaque année, un autre voyage commence dès que nous arrivons à Gotland. Nous allons, des journées entières, sur la lande, au bord de la mer, dans cet espace immense et désert. Nous allons d'église en église, car chaque village possède la sienne, nous marchons parmi les tombes anciennes, nous restons des heures à l'affût des oiseaux. Il ne nous arrive rien.

Rien d'autre que le déplacement, les gestes, l'immobilité des corps devenus anonymes, seuls et nus, dans le vent, dans le soleil, dans ces paysages saturés de lumière, agités et fourmillants, tremblants, où l'œil n'a jamais fini de tout saisir : les miroitements de l'eau, l'herbe et les rochers de granit sur les berges et loin dans la mer, les murs de pierre, les langues de terre et de sable, les envols d'oiseaux innombrables et bruyants, les arbres et les maisons dont les formes apparaissent et s'évanouissent, comme des mirages, au-dessus de l'eau. On sait bien que les voyages sont désolants, qu'on s'y vide, qu'on s'y fait du mal, qu'on en jouit et qu'on en souffre. On sait bien qu'il n'y a rien à faire pour échapper aux puanteurs de l'Histoire, aux faux culs, faux prêtres, faux diseurs, à la pression constante des événements répandus comme autant de nouvelles et d'actualités, aussitôt dites, aussitôt désuètes. Mais, ici, dans un autre temps et sur un rythme différent, nous voyageons encore, rendus à l'oubli. *Des jours entiers à guetter les oiseaux. La sterne vole sur place, battant très vite des ailes, le bec pointé vers la mer, avant de plonger comme une dague brillante. L'oiseau se laisse tomber de plus de dix mètres. Il remonte immédiatement, capable de plonger six ou sept fois consécutives, sans arrêt.*

Aujourd'hui, en fin d'après-midi, j'attrape l'émission française de Radio-Moscou. C'est faible mais net : boulangers et pâtissiers parisiens sont mécontents. Les croissants et la baguette n'augmenteront pas. Quelque chose comme ça.

Dimanche 2, Gotland. *Le Vol des oiseaux.* Embarrassé sans doute par un titre si pur, si abstrait, si mécanique, embarrassé par la totalité de ce titre, par cette légèreté qui m est interdite et qui signale trop bien ma lourdeur, gêné donc par cette simplicité, j'ouvre les lèvres de ta vulve, très doucement, je la déplie comme une fleur, je l'effleure et je la respire, elle se gonfle, elle se dilate, elle est une bouche et nous rions, mon amour ! Ma tête est sur ton ventre, et tu pleures, et tu dis que tu n'aimes pas ça et que tu aimes bien, et tu gémis, ou bien tu boudes, ou bien tu rêves, et sortie du rêve, tu demandes où nous irons nous baigner, cependant que j'entre mon index dans ton cul que tu resserres comme une bague chaude, et je baise les lèvres de ta bouche, alors, fermant les yeux, tu me donnes un coup de ventre, etc., etc.

Le Vol des oiseaux

Sortis de la mer, il y a des millions d'années, tout couverts encore de leurs écailles, les becs pareils aux gueules des poissons, arrachés aux abîmes, ils ont pris possession du ciel et l'ont peuplé de leurs cris rauques et de leurs aboiements, et commençaient ainsi leur voyage. Moi, couché dans l'herbe des grèves, ou bien marchant minuscule sur les immenses étendues, à les voir s'envoler encore et toujours selon les saisons qui se suivent, si bien accordés aux révolutions de la terre, si parfaitement extérieurs à l'Histoire, babioles et broutilles, affaires sanglantes, déchirements monstrueux, je pense aux hommes et aux femmes, glissés hors de la mère obscure et chaude, avec en prime le langage, se déchirant chaque fois les poumons d'un cri tout aussi rauque, quand la profonde, première goulée d'air explose. Faut donc respirer, tenir le choc, encaisser le coup ! Glissés hors du ventre et précipités dans l'absurdité répétée des vies pour rien, des vies pour la mort. Temps réduit à néant, sous le vol des oiseaux indifférents à l'Histoire, présence neutre. Randonnées, migrations, vitesse, agilité, perfection dans l'anonymat, dans un passage qui déborde le nôtre, qui le précède et qui l'englobe, perfection dans l'ignorance et le mutisme de formes trop agiles, trop lumineuses, que nous prenons pour des figures possibles de l'esprit. Présence muette.

— Je n'écris pas, je n'y arrive pas.

— Change de table.

— C'est pas ça. C'est mon sexe qui m'embarrasse.

— Coupe-le.

— Tu sais, chez les oiseaux, après l'époque des pariades, les organes génitaux s'escamotent pour ne pas gêner le vol.

A les voir si libres de leurs envols, je pense à moi avec elle, avec d'autres femmes qu'il faut traverser, boucher, emplir, comme on peut, si possible dans le détachement, pour se rejouer toujours le va-et-vient d'allégresse et de mort, la danse gémissante ou silencieuse des corps emmêlés, chevillés, rompus, ouverts, écartés, mouillés. Je pense, marchant minuscule sur les espaces de Gotland, à l'écrit et à la parole et je pense au mutisme des oiseaux, au-dessus de nous, à leur indifférente antériorité, comme une sagesse vive, permanente, inévitable, une accumulation de bruissements d'ailes au-dessus de nous, passages muets d'oiseaux, passages lointains, haut dans le ciel, au-dessus de la terreur et du bruit, de la gloire et des absurdités, au-dessus des pouvoirs.

Nos journées : promenades, bicyclettes, la Baltique, nus tous les deux, l'immensité déserte. Elle est nue sur un ponton de bois aux planches déglinguées. Couchée sur le dos, les cuisses écartées, elle crie, rageuse : « Viens ! Baise-moi ! » Le soleil, la violence de la lumière, les formes trop nettes, le feu sur la mer. A contre-jour, les ombres noires des échassiers, des canards, fuyant au ras de l'eau. *Nous devenons, nous aussi, oublieux du monde, des massacres, des intrigues et de l'affairisme, nous nous enfonçons dans l'ignorance, la torpeur animale. Les oiseaux passent, oies en escadrilles rapides, battements d'ailes, halètement régulier de l'air brassé, et je les regarde comme l'image de ce que je voudrais être parfois, libre, agile, vif, souple, tendu, insaisissable et pris pourtant dans les répétitions de l'espèce. Alors, je marche vers elle, queue rouge dressée, et je plonge entre ses cuisses.*

Ici, le vol des oiseaux, en été, à Gotland. Rassemblés sur les côtes, nichés dans les herbes, au creux des anses, dans la vase des marais, cachés parmi les pierres rondes, retirés sur de petites îles détachées de la côte, ils restent des heures, immobiles, silencieux, debout, les têtes dirigées dans le même sens, ou bien couchés, ou bien ils vont et viennent et nous les entendons caqueter, ricaner, crier, se plaindre, pousser des sons flûtés et doux.

Fasciné, je passe des heures à les approcher, avec mille ruses, mille précautions, traînant avec moi le sac des jumelles et des appareils photo. Je mets une sorte de constance stupide et d'acharnement à les guetter, les observer, à en détailler le vol, la délicatesse des plumes. C'est un jeu, une chasse, un plaisir de mateur, tant il y faut de l'habileté et du silence, tant la vision finalement obtenue est fragile, décevante, morcelée, quand, planqué dans les herbes, je regarde avec une telle intensité que les yeux me font mal, car je crains de ne pas retenir ces formes devinées entre les herbes et les pierres. Ils sont là, tranquilles, vivant de cette vie séparée, parfaitement étrangers, ayant subi la force migratrice, un instant arrêtés. Ils sont pour moi objets d'admiration et d'étonnement, eux seuls, et s'il m'arrive de penser au grotesque de mes approches,

*à plat ventre, rampant dans l'herbe mouillée, je ne peux
m'empêcher d'avancer encore pour être au plus près de
leurs formes aiguisées, sautillantes, capricieuses ou non-
chalantes ou lourdes, mais toujours prêtes à partir. Au
plus près de l'instinct voyageur. La mer est verte. Lumière
grise. Au loin, une voile noire. La masse sombre d'un
bateau. Des tôles de métal oxydé, vert-de-gris. La danse des
mouettes sur la mer, les vraies limites du monde, et,
par-dessus tout, l'incessante agilité. Des tadornes pataugent
au bord de l'eau.*

*Nous marchons au bord de la mer pendant des heures.
Les oiseaux — mouettes, goélands, échassiers, sternes —
volent autour de nous, oies, cygnes et canards. Ils crient
parfois comme des enfants affolés ou plaintifs, ils éclatent
de rire, claquent du bec et des ailes, piquent dans l'eau,
remontent, planent, filent à tire-d'aile à la surface de la
mer. C'est le seul bruit, le seul mouvement.*

*— Donne-moi les jumelles, il y a un oiseau, là-bas,
je ne sais pas ce que c'est.*

Elle regarde. Elle me tend les jumelles et dit :

— Tiens, regarde. C'est un tadorne, il est énorme.

— Il fait sa toilette.

*— Ils sont plusieurs. Regarde, dans les herbes, à côté.
Tu les vois ?*

*— D'autres tadornes et des harles, on dirait. Appro-
chons-nous. Il y a aussi des huîtriers.*

*Dans la lumière, les oiseaux sont beaux, puissants et
délicats. Il faut en saisir le mieux possible tous les détails.*

*C'est devenu comme une urgence. A les observer aussi
patiemment que nous le faisons, nous revenons sans cesse
sur notre désir d'errance, de mouvement et d'oubli, toujours à reprendre, à refaire, si nous voulons préserver ce*

264

simple état. Ici, dans le soleil, le vent, les éclats sur la mer, nus, je me demande parfois ce que nous faisons là, mais il suffit de surprendre le battement bref et rapide, trois ou quatre coups d'ailes, d'un oiseau qui s'élève puis, au sommet de son ascension, qui semble rester un instant suspendu et qui plane, immobile, descendant avec douceur vers la mer, pour que je sache nos deux corps immobiles et dans le voyage.

Il y a le grand balancement du ciel, la respiration de la mer, les amples mouvements des troupes d'étourneaux par milliers, comme une nappe noire et fourmillante qui monte et s'abat brusquement au-dessus des arbres. Il y a les envols des oiseaux surpris. Nous sommes rendus à l'évidence de notre seule présence, à la fin des voyages. Et, ce disant, j'ai peur.

Les oiseaux, c'était sa douleur, c'était sa joie, peut-être sa violence. Il passait des heures à Gotland, des heures et des heures à les observer, à suivre leur vol à la jumelle, des jours entiers à l'affût pour les photographier. Il revenait et notait sur des carnets et des cahiers les oiseaux qu'il avait rencontrés. Des notes brèves.

J'ai peur que les voyages se terminent et qu'elle puisse dire un jour que les oiseaux étaient ma douleur et ma joie. Ma violence. Intérieure comme celle de la mer, au plus profond, sourde comme celle de la terre écrasée sous un ciel noir, calme ma violence comme ce qui reste immobile dans le silence du désastre, comme l'énergie retenue des oiseaux qui vont et viennent, picorent, caquettent, se battent, font leur toilette, restent de longs moments sur une patte, la tête cachée sous une aile, puis qui s'envolent et disparaissent. Les oiseaux sont là, ils ne sont plus là. Parfois, plus rien ne bouge. Plus aucun cri, plus aucun chant ne se font entendre. *Plus aucun signe d'aile ne se voit au-dessus de la mer, alors les longues courbes des grèves, les baies marécageuses envahies d'herbes hautes, les pierres rondes dans l'eau, désertées par les oiseaux, sont désolées et vides. Les falaises et les cailloux éclatés sur les innombrables fossiles se font trop durs, trop blancs, tout devient abattement, calme sinistre de la mort, avant une possible et soudaine pétrification. Parfois, les oiseaux nous manquent. On ne sait plus où ils sont partis. De nouveau, le silence effrayant du monde, l'étendue lisse de la mer, l'insignifiance de tout, y compris de nos corps, frileux et tremblants à ces moments-là.*

Ici, la terre, le ciel, la mer et le vent comme ils ne changent pas, lieux de notre passage. Nos corps rendus, dans la plus belle halte de notre migration, à l'anonymat reposant, à l'indifférence des oiseaux. Immergés dans le temps. Seulement nos corps, masses limitées par la peau, mécaniques soutenues par le squelette, irriguées par le réseau des veines, sensibles, fragiles, oxygénées.

Devant moi, lointaine, la ligne de l'horizon partage le bleu pâle du ciel du bleu de la mer plus soutenu et rehaussé d'éclats. A gauche, des rochers arrondis dans l'eau, l'herbe à perte de vue, ourlée d'une bande étroite de sable, quelques arbustes noirs perdus dans l'immensité. A droite, la lande encore, un chemin blanc au-dessus de la berge, des cailloux gris et, beaucoup plus loin, la ligne hérissée d'une forêt. Il vient de la gauche, il vole vers le nord, exactement au-dessus du trait sombre de l'horizon, le grand goéland marin. Il est seul, et vole plus lentement que les autres goélands. Il est noir et blanc, puissant, ses larges ailes descendent bas au-dessous du corps. Il lâche des « kow kow kow » graves. Il nage en solitaire. Son

bec est plus lourd et plus grand, son dos et ses ailes plus
noirs que le goéland brun, et ses pattes sont roses. Vu
de dessous, le blanc de son ventre est plus restreint mais
plus éclatant à l'extrémité des ailes et sur la tête, par
contraste avec le noir brillant des ailes. C'est un pré-
dateur. On le voit souvent seul. On peut l'observer tout
à loisir, lorsqu'il plane et joue avec le vent, porté par sa
large envergure. Acuité de la vision. Présence accrue du goé-
land dans le système optique des jumelles. L'extrémité des
rémiges est blanche. La deuxième rémige primaire est bar-
rée d'un trait noir. Je le suis dans son vol, tant que je peux.

Je note. Goéland marin, presque toujours seul. Goélands
bruns, goélands argentés. Chez ces deux derniers, c'est
la première rémige qui est barrée d'une bande noire.
Goéland cendré, bout des ailes noir, puis blanc, puis noir.
Il suit souvent les navires et pousse un cri plus aigu.
Un gris très délicat. Même ces oiseaux, très communs,
je ne me lasse pas de les observer, m'entraînant à saisir la
perfection de leur vol. Léonardo da Vinci : Sul Volo degli
Ucelli. *Plus tard E.J. Marey :* Physiologie du mouvement :
le vol des oiseaux. *Désir, Eros et Mort, ni plus ni moins.*
Arrêter le mouvement, rêver qu'on vole, chercher à planer.
Le silence.

De l'autre côté de la Baltique, sur d'autres rives, il y
a Gdansk. Brejnev, le zombie aux jambes plombées,
avance, inexorable, absent. On dirait une machine de
guerre, un robot dont la mécanique remontée ne s'arrête
plus.

Mais les livres parlent d'une mouette qu'on ne voit
jamais, presque jamais, une mouette rose, Rhodosthetia
rosea. *Peut-être est-elle un animal fabuleux, une légende,*
rêve ou désir inaccessible. On dit qu'une d'entre elles

267

aurait été capturée en France, l'année 1913. Certains auteurs l'appellent mouette de Ross. Elle est originaire des régions arctiques. Son plumage est d'un rose pâle. En été, elle porte un collier noir. Son cri, plus aigu que celui de ses congénères, est paraît-il très doux et mélodieux, un « é-wou » répété. On dit aussi que son vol ressemble à celui du pigeon. La voir, un jour. Plus qu'un but, le terme du voyage, cette forme ailée, le temps d'un éclair. Une chance, une vision, une seule fois et sans doute plus jamais. L'intensité maximale s'éprouve dans la saisie et la perte simultanées, le surgissement et la disparition. Ainsi je voyage, ainsi j'écris.

« Lonely looking sky, lonely looking night, glory looking day », mots d'une chanson, « Lost on a painted sky... », l'oiseau glisse au-dessus de l'eau, dérape, plonge brusquement d'un seul coup d'ailes, on dirait qu'il décroche, mais il remonte, amorçant un ample virage, file droit devant lui et disparaît comme un trait de lèvres.

Nue, elle est assise en tailleur devant moi, nu. Nous sommes sur un gros rocher aux lignes douces, à quelque cent mètres de la grève. Le vent léger, le bleu, la lumière, un soleil chaud. Douceur des caresses, fraîcheur et frissons. L'impatience. Chaleur des sexes caressés. Nous deux limités à notre peau. La solitude. Je la prends par la taille et l'attire vers moi. Elle se soulève et s'assied sur mes cuisses. Nous nous balançons, poitrine contre poitrine, chevillés, bien chevillés. Derrière elle, je vois la mer et des vols de mouettes, elle regarde l'eau, l'étendue d'eau, l'étendue bleue, au-dessus de mon épaule. Son ventre monte et descend. J'aide son mouvement de mes mains sur ses hanches. Le sentiment d'être libres, de bien bouger ensemble et de jouir comme des enfants.

Il arrive donc que le voyageur s'arrête et trouve un lieu qu'il aimerait choisir pour sa mort. Alors, le temps devient précieux. Chaque instant d'existence est un bloc d'une telle densité que le voyageur éprouve la nécessité de regarder autour de lui, de faire halte. Nous nous tenons dans un lieu, enfin, où nous savons qu'il n'y a rien à savoir, rien d'important, de ce que nous avons laissé derrière nous.

Journées sans paroles, entre nous deux, mouvements, gestes, regards. Silences. Les oiseaux si variés, si différents, si nombreux, bouffent tout le temps, au bord de l'eau. Ils s'envolent, reviennent, repartent, sautillent, se baignent, font longuement leur toilette, se lissent les plumes, demeurent des heures plongés dans une immobilité qui fait penser à un autre temps, puis ils ne sont plus là en un dixième de seconde, disparaissant au-dessus de la mer. Ou bien, ils volettent, s'excitent les uns contre les autres, se délogent de leurs rochers, caquetant et piaillant, dans des formes d'organisations incompréhensibles pour nous, parfois parfaitement anarchiques.

Je note sur mon carnet : Mon écriture fine me laisse une impression curieuse, au soleil. Les ratés du rapidograph, sans doute desséché, avec lequel je dessine et j'écris, la rendent incertaine à cause des blancs qui interrompent le fil des lettres : trace effacée, on dirait, qui cherche à se fondre avec l'espace, à laisser passer du silence et du vide. Trace qui cherche à se défaire.

Je me souviens d'une petite ville d'Europe dont je ne retrouve pas le nom et que je ne peux situer, où nous étions un matin vers dix heures. Il faisait beau et frais. Nous marchions sur une place mal pavée, entourée de vieilles maisons de brique. Les fenêtres étaient fleuries. Il y avait des jardins, des arbres et des pelouses, un vieil

269

hôtel de ville à la façade surchargée de colonnades, d'encorbellements et de statues, et, derrière les arbres hauts, la masse d'une cathédrale faisait tout autour d'elle une lumière grise. Au sommet de la place s'ouvrait la cour rose d'une ancienne université. Des jeunes en blue-jeans entraient et sortaient. Tranquillité d'un matin d'été. Passé la voûte qui ouvrait sur les remparts, c'était la ville neuve, le béton, les magasins, les sex-shops et les restaurants où l'on mange en deux minutes. L'ancienne Europe semble intacte, une vieille et trompeuse image, dans des quartiers protégés au milieu des villes. Mais il y a du noir, du sang, des massacres, de faux langages tout autour.

Il n'est d'oiseau réel, d'oiseau vraiment présent que dans le rêve que j'en fais, dans la douleur qu'il représente, dans le désir que j'en ai. Il n'est d'intensité de l'oiseau que par la joie qu'il est, présence ailée, tel un défi, pour mon corps trop lourd.

Imaginez: c'est presque toujours la même scène, année après année, d'un voyage à l'autre : une longue, étroite presqu'île, la mer Baltique des deux côtés de la lande et des touffes denses de genévriers ; au milieu un chemin blanc, rectiligne ; au bout du chemin, la mer entre les arbres, un scintillement bleu. Grötlingboudd, Nassudd, Petes, Hervik, Burgsvik, Farö, une lande où personne ne vient, une côte pierreuse, des dunes couvertes d'herbes blondes, d'immenses bordures de roseaux, ou la forêt parfois qui vient jusqu'à la mer, endroits que les oiseaux occupent du printemps à l'été, des oies, des avocettes, des tadornes, des canards, des mouettes, des goélands, des cygnes et tous les petits échassiers, des cris, des chants et des envols.

Derrière un rideau d'arbres, s'ouvre une grande étendue d'herbe rase qui descend jusqu'à la mer. A droite, dans les terres, brille un plan d'eau calme. Puis le sol remonte et forme un talus qui cache la mer et la grève de cailloux blancs. Plus loin, après le bras de mer de deux cents mètres de large, s'élève la coupole verte d'une île d'où parviennent les ricanements, les aboiements, la cacophonie d'une colonie de mouettes et de goélands. A gauche, des roseaux, la profonde baie de Nybro, et à l'horizon, maintenant à contre-jour, la ligne noire et tremblée de la forêt, ininterrompue sur plusieurs kilomètres jusqu'au petit port de Ronehamn. Nous sommes cachés dans les arbres. Nous venons souvent ici, en fin d'après-midi jusqu'au soir. Vision courbe de l'espace à cause de la mer autour de nous. Paradis précaire dans les ors et les rouges du soleil. Nous voyageons pour retrouver ces endroits, ce calme, ces mouvements et ces bruits. Nous avons le soleil dans le dos, nous regardons la mer, vers l'est. Les oiseaux brillent dans la fine lumière qui leur donne plus de présence et dessine précisément leurs formes. Tout saisir, tout retenir : une avidité du regard, la peur de ne pas retenir assez cette beauté, la volonté d'aiguiser sa vue, d'entraîner les yeux à plus d'acuité, qui s'arrêtent sur les détails, y reviennent, les quittent, se fixent sur les contours, les reflets des rochers dans l'eau, sur les étincelles, le feu liquide qui court avec les risées sur la mer, sur le mouvement des herbes, sur les silhouettes vives et sauvages des oiseaux qui se tiennent à distance et se dérobent au fur et à mesure que nous approchons lentement, qui s'envolent, disparaissent et reviennent au-dessus de nous, les ailes incendiées par le soleil, dans la transparence des rémiges, entourés alors d'un trait de feu. Là-bas, sur l'île ronde, s'envolent de grands goélands marins, puis ils descendent en vol plané, largement étendus, et disparaissent derrière la courbe du sol, remontent,

271

descendent encore, portés par la respiration venue de la mer. Un vol de harles huppés traverse le ciel, de gauche à droite. Nous ne disons rien. Nous restons étendus de longs moments, cachés dans les herbes, derrière quelques grosses pierres isolées.

Vol ramé, vol battu : la double action des ailes porte et propulse l'oiseau, selon des mouvements infiniment variés et complexes, mouvements verticaux, horizontaux, rotations, spirales, simultanément, insaisissables à l'œil nu, différents selon les espèces, combinaisons compliquées d'une géométrie variable : trois axes autour d'un pivot lui-même en mouvement, érotisme. Flux de l'air, turbulences, flexibilité des plumes, chevauchement étroit des rémiges primaires pour offrir le plus de résistance possible, avancée libre, bec et tête ouvrant l'espace. Quand les ailes descendent, les plumes se replient vers l'arrière, légèrement courbées vers le haut, aux extrémités. Propulsion : l'aile est tordue comme une pale, chassant l'air vers l'arrière, qui glisse le long du corps de l'oiseau, aminci, aiguisé, fuselage frémissant.

Elle se coule au-dessus de moi, elle plonge la tête au creux de mon épaule, elle se cambre, elle monte ses fesses, elle bascule sur le côté gauche, bras ouverts, jambes lisses et jointes, je roule au-dessus d'elle, ma tête sur ses seins, ma tête sur son ventre, ma tête ouvrant doucement ses cuisses, elle se relève un peu du torse, bat des bras, me prend la tête dans ses mains, elle se retourne, tend son cul bien ouvert que je caresse, je m'enroule autour de ses hanches, j'épouse la courbure du dos, mes cuisses parallèles aux siennes, mes bras étendus sur les siens, mains entrelacées, je l'enfile, coups de reins, battement régulier, balancier, toute la longueur de la queue, pivot en mouvement, sort, pénètre, sort, entre, ses reins bougent, me soulèvent parfois, tournent

autour de l'axe, avancent, tournent, reculent en même temps,
elle s'arrête, s'échappe, se remet sur le dos, je replonge, elle
serre ses cuisses sur mes hanches, croise les jambes sur mes
reins, et nous recommençons, d'avant en arrière, courbes,
ondulations, vol ramé, vol battu, musique en crescendo,
rythme croissant, scansion plus vive et plus rapide, vol
ascensionnel, l'air est doux sur la peau, tendres galbes des
gorges, chants d'oiseaux dans les arbres, cous tendus, méca-
nique libre et géométrie variable, envol.

Vol lent du décollage : le cygne est posé sur la mer. Il
se tourne en direction du vent, à cause de son poids, et le
voici qui prend son élan, courant à la surface de l'eau,
battant des ailes jusqu'à ce que la vitesse de l'air soit assez
forte, halètement rapide, bruissement des flux d'air, claque-
ment violent des ailes au-dessus du dos, entièrement dé-
ployées, battement-jeté, descente rapide des ailes pour une
plus grande portance, magnifique courbure des extrémités
alaires, plumes écartées. Et, pour augmenter la poussée vers
l'avant, la fin du mouvement ascendant explose dans un
claquement d'aileron. Le cygne file au ras de l'eau, cou
tendu, étincelant de blancheur. Il dessine sur la mer une
très large courbe, il s'éloigne, j'entends encore le bruit des
ailes, ce chuintement rapide, puis disparaît, se confondant
avec les scintillements de l'eau.

C'est elle qui me dit :

— Regarde cet oiseau. Qu'est-ce que c'est ? Il est aussi
gros qu'un goéland.

— Où ?

— Là-bas, au-dessus du plan d'eau, dans la lumière.

— On dirait une sterne. Son bec est très rouge. Le haut
de sa tête est noir. Une énorme sterne.

— Non, je ne crois pas.

— *Le vol est magnifique.*

Seul, l'oiseau vole en tournant au-dessus de l'étang, parfois il pique jusqu'à la surface de l'eau et remonte sans plonger. Son vol est puissant, élastique, beaucoup plus élégant que celui d'un goéland. Parfois il plonge, exactement comme une sterne. Son cri est agressif et rauque. Son bec est rouge vif et brillant. C'est la première fois que nous observons cet oiseau.

— *Je suis sûr que c'est une sterne, plus grande que les autres. Regarde ses ailes et sa queue.*

C'est une danse inimitable. Elle crée sa propre musique, flamme blanche, pointe rouge du bec, silence, elle crée autour d'elle sa propre immensité, glissade en vol plané, battements d'ailes rapides, virages au-dessus du miroir brillant de l'eau, décrochages vifs, piqués, plongeons qui viennent troubler l'uniformité, remontée dans les airs, changement de rythme, la sterne accélère, vole droit vers la mer, revient en criant, plus bas, descend encore, traverse toute l'étendue du plan d'eau, la pointe des ailes effleurant la surface, la tête dirigée vers le bas, à l'affût d'une proie, elle vire, longe la berge au-dessus des herbes, remonte presque à la verticale et se laisse tomber comme une pointe de flèche. Nous l'observons longuement, sans nous lasser de ce vol splendide et souple. C'est une sterne caspienne, un hôte assez rare. Il migre du sud de la Tunisie jusqu'à la mer Noire et la mer Caspienne, traverse l'Europe pour gagner les îles de la Baltique. Les spécialistes disent que l'espèce est en train de disparaître.

Je note : Sterne caspienne : l'œil est pris dans la courbe inférieure de la couronne noire. Le bec est long, fort, acéré, rouge vif. Les ailes sont d'un gris cendré. La gorge et le ventre de l'oiseau sont blancs, il a la queue fourchue des

274

sternes qu'on appelle aussi hirondelles de mer. Grand moment de plaisir à l'observation de son vol. Grötlingboudd, 18 heures 30. Lumière rouge et dorée. Ciel d'un bleu pur, sur le bleu profond de la Baltique. Silence. Méditation provoquée par ce vol. Les marins n'aiment pas ces oiseaux quand ils les rencontrent en mer. Ils en parlent comme des signes avant-coureurs de catastrophes ou de naufrages.

Pour nous, les envols successifs, les allures infiniment variées, les silhouettes et les profils chaque fois à reconnaître dans la vitesse, dans les traces de la fuite, flammes noires et claires, sont encore la poursuite du voyage, un nouvel emportement, sans doute le plus beau qui puisse s'ouvrir dans le nôtre, le seul qui ait cette liberté et cette indifférence, pur mouvement de l'existence, dérisoire et superbe, face à la mort. Aller, bouger, voyager, aller vite, voler, planer, glisser, multiplier les perceptions, entraîner le corps au déplacement, entraîner les yeux à saisir les changements infinis, les infimes différences, assouplir l'esprit à ne plus s'en tenir aux certitudes du savoir, à en faire le deuil, aller dans l'allégresse et rire. Devenir de plus en plus mobile, jouer avec l'air et l'eau, avec les vents et les brises, les courants et les vagues, monter et descendre, s'entraîner à la fluidité, jouer avec le temps, voler, devenir musicien.

Juste musique, juste perception, quand nous trouvons des oiseaux morts sur les grèves de l'île. La réalité de l'interruption du vol s'impose brutalement. La mécanique est mise à nu, muscles pourris, squelettes blanchis, plumes sèches, ailes cassées, becs ouverts dans lesquels grouille la vermine. Cygne abattu, goélands et mouettes décomposés, huîtriers-pies de mer déséchés dans les herbes, etc. Elle se tient derrière moi qui suis accroupi et qui regarde attentivement. Elle éprouve un peu de répugnance.

*Le cœur des oiseaux, au milieu d'une architecture déli-
cate et résistante, est souvent énorme. Il bat très vite,
jusqu'à 1 000 pulsations à la minute. Le corps, muscles,
abdomen, os sont allégés par des sacs d'air reliés aux poumons. Je regarde un os cassé, je lui dis de s'approcher, je
lui montre de minuscules entretoises, et les innombrables
poches pneumatiques qui allègent le squelette pour mieux
voler. Je lui montre encore où s'attachent les muscles, le
bréchet, les clavicules, l'articulation compliquée des ailes,
les phalanges des extrémités.*

*Elle ne m'écoute plus. Elle dit que ça ne l'intéresse pas.
Que, pour elle, ça n'est qu'harmonie perdue et qu'elle refuse
ces détails techniques observés sur un cadavre. Elle
s'assied un peu plus loin, la tête entre les genoux. Elle
regarde de minuscules fleurs rouges.*

*Elle se penche de nouveau et dit pour elle-même, regar-
dant les fleurs rouges : « Celles-ci, je ne les connais pas. »
Tout le passé est derrière nous. Je regarde la mer, le ciel,
cette étendue vide et sans bords. Toute l'Europe si épuisée
d'Histoire est derrière nous et je suis prêt à l'oublier. Après
avoir souffert d'impatience, je suis ici sur la terre des oiseaux
et du silence, dans une contemplation fascinée, avec moi-
même et avec elle.*

*Nous marchons au bord de la Baltique, provoquant
des envols précipités, des fuites, dérangeant les colonies
d'oiseaux, nous assistons à des départs, ainsi se répète et
change la même scène :*

*Un chemin blanc mène au bord de la mer. Nous tra-
versons la forêt, nous arrivons sur un espace ouvert, nous
enjambons des murettes de pierres rondes, nous gagnons les
herbes hautes, les étendues de roseaux, les grèves d'algues
séchées, de cailloux et de coquillages, de sable et de granit*

276

rose, au bord de la mer. Nous avons le soleil du soir dans le dos. Nous nous taisons. Nous allons nous baigner, nous sautons de pierre en pierre, jusqu'à un banc de sable détaché de la côte.

Envols de tous les oiseaux et d'abord des chevaliers et des pluviers qui donnent l'alarme, difficiles à distinguer, tant leur vol est rapide, chevaliers gambette, chevaliers sylvains, chevaliers cul-blanc, chevaliers combattants, appels flûtés et musicaux souvent, sur trois notes, les ailes rigides battent vite et font un vif frémissement au-dessus de l'eau, avec eux les bécasseaux sanderling, les bécasseaux variables et les gravelots, population agitée qui s'active dans les marais et la vase, et qui s'envole comme des étincelles sombres et capricieuses pour se reposer un peu plus loin. Et les bécassines ordinaires, les bécassines doubles, la bécasse des bois qui s'aventure parfois au bord de la mer, les courlis qui tiennent leur nom de leur appel habituel, « cour-li » doux et un peu plaintif, grands oiseaux au bec long et courbé vers le bas, les barges rousses et barges à queue noire dont les becs sont droits ou légèrement retroussés, tous s'envolent vite, planent, virent au ras de l'eau et se posent hors de notre vue, au milieu des rochers et des roseaux.

Le soleil est rouge. Nous nous arrêtons à côté d'une vieille barque. Elle s'assied, commence à défaire les lacets de ses sandales. Je me roule une cigarette. Je suis appuyé contre la barque. Je la regarde essayer de défaire un nœud. Elle dit que le lacet du pied gauche est mouillé et qu'elle n'arrive pas à le dénouer. Je m'accroupis, tiens son pied entre mes mains. Elle me repousse en riant : « Laisse-moi faire. » Elle ôte ses chaussettes rouges.

La même scène se répète comme le veut mon désir,

*scène d'un film en boucle revenant sans cesse. Pourtant,
à bien la regarder, quelques éléments changent chaque
fois, dans les rythmes et les formes, dans les couleurs. Le
ciel est animé d'envols qui brillent dans le soleil du soir.
Nous nous arrêtons près d'une vieille barque noire dans
laquelle je pose mon sac. Elle s'assied, enlève ses chaussures et ses chaussettes rouges. Je m'approche d'elle, mon
visage près du sien. Sa peau est dorée, ses yeux sont clairs,
presque jaunes, je distingue les fines pattes d'oie aux coins
des yeux, quelques minuscules morceaux de peau morte
sur son nez. Elle sourit. Elle me demande :*

— Tu viens te baigner ?

— Tout à l'heure. Je finis ma cigarette.

*Formes ailées, scintillantes, oscillations rapides, inter-
mittentes des ailes autour des corps, identité et modifica-
tion répétées, scansion, quelque chose qui ne change pas,
quelque chose qui vole, qui s'éloigne, quelque chose qui
se transforme sans cesse, respiration et, pour nous deux,
sentiment de petitesse, car au-dessus de nous s'enfle,
énorme, l'envol de plusieurs centaines d'oies, oies cendrées,
oies rieuses, bernaches du Canada, bernaches cravant, bernaches nonnette, que nous reconnaissons à leurs masques
différents. Aboiements rauques, elles passent au-dessus de
nous, elles assombrissent le ciel, envahissent tout l'espace,
courbures magnifiques des ailes, délicatesse des rémiges
écartées, cous noirs tendus, points fixes devant le vol
ample et puissant des ailes. Fracas de l'air brassé, bruit
des claquements d'ailes.*

*Nous sommes immobilisés, têtes levées. Elle vient d'enle-
ver son blouson et sa chemise. Aboiements brefs et répétés, cris gutturaux, jacassements, rire moqueur des oies
rieuses.*

— *Le moindre geste les fait partir.*

— *Je ne les avais pas vues, je n'aurais pas cru qu'elles soient si nombreuses.*

Et les plongeons, les grèbes huppés, et les hérons cendrés à la fine aigrette, parfaitement immobiles dans les roseaux, et les canards qui se dressent sur l'eau pour prendre leur envol, les colverts, les canards pilet, les sarcelles, les souchets, les eiders, les tadornes de Belon, mi-oie, mi-canard, au bec rouge, aux couleurs flamboyantes, rouge brique, vert et noir, les morillons, les milouins, les canards garrot, tous volant très rapidement, prenant leur envol en battant l'eau, les macreuses brunes et noires, ombres vives qui traversent le ciel en troupes éparses pour de courtes distances, mais qui migrent en ligne, nous les voyons toujours avec la même surprise, passer au-dessus de la mer, gagner le large et amerrir quand ils sont hors de portée, minuscules taches sur l'eau se balançant.

Elle ouvre la fermeture éclair de son jean qu'elle enlève en même temps que sa culotte. Elle dit qu'elle a un peu froid. Je m'approche d'elle par-derrière. Je la tiens dans mes bras, je lui caresse les seins qui frissonnent et durcissent. Elle a la chair de poule. Je l'embrasse. Je m'agenouille, je continue à l'embrasser. Elle se dégage en riant. Elle court vers la mer. Nue et dorée.

Mouettes et goélands, sternes et guifettes. Plus loin, du côté de la terre, des vanneaux aux ailes arrondies, au vol lourd. Des éclats blancs, des scintillements noirs, des harles. La mer est d'un bleu profond, bleu marine, elle, nue, court devant moi dans l'eau, le corps comme teinté de rouge et d'or. Ponctuation heureuse des oiseaux dans le ciel. Lumière d'une fin d'après-midi. Netteté de la vision. Elle jette son pantalon et son slip dans la barque. Elle court, élégante, fine, déliée, jusqu'à la mer. Elle tient au bout de son bras levé une serviette rouge. Elle entre dans l'eau. Plus loin, sur la droite, une troupe de cygnes à la queue leu leu s'éloignent sans hâte. Tout est bleu, tout est calme. Elle jette la serviette sur le sable avant d'entrer dans l'eau. Derrière, il y a la forêt lointaine, les grandes ombres des arbres sur la lande, les anses fangeuses, les roseaux, et tout autour de moi les reflets gris, bleutés, de corail et d'or à cause du soleil, sur l'absinthe pâle, il y a les miroitements de l'eau entre les pierres, moutonnement rose, tranquilles ondulations, les langues dorées de sable et la mer bleu marine, lisse comme un lac. Je suis nu. Je fume ma cigarette. Je la regarde s'avancer dans l'eau. Nus, debout dans la lumière rouge du soleil. Tout maintenant est d'une force extraordinaire, à cause des couleurs, de la précision des formes et du silence. Je pense : le vol des oiseaux nous traverse, gagne les grandes courbes de l'espace et disparaît dans l'immensité. Demeure le seul repère de nos corps. Nous sommes pris dans le cycle des espèces. Une identité neutre, une sorte de profonde ignorance. Le voyage ne s'arrête pas.

Le vol des oiseaux laisse en moi la trace d'une trace, alors commence un vol intérieur, une originelle mobilité que je ne peux même pas fixer ni retenir, une coïncidence avec les mouvements de l'air et de l'eau, avec elle qui s'éloigne dans le bleu, avec les longues glissades aériennes, coïncidence qui m'agite sur place, qui me fait ouvrir les bras, lever la tête et tourner, nu, autour de la barque noire, éprouver ma présence et mon incongruité, la beauté de son corps qui s'éloigne et qui reste proche. Longues glissades, voyage, nudités précaires.

Nous arrivons au bord de l'eau, près de la barque. La

mer est vide, le ciel est pur. Les oiseaux sont passés. Qu'est-ce que je fais là, si tranquille, si séparé ? Nous sommes nus, nous nous tenons embrassés. L'espace est libre du vol des oiseaux disparus. La lumière est belle et les formes sont si nettes. Il n'existe pas de plus somptueuse, de plus exténuante illusion. Elle se détache de moi, ramasse sa culotte et ses chaussettes rouges. Dans le soleil, elle avance nue. Je la regarde s'éloigner, entrer dans la mer, courir, de blanches éclaboussures autour des jambes. Elle se baigne.

IMPRIMERIE CORBIÈRE ET JUGAIN À ALENÇON.
D.L. SEPTEMBRE 1983. N° 6547 (22045).

DANS LA MÊME COLLECTION

John Ashbery, Fragment (trad. Michel Couturier)
Donald Barthelme, Le Père Mort (trad. Maurice Rambaud)
Jean-Luc Benoziglio, La Boîte noire ;
Béno s'en va-t'en guerre ;
L'Écrivain fantôme ; Cabinet Portrait
Pascal Bruckner, Lunes de fiel
Pascal Bruckner et Alain Finkielkraut, Le Nouveau
Désordre amoureux ; Au coin de la rue, l'aventure
William S. Burroughs, Le Métro blanc
(trad. Mary Beach et Claude Pélieu)
Antoine Compagnon, Le Deuil antérieur
Robert Coover, Le Bûcher de Times Square
(trad. Daniel Mauroc)
Michel Deguy, Jumelage *suivi de* Made in USA
Lucette Finas, Donne
Alain Finkielkraut, Ralentir : mots-valises ! ; Le Juif imaginaire ;
L'Avenir d'une négation
Viviane Forrester, La Violence du calme ;
Van Gogh ou l'Enterrement dans les blés
Serge Grunberg, « A la recherche d'un corps »
Nancy Huston, Les Variations Goldberg
Jeanne Hyvrard, Le Corps défunt de la comédie
Glenn B. Infield, Leni Riefenstahl et le IIIe Reich
(trad. Véronique Chauveau)
Abdellatif Laâbi, Le Règne de barbarie
Jacques Lacarrière, Le Pays sous l'écorce
Hugo Lacroix, Raideur digeste
Giovanni Marangoni, George Jackson Avenue
Patrick Mauriès, Second Manifeste Camp
Philippe Murray, Jubila
Claude Nori, Une fille instantanée
Pierre-Yves Petillon, La Grand-Route
Rafaël Pividal, La Maison de l'écriture
Ishmaël Reed, Mumbo Jumbo (trad. Gérard Durand)
Jean Ricardou, Le Théâtre des métamorphoses
Jacqueline Risset, Dante écrivain
François Rivière, Fabriques ; Le Dernier Crime de Celia
Gordon ; Agatha Christie, « Duchesse de la Mort » ;
Profanations
Denis Roche, Louve basse ;
Dépôts de savoir & de technique
Olivier Rolin, Phénomène futur

Thomas Sanchez, Rabbit Boss (trad. Guy Durand)
Susan Sontag, La Photographie (trad. Gérard-Henri Durand et
Guy Durand) ; La Maladie comme métaphore
(trad. M.-F. de Paloméra) ;
Moi, et cetera (trad. M.-F. de Paloméra)
Gertrude Stein, Ida (trad. Daniel Mauroc) ; Autobiographie de
tout le monde (trad. M.-F. de Paloméra)
Jacques Teboul, Vermeer ; Cours, Hölderlin ;
Le Vol des oiseaux
Frédéric Vitoux, Fin de saison au palazzo Pedrotti
Kurt Vonnegut, Le Breakfast du champion (trad. Guy Durand) ;
R comme Rosewater ! (trad. Robert Pépin) ;
Le Cri de l'engoulevent dans Manhattan désert
(trad. Philippe Mikriammos) ;
Gibier de potence (trad. Robert Pépin)
Tom Wolfe, Acid Test (trad. Daniel Mauroc)